國家圖書館藏清人詩文集稿本叢書

第七輯

一

陳紅彦 主編

北京大學出版社
PEKING UNIVERSITY PRESS

國家圖書館藏清人詩文集稿本叢書

主　編　陳紅彦
副主編　謝冬榮　董馥榮

國家古籍整理出版專項經費資助項目

《國家圖書館藏清人詩文集稿本叢書》出版前言

陳紅彥

詩文集，也就是傳統目録學中所稱的「別集」，是個人的文學作品集，記録了作者的經歷、情感和思想，反映出作者所生活的時代和地區的社會面貌、風土民情，對後世的研究者而言，是關於作者本人和當時社會的第一手資料，可以勾勒出豐富真實的歷史畫面。

有清近三百年，學術文化集前代之大成，詩文作品蔚爲大觀。據統計，清人的各類著述有約二十二萬種，其中詩文集逾七萬種，現存四萬餘種。清人編選的本朝詩文總集，有官修《皇清文穎》《皇清文穎續編》、沈德潛《國朝詩別裁集》（又稱《清詩別裁集》）、王昶《胡海詩傳》《胡海文傳》、曾燠《國朝駢體正宗》及張鳴珂《續編》、李祖陶《國朝文録》及《續編》、沈粹芬《國朝文匯》等等，這些詩文總集涵蓋年代不同，編選宗旨相異，各有千秋。

近代以來，清人詩文集主要作爲大型叢書（如《四庫全書存目叢書》《續修四庫全書》等）中集部的一部分整理出版。近年上海古籍出版社出版的《清代詩文集彙編》是首部清代斷代詩文總集，但以收録刻本爲主，仍有大量珍貴的稿鈔本分藏各地，未見整理。這些材料如果能夠得到充分地發掘和利用，將爲清史研究開闢新的天地。

有鑒於此，我們整理了國家圖書館收藏的稿鈔本清人詩文集，選取近百種二百餘册，分輯出版。每輯内以作者的生卒年代爲序（生卒年不詳者，以大致活動時期爲序排在最末）；每種附以簡略的解題；如有夾條、貼簽等，局部放大附於原頁之後。我們相信，詩文集等基礎資料的整理出版具有深遠的學術價值和文獻意義，可以給學術研究帶來便利，豐富我們對清代社會歷史、思想文化等各領域的認識，也有助於珍稀文獻的保護和利用。

目録

養福齋續存稿

宋延春撰。十册。

宋延春（一八〇二—？），字引恬，號小墅，江西奉新人。道光十三年（一八三三）進士，改庶吉士，授吏部主事。咸豐三年（一八五三）由吏部員外郎補授福建道御史，官至雲南布政使。同治十三年（一八七四）病免，時年七十三。家學根底深厚，祖父宋五仁、父宋鳴珂均有著作傳世。延春自童髫至白首，均好學不倦，尤其是晚年解組之後，結社聯吟，繪圖題詠，九十三歲尚作詩文。

本稿爲紅格小楷抄稿本，抄寫精良，字跡工整。無目録、鈐印。正文前依次有昆明汪世澤（少谷）、南昌胡壽椿（硯生）、楊大猷（子任）、都昌李乘時（秀峰）題辭，另有海昌沈壽榕序及作者自序各一篇。汪少谷題辭有「林下优遊已十年」，可見本稿應作於延春解組十年之際，即光緒十年（一八八四）。又有「潞國洛中常結社（公與胡硯生侍御官城觀察梅庵上人去歲已三結詩社矣），香山歲晚益耽詩」，可知，延春晚年離滇歸隱後，常結社吟詩自娱，遂成詩稿。沈序作於同治十三年，實爲延春另一詩集《湘帆歸隱草》之序。延春於是年解組歸田，滇中同官争相獻詩爲壽，延春於是作《湘帆歸隱圖》以見意，又命題卷端，沈爲之作序。《清人詩文集總目提要》亦稱：「付梓者僅《湘帆歸隱草》一卷，光緒間刻，一册，山西大學圖書館藏。」

正文卷端題「養福齋續存稿卷一」，署名「奉新宋延春引龢」。全文有多處挖改修正處，少則單字，多則半聯。詩稿以七言近體居多，「一題到手每連篇（公詩多喜疊韻）」。據其自序：「姑自爲删訂，按年編次，暫授抄胥，共若干卷，署曰養福齋續存稿」，所録最早爲咸豐乙卯年（一八五五）詩，最晚爲光緒丁亥年（一八八七）詩。據沈序：「……而風雅之道，至今益衰……滿紙諛詞讆言，紛若翦綵……或貌爲高古，堆垛奇字，徵引僻典，甚至艱深不可解……先生掃空諸弊，獨取其真，穠而不纖，清而不薄，胸次所蘊，畢宣於外，其味之雋永淵涵，誠有得於穆如清風之旨者。此《養福齋集》之所以可傳也。」

《清人詩文集總目提要》言：「此集既名《續存稿》，當有《存稿》，録同治二年以前之作，今未見傳。」延春自序：「……服官京邸，公餘與二三朋輩消寒賭酒，選勝題襟，益洽唱酬之雅，而中間里居、主講鵝湖、薄游嶺海諸作，並已彙爲初稿。咸豐乙卯出守滇南，攜以自隨，廼遭庚申楚雄行館胠篋之變，全稿佚去。……同治甲子以後戎務粗定，休沐餘閒獲與僚友游覽倡和，即景抒懷，十年之間得詩若干首，又裒然成帙矣。甲戌解組閒居，質之沈朗山觀察，細加評隲，互有商榷，爲作序。……春秋佳日，每有良會，會必有詩，於今十稔，綜計續得若干卷。」自序作於光緒十年，然詩稿録有光緒十年之後詩。另《清人詩文集總目提要》稱：「（延春）所撰《養福齋續存稿》三十一卷，録同治二年至光緒十七年詩，附《自撰年譜》三卷，清稿本，鈐『引恬老人』『養福古稀老人』等印，湖北省图书館藏。」

（徐慧）

題辭

昆明汪世澤少谷

七十三齡翁矍鑠八千餘里路嶇崎孰知百戰成功後竟有片帆歸隱時潞國洛中常結社（公與胡研生侍御鍾宮城觀察梅庵上人去歲已三結詩社矣）香山歲晚益躭詩手鈔寄向雲深處傳與滇民作去思

位歷三台綰六符年年觴詠任清娛艱難險阻交嘗備抑鬱牢騷片語無家學一編先澤厚歸帆萬里老臣孤和平養福知非誑大耋行吟不杖扶

林下優游已十年詩情愈老愈纏綿看花次第傾家釀

好客艱難借俸錢公滇藩廉俸至今尚未領全百事平心無滯迹一
題到手每連篇公詩多喜疊韻髦期不倦勤猶昔福壽如公詎
羨仙

南昌胡壽椿硯生

一別滇雲萬里歸緇塵絕少浣征衣羣誇舊句春題杏
展誦新編露盥薇人為多情投贈密身能頤壽利名稀
故鄉重結枌榆社閒向禪關一扣扉謂梅庵長老
中隱廬邊舊枕湖結鄰今幸近名儒酒錢多積頻招客
詩債遲償笑索逋昨過三湘纔返櫂重將九老續題圖
功成身退人風雅覔句花前杖不扶

南昌楊大猷子任

卌年宦海感流萍衣錦歸揚萬里舲節鉞幾人殷退志
湖山此日詠稀齡重尋舊社詩僧老早憶長洲帝子靈
尤喜孫枝添繞膝啼聲新試把杯聽

都昌李秉時秀峯

萬里滇雲地籌邊仗老臣鄉山歸隱日宦海過來人行
色有千卷詩心無一塵挑燈試重讀不寐五更身

沈序

甲戌秋世丈宋小墅先生解滇藩組言歸豫章同官及都人士沐浴清化既多且久爭獻詩爲壽公乃作湘帆歸隱圖以見意命題卷端又出全稿屬爲序榕不文於詩則從事三十餘年矣不敢辭竊以詩教廣大窮源溯流數萬言不能罄而風雅之道至今益衰如某某者人皆稱其詩讀之則當時鉅公駢羅滿紙諛詞雙言紛若翦綵人品如此無論詩又或貌爲高古堆垛奇字徵引僻典甚至艱深不可解以欺世駴俗是考據也非云詩先生掃空諸弊獨取其真穠而不纖清而不薄胸次所

蘊畢宣於外其味之雋永淵涵誠有得於穆如清風之
旨者此養福齋集之所以可傳也或曰公自諫官出守
滇中即值回變攝督篆時狂寇數十萬環壘郭外而公
以隻手搘持危局舉措裕如無疾言遽色詩又無噍殺
之音何以故榕謂得於天者厚故發於人者和公之大
父慕劬公著春蘿書屋稿尊甫梅生公著心鐵石齋詩
皆在
國家盛時雍容揄揚根柢深厚公奉祖硯守庭訓自童
丱至白首好學如不及每官鼓三下尚手執一編或一
二字未愜意必與榕商榷以求其盡善為之不已有日

臻神化而不知者故人事之通塞不足累於中今懸車
而神明不衰也或曰在官當樹立功德詩無益榕謂古
之采詩正所以達民隱也誦詩聞國政非功德而何卽
以餘事言之非殫精思具特見不能略窺其旨今公去
矣解吾語者更不多人詩尚如此遑論他哉遑論他哉
同治十三年七月旣望海昌沈壽榕拜譔

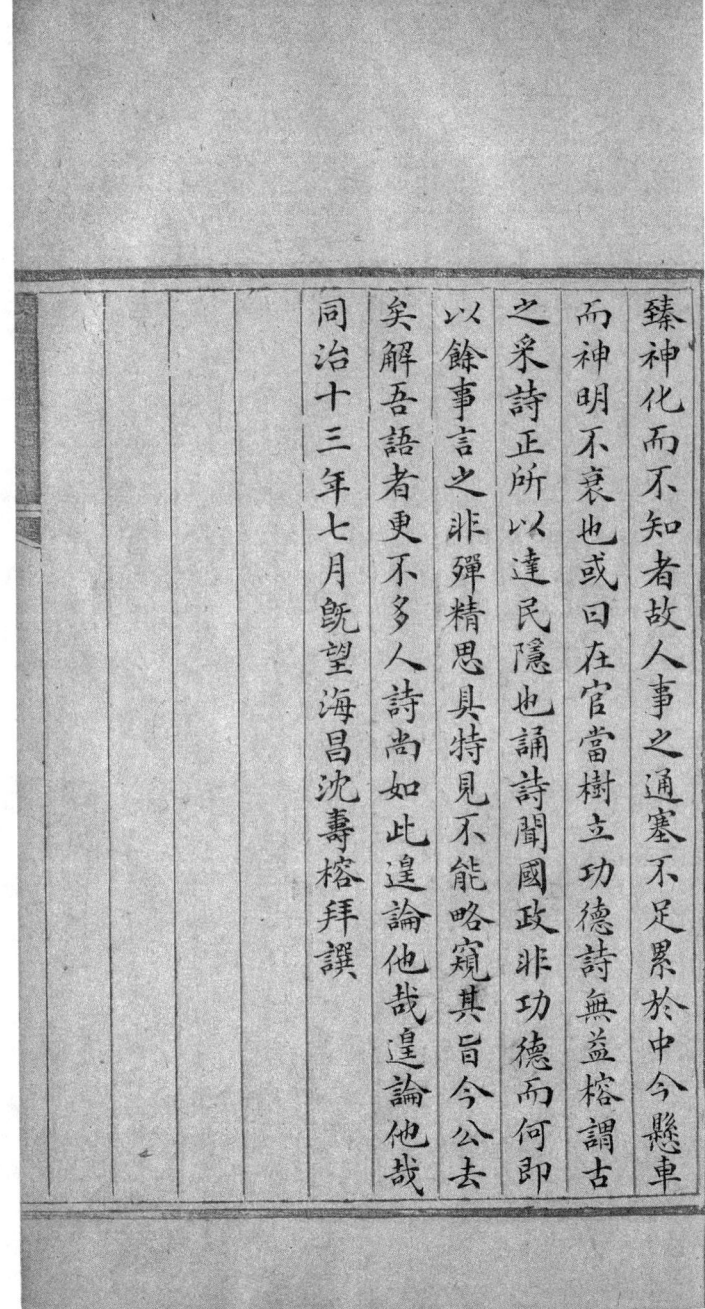

自序

予家先世詩篇裒富自　大父慕劬公以下有芳猷堂合刻皆　先府君昔年守嘉郡時手校付梓者詳見各集中嗣　先公晚歲甫刊自著心鐵石齋存稿卷帙較繁另裝全函公諸海内同好予生也晚姿質駑鈍髫齡粗解吟詠每當趨庭就傅隨諸兄後學步一二頗為先公所評賞洎成童專攻舉業弗遑兼習辭章故於古人風旨曾未窺其堂奥曷敢言詩迨計偕北上往來吴越燕齊間舟車所歷藉得江山之助吟什稍多詩境亦稍進通籍以來服官京邸公餘與二三朋輩消寒賭酒

選勝題襟益洽唱酬之雅而中間里居主講鴦湖薄游嶺海諸作並已彙為初稿咸豐乙卯出守滇南攜以自隨洒遭庚申楚雄行館胠篋之變全稿佚去區區敝帚覆瓿未能悵惜久之比因軍書旁午此調罷彈者數載同治甲子以後戎務稍定休沐餘閒獲與僚友游覽倡和即景抒懷十年之間得詩若干首又裒然成帙矣甲戌解組閒居質之沈朗山觀察細加評隲互有商榷為作序言過辱褒獎弃諸行笥挈歸里舍未敢出以示人故僅刻有湘帆歸隱艸并滇南所刊稀齡自詠退居唫什數篇而已光緒乙亥家居與林下諸公復舉後九老

市

消夏會結社聯吟繪圖題詠一時傳為盛事從此春秋佳日每有良會會必有詩於今十稔綜計續得若干卷較之滇廨存稿殆又過之適同鄉胡研生侍御主講豫章昆明汪少谷太守僑居湖上先後索觀拙稿二公為予世交畏友素所服膺不揣譾陋用敢就正方家皆謬邀推許一如沈君并促付之剞劂予自維少而寡學老而耄荒有忝先芬斯未能信顧念平日舊稿早經兵燹蕩然無存今惟賸此零編亦近年心血所係結習難忘又不忍等諸弁髦遽爾棄置且恐重拂諸君子雅意姑自為删訂按年編次暫授抄胥共若干卷署曰養福齋

續存稿畀之子若孫留作他年手澤若謂將以壽諸梨棗紹厥箕裘冀與芳猷鐵石諸集後先媲美焉則吾豈敢

光緒十年歲在甲申端陽後三日小墅宋延春自述於養福齋旹秊八十有三

養福齋續存稿卷一

奉新宋延春引龢

咸豐乙卯新秋奉

命出守滇南留別都門同人四首

金風初報薊門秋忽捧除書下鳳樓作郡人膺新寵命籌邊地比小諸侯一麾忝紹箕裘業先大夫昔年初由儀部典郡西川萬里爭誇汗漫游踏遍輭紅將卅載雪泥鴻爪舊痕留

憶從學步向花甎藤廨蘭臺逐隊聯得得乘驄來九陌勞勞刻鵠笑三年清班簪筆難酬

國白簡焚香屢告天賸有直廊賡和句鵷鸞回首五雲
邊去夏直宿科垣有和壁間前輩之作
琴鶴傳家理舊裝閑官翻怯打包忙豈因蒓鱠縈歸思
卻戀松楸問故鄉擬乞假回里省墓越舫吳舲重嘯咏碧雞金
馬待徜徉此行又值題餻節一醉東籬餞別觴
樗才乏策濟時艱且效叅軍語作蠻戎馬中原期奏捷
朋簪邊徼共隨班時同年官滇池者甚多聊從攬轡騎驢去錯認
投林倦鳥還余近繪有望岫倦飛圖小照遙向天南瞻北斗尺書珍
重寄關山

重九後俶裝出都再別同人疊用前韻

看到黃花又九秋驪歌幾疊賦登樓高風合讓陶彭澤
仙骨慚非李鄴侯戀
闕尚縈三島夢攜家難作五湖
游連朝祖帳殷勤甚門外征驂且少留
摩挲漢瓦與秦甎（時改由秦蜀取道）此去撈奇句好聯策馬雄
心矜晚節請纓壯志負華年東來試望函關氣西笑重
登蜀道天（余生於嘉陽官廨幼年隨宦蜀中）願效涓埃紓
聖慮綢繆國計重防邊
舊雨多情爲辦裝催人晷短隙駒忙音書寄遠傳佳語
（近得家鄉安問）烽火驚心在異鄉愁聽哀鴻勞撫字漫云跨鶴
許相徉臨河縱抱澄清志可有良謀救濫觴（謂豫東漫口水患）

書生試手愧投艱蝸角紛爭笑觸蠻此日朱幡持郡節幾回青瑣點朝班（用句）壺樽勝餞添酬酢珠玉詩筒疊往還（日下諸公贈行詩甚夥）獨惜枌榆慳社約鄉心常繞翠微山（吾鄉山名時以乞假歸里未果）

客中生日即事述懷二疊前韻

浮生虛度幾春秋豪氣曾淩百尺樓顧我頭顱仍作客羨人談笑蚤封侯漫愁青鬢塵中改願乞丹砂海上游羈旅無端風雨甚停車還讓一宵留（時阻雨保陽途次）

磨鐵生涯守硯瓶挑鐙續韻比蟬聯黃門尚憶趨朝日紫綬慙過服政年吠豹不驚寒夜夢荒雞催起曉

霜天從來燕趙多奇士邂逅應歌大道邊

信宿茅簷暫解裝渾疑飛燕覓巢忙團欒室小如傳舍安樂窩真是睡鄉煮酒奚奴相暖熱圍爐稚子亦彷徉衣塵拂罷聞姬語且為添籌進一觴

久宦逾知世網艱南征何日奏平蠻恩光屢記三霄接春色先從五馬班（計程春初可達滇池）欲錬金丹妨藥誤敢誇銅鼓勒銘還行行腰脚長途健穩據唫鞍飽看山

秦蜀道中紀游三疊前韻

秦中一望杜陵秋千古茫茫渭水樓此地關山仍險隘

當時第宅盡王侯宮花陵樹餘陳蹟嶽翠河黃快勝游
難得居停消旅況不辭醉墨壁間留過潼關晤蔡小石觀察同年款留竟日賦詩誌別

題崖椽筆羨磨甎猶記弓刀小隊聯鳳嶺閣上題額及崖間石刻聯句皆張詩舲中丞巡閱過此所書
鳳嶺雞峯開面面雲梯石棧自年年別
來燕市花三徑去上秦關尺五天讀罷南山箋中什追
摹佳景落吟邊近年中丞內擢以寓京邸與余比鄰而居晨夕過從秋杪臨別以撫秦時所著南山集見贈

郵程快馬與輕裝訪舊還添客裏忙好雨重逢來桂陰
停雲遙望隔枌鄉途次漢中訪陳服籽觀察適已南歸未遇時郡守為畢春亭同年招游郡

廨漢臺留飲桂陰堂話別

漢臺勝概堪憑眺，留壩高踪共倚徉。過留侯祠小憩回憶河橋分袂日，離筵嬌女迭稱觴。昨經關中與叔琴壻及長女盤桓數日

摩空縋險竟忘艱，收取風光到百蠻。路出褒斜行緩緩，碑尋劍外考班班。荒祠琴韻留無盡，古驛鈴聲聽更還。沔縣武侯祠觀石琴，又過郎當馹，為唐明皇聞鈴聲處底似仙靈傳七曲，森森松柏鳳皇山。梓潼瞻謁文昌祠

丙辰人日舟次嘉陽重游郡廨憩園感懷誌別留東李雲生太守同年並呈俞麟士觀察四疊前韻

憩園話別卅餘秋先大夫於嘉慶辛酉涖治嘉郡次年壬戌余始生甲戌隨宦粵西距今已
四十三年矣重上西南第一樓園中樓名及堂額皆先公舊題者先德難忘
傳故老流風能繼感賢侯近年郡守如邵蓮溪吳蓮汾暨麟士雲生諸公皆能主持
風雅後先媲美一觴一詠認泥爪某水某邱尋釣游徙倚書堂
懷手澤堂名心鑑甘棠蔽芾至今留
遺墨紗籠壁上甎琳瑯和遍似珠聯先公舊有憩園十詠並同人和作刻
石壁間俱尚存今門牆昔比登龍日城郭今疑化鶴年檻影曾
邀臺畔月池光更展鏡中天先公檻帖有檻外好山鏡中新水之句老梅
待客猶相識香送蒼筤小舫邊園內小蒼筤舫梅花正開
好景天然圖畫裝經營屢費寓公忙觀察昔年守郡最久屢經葺治留題

近因解組僑居於此匆匆鴻印添香國泛泛鷗波戀醉鄉舊句樓臺供點染新岑風月足徜徉用先公楹聯語意主人偏示維摩相莫對淩雲共舉觴太守時方抱恙蘭交契闊晤言艱五袴聽歌俗不蠻座上冰壺推朗鑑郡試甫竣階前玉筍羨清班謂太守令嗣伯孟君如沖漢翔鸞見我似尋巢旅燕還愧把趨庭舊時筆載吟綠水與青山

上元後一日由我郡赴滇池留別文治莽太守即

題郡廨復園五疊前韻

翠屏山名高擁足千秋韻事流傳拄笏樓園中樓名前輩漸稀諸老宿舊家爭羨五陵侯太守為勒文襄公令孫天涯萍聚逢新

雨（謂王伯霞蕭小田兩大令）日下苔岑話昔游從此名園得賢主片帆欣為故人留

記隨朝罷晷移甎屢向天街纏影聯（太守與余銓曹同事多年去臘甫泣治）竹馬歡迎來大郡襜帷春到正新年快尋局外餘閒地獨占壺中小有天剔蘚搜羅殘碣在誦芬慚對半郎邊（先公曩歲權郡時有題園景十詠石刻半已殘闕太守擬為補鐫）

北轍南檣笑改裝（時又由此舍舟登陸）安排竿木上場忙偶尋耆舊談棠蔭欲借林泉作梓鄉月旦關心增眷戀風光滿眼儘彷徉多君待復池亭景稧事重流曲水觴

歷遍崎嶇世路艱底愁雨瘴共煙蠻坡翁未醒春朝夢

賀監初辭侍從班樽酒佳招頻過從燈宵別緒轉回還
應官此後勞隣接一水盈盈萬疊山

清和初吉涖廣南郡受篆喜晤侯寄舫太守同年
小聚數日送別後賦此卻寄六疊前韻

梅炎藻夏麥迎秋四馬初臨古郡樓舊政徧傳龔渤海
新銜愧娩晉康侯芃芃黍雨聽輿頌靄靄棠雲紀宦游太守歷官滇池最久
同譜卅年方識面攀轅不獨部民留
聞道賢勞運甓甎望壓何幸接班聯長城保障推今日
小醜披猖憶往年郡治接壤粵西近歲隣氛滋擾經梁小莊太守平定後復於要隘添築長垣君來權篆邊防布置更為周密
細柳尚營江北壘謂南中軍務
新淬快聚

日南天繞逢又別，添離思莫忘名園水竹邊（園中新竹為君手植）。

僕僕剛停遠道裝，當官又覺簿書忙。庭開榴火先佳節，郭繞蓮華愛此鄉（郭外四面皆山而蓮華峯尤著因名蓮城）。携得琴徽供嘯傲，招來鶴伴任翔徉。風流為政思賢守，曾醉依紅泛綠觴（郡園有琴鶴軒香遠樓及蓮池諸勝皆施酉山觀察守郡時重葺題額猶存）。

異俗先愁撫字艱，土音操處聽綿蠻。多慚素食糜千石，猶記彤庭綴兩班。飲水自甘紆綬拙，張軍齋羨奪標還（文宗按試甫竣）。陽春有腳家風繼，管領巖疆面面山。

少梅伯兄寄和留別都門之作七疊前韻用以奉懷

雁序遥分又十秋蠻牋新寄物華樓情深坡穎推詩老
政在荊湘念郡侯猿鶴暫邀林下侶江湖聊作畫中游
卅年飽領名場味胸次曾無芥帶留

拈毫疊韻愧拋甎笑引珠璣一一聯宦拙自求今是日
吟豪誰信古稀年小園松菊躭元亮高會耆英娩樂天
聞說烽煙尚桑梓鄉愁何限夕陽邊

鳩巢無定屢移裝時難都緣避地忙招隱近尋仙尉宅
結鄰宜傍鄭公鄉朅來夢草添酬詠憶否看雲倍倚徉
為誦髯翁昔時句好憑蠻紙記流觴（下五字乃東坡次子由詩句）

天末書來話險艱滄桑局幻感荊蠻但教兵氣如煙散

同盼
王師指日班愛我尚期藤榻對思君翻羡杖藜還乞身
倘遂歸耕計商略誅茅共買山
同治癸亥九日汪秋潭幕賓招陪同人寓樓登高
小集夜分始散詩以紀之
佳節晴空埽積陰小樓重到快憑臨仙源招客皆同調
潭水尋秋洽素心奠菊滿頭聊取醉箏琵洗耳孰知音
歸鞍緩踏湖邊月猶帶餘醺枕上吟
吳牧騶太守見示重九雅集二律次韻奉答
不見延陵久秋風乍解裝班荆逢令節釆菊對斜陽話

舊滄桑感憂時鬢髮蒼駝唫仍結習大筆羨淋浪
題餻欣慚侶恰好雁來賓各有還鄉夢誰為避地人登
臨皆異客休沐且閒身西望籌邊者韜鈐迥絕倫
季秋下澣四日為彭冠山司馬同年七秩晉一初
度先期以壬戌七旬述懷詩見示次韻補祝
頭上花枝奈老何用蘇句讀君錦句織龍梭一官鴻爪天
涯共八稔駒光隙畔過余與冠山自丙辰春閒烏蒙一别已八年矣垂白都
教塵網絆燒丹難解命宮磨班荆此日歡無限補頌岡
陵詠更多
籌邊經濟蚤匡時理劇棼如治繭絲涉世不妨藏鈍拙

逢人且學賣獃癡浮沈宦海原如夢馳騁名場卻屬誰
驀地秋風重把袂蓴鱸爭起故園思

同譜霓裳記卅年駑駘翻愧著鞭先何期暮景桑榆侶
快續新詞翰墨緣金馬碧雞仍異地棟雲簾雨隔遙天
與君萬里頻回首話到鄉關各惘然

骨相鬚眉本異常老籛矍鑠壽而康稀齡舉案金蘐茂
濟美盈庭玉樹芳馬齒慚予隨宦轍鶴籌添處繫名繮
黃花晚節重開讌耆碩欣看食萬羊

十月八日生辰冠山同年惠贈佳什次韻奉酬竝
以自述

自笑衰翁號信天揮毫慣染墨痕鮮琳瑯持贈歌三疊
酩酊謀沽斗十千同病維摩皆壽相再生玉局共奇緣
冠山於去夏示疾瀕危獲安余今夏亦抱恙甚劇入秋方愈但期腰腳年年健重把
耆英韻事聯
平生氣誼重廉隅漫詡昂藏七尺軀常羨枕中祕鴻寶
誰從海底探驪珠素餐我愧縻官祿清節君猶佐郡符
老向風塵偕吏隱一尊閒話舊枌榆
循譽邊陲播政聲絃歌化洽聽鏦錚椿齡合讓儕籛叟
樗散多慚效子京境遇投囏須幹濟家傳養福是和平
余祖居有和平養福樓額羣公吉語輝蓬蓽勉為添籌迭舉觥

蒲柳翻勞入品題浮生蹤迹付鴻泥黃粱莫訝滄桑改
白首難將物我齊私顧駑駘甘伏櫪頗教驥子試騰蹄
歲寒若許前盟踐歸臥吾廬章水西

牧騶太守以長律稱祝依韻奉答

一從薄宦近雕題戎馬堆邊聽戰鼙帳月三更蒼洱外
陣雲萬疊葉榆西曚曈已類階前鶴踊躍猶驚夜半雞
如此頭顱嗟老大據鞍敢與伏波齊
清班忝侍鳳池頭豪氣當年百尺樓蹀躞紅塵縈舊
夢飄蕭白髮起新愁局中屢議和親策物外徒思汗漫
游宦海茫茫津莫問從來共濟仗同舟

樗材愧作守邊臣難索包茅問水濱經笥漫誇邊腹富詩囊莫救阮生貧懷歸荒徑尋松菊報賽豐年薦藻蘋遥憶江南春信早折梅先寄隴頭人

身逢厄運病相憐戀棧深慚馬不前息影何曾隨倦鳥耽吟兀自效寒蟬葛洪願采山中藥蘇晋常逃醉裏禪學步邯鄲矜寵甚風流高格屬詩仙

次韻牧騶咏雪二律用尖叉韻

中宵靜灑雨廉纖曉起飛霙朔吹嚴此日嘯歌宜有酒多君刻畫到無鹽余誕辰承以詩見贈官閑推案稀竿牘歲晚占祥徧蔀檐門巷泥深勞剥啄傳牋幾費兔毫尖

征西烽火陣排鴉千騎衝寒戰士車黫染頰催羽檄草
飛揚細撲錦袍花踏殘橋岸尋詩客醉倒旗亭賣酒家
廻憶搖鈴燕市卒更籌不辨路三义京師冬令雪夜走卒搖鈴廵更謂之搖鈴卒前人曾有樂府詠之

東坡官岐下歲暮思歸而不可得因憶蜀中風俗作饋歲別歲守歲三詩寄子由今子承乏滇垣久懷鄉土值茲歲晚亦有同情爰效其體并次韻

官閑惜歲華餞臘會僚佐酬酢戒多儀筐篚卻百貨一
笑過屠門快意嚼思大難送韓子窮且學袁安卧遥憶

白髮兒孫曾歡侍座契闊將廿年光陰如蟻磨鄰里相周旋屢賦高軒過何日遂聯牀塤篪復賡和 饋歲

古人重離別周道歌逶遲春水綠波句銷魂悔莫追況此好年華遠逝無津涯雖有再來日難遣今去時酒酌醇醪美盤登羔羜肥歡呼動枌社勿為兒女悲祖道河梁畔競寫絕妙辭鄉風隨父老扶杖唱吾衰 別歲

列陣若排蟻防閑如鬥蛇舊歲與新歲迎送紛相遮良宵值千金寶守當如何故園老屋裏團欒笑語譁閨房卜鏡聽兒童喧鼓撾鄰叟方酩酊扶歸步欹斜嗟余困雞肋宦蹟仍蹉跎屠蘇愧後飲如願年年誇 守歲

元旦試筆 同治甲子

甲子重逢啟上元鶯啼燕語報新年用句飽嘗宦味清於
水到眼春光澹似煙承乏南交經十稔宣
恩北闕愧三遷余由迤西移權鹺篆復兼臬事又兩度矣試拈綵筆呼如願
勉策駑庸敢息肩

開歲三日寄懷牧騶太守即送于役黔蜀疊用元
日韻

小陽詠雪互傳箋別緒匆匆又隔年馬首東瞻傲春色
蠶叢西笑破蠻烟禪關偶憩風懷遣驛路重尋景物遷
遙想黃塵烏帽客留題到處聳吟肩

岑彦卿方伯軍中馳寄捷報志喜疊用前韻

紅旗一紙早喧傳名將登壇正壯年纔聽市門催臘鼓又看邊徼靖烽烟捷書夜奏天顔喜温語遥頒地位遷笑我樗材揮露布望塵何幸得隨肩

齋中盆花四種詩以詠之

石榴

別有安榴種來從海上紅房多宜結子火熱豈由中照眼心原赤酡顔腦欲烘朱霞何絢爛點染仗天工

梔子

山梔偏雅素馥郁趁晴暉薝蔔名爭重梔子一名薝蔔芭蕉葉共肥品高逢客賞香妙悟禪機座上拈花者觀空一笑微

茉莉

末麗稱佳卉新來吳下船擷從香霧裏簪向鬢雲邊甲帳流蘇綴丁簾旖旎懸珠江花月夜對此醉瓊筵羊城此花極盛夏日游舫載之

繡毬

奇葩驚繡錯雕鏤出珠囊絲縷千絲貫銀晶七寶粧蝶團花共舞蜂滚夢俱香錦幛纍纍畔疑登蹴踘場

養福齋續存稿卷二

奉新　宋延春　引龢

甲寅九秋余服官京邸曾繪有望岫倦飛圖小照自述二律徧徵輦下同人題詠名作甚多彙成長卷距今已逾十稔矣乙卯宦遊滇南攜以自隨庚申閏夏在楚雄行館遘胠篋之變遂爾失去悵然久之比值長夏休沐因倩友人補作此圖追次前韻二首附錄原詩於後聊誌今昔之感云爾

浮生過眼付烟雲世網愁牽未埽氛萬里萍蹤誰息影

三春草夢悵離羣（少梅伯兄近已謝世）收帆宦海津難問轉磨年
光日易曛棖觸老懷無限感昌黎願作送窮文
笑託空言乞鏡湖無聊補寫卧游圖重尋舊句添新句
不信今吾即故吾弱息初騰征轡穩（紳兒時方南歸）安眠久慣
枕痕孤好將後甲從頭記漫道衰翁筆硯蕪

附舊作　硯

廿年笑作出山雲每憶煙霞潛俗氛舒卷徒存霖雨
志翱翔愧逐鳳鸞羣駑駘伏櫪思長坂倦羽投林戀
夕曛寄語草堂猿鶴伴天涯有客待移文
半生遊蹟徧江湖北馬南船入畫圖面目本來無異

相鬚眉老去是今吾鴻泥留印痕依舊雁侶尋巢影不孤（謂少梅伯兄）早晚歸來扃岫幌敝廬中隱就荒蕪（先人所居顏曰中隱廬）

和鄒慰農大令望雨二律元韻

桑麻影裏課耕忙望澤遲分繡隴秧競盼濃膏多霡霂遥瞻碧漢尚微茫沾泥礎向階前潤離畢星隨月下滂棠黍愧無郇召蔭閔農徒嘆鬢毛蒼

官閒案少簿書堆坐待頑雲撥不開一瓣清香心上爇十分甘澍望中來決渠會見蓑盈畝荷鍤還欣笠聚臺指顧爲霖符素願先誇出岫有詩催（慰農時將出山）

仲夏下澣禱雨有應賦此志喜

賀雨詩成雲滿山（蘇句）跳珠翻墨共開顏三農望慰須臾候十日占符旦夕間始信天心資愛育漫誇人力務安閑願君快染淋漓筆喜賦商霖興不慳

慰農既和前什並以喜雨詩出示依韻答之

一雨欣看徧雨人監門差免繪流民祈年敢詡精誠貫破旱端由造化均豈借刑鵝謀下策（東坡答郡僚賀雨詩云而況刑白鵝下策君勿取）好隨飛燕詠來旬秋來定有豐年喜（用坡翁喜雨句）潑眼先驚衆綠新

連日大雨農田栽插殆遍喜賦再柬慰農

甘澍連宵果十分（余前詠望雨詩有十分甘澍望中來之句）簷聲不斷枕邊聞秋糧預卜多栖畝夏饁方聽遍趣耘涼浸陂塘舟逐水歌騰原隰鋪成雲詩人醖釀添吟思又對芸窗盼午曛

次韻慰農多雨五古一首

望雨既喜雨佳篇四座傾（君前有望雨喜雨諸作）胡為苦多雨翻愛長夏晴循環有主宰難與造化爭笑彼營營者凡事徒取贏涼飈漸蕭瑟炎景無鬱蒸寒暑互代謝松柏後凋零水潦恐為災隄防務巡行（時積雨水漲堤多漫溢）守土有專責修利原相廕民隱賴勤恤農功方合并當官共拮据

念茲祿代耕消息寓至理奚待推測明豐登況比歲差
免風鶴驚甘霖戒東作皜日占西成天工助人力此意
關重輕泯蚩每咨怨世論多譏評物極必自反善鳴由
不平仰觀更俯察遞嬗寧無憑陰陽各司令晝夜常平
分彭殤本一致朱顏白髮生古來明哲士保泰兼持盈
倘昧剝復義艱鉅何能勝談天陋窺管吹律齊璣衡四
序期無愆鼓腹歌彭亨

七夕前一日立秋偶成

快將夏雨換秋晴雨後山光滿郭青用句金井梧剛飄一
葉銀河橋正渡雙星涼生岸柳含烟露香送湖蓮繞漵

汀穿線拈鍼多巧思笑他兒女乞仙靈

慰農見和前什七夕疊韻奉柬

銀燭秋光冷畫屏用句雲車雨洗暮天青是日有雨謂之洗車午後適陣雨復霽樓邊鵲語初辭月草際螢飛似聚星瓜果紛呈桐露院雁鴻新到蓼花汀柳州乞巧文爭誦千古流傳筆墨靈

自題鏡中小照

具壽者相現宰官身明鏡蓄影阿堵傳神樂天知命頤性抱真周旋與我嘲笑由人

詠瓶中新桂

老桂迎秋放靈根得氣先影分金鏡月香證木樨禪入座同紉蕙留瓶合供蓮時與湖蓮並插新叢賦招隱徙倚小山邊

張星陔大令以近著見示多與牧騶太守倡和之作因疊用次牧騶詩韻題後並寄懷牧騶蜀中

吏才綺歲羨鳬飛肯詡乘堅更策肥試手栽花心不競折腰乞米計原非枝官屈就卑之甚郢曲高歌和者稀讀罷新詩秋正爽呼僮熨貼舊寒衣用句

投林倦鳥怯高飛余近補繪望岫倦飛圖小照自顧襹褷羽不肥殷浩書空頻咄咄莊周夢想總非非錦江秋冷魚牋杳玉

壘人遥雁侶稀難得同舟是同譜聯吟還念共傳衣星階

與牧騶春榜同年又同官滇省

閱邸報知南北軍務肅清畺吏將士疊荷

楙賞酬庸恭賦志喜

露布頻傳報捷旌萬方送喜寫丹青蕩平正路歸

皇極底定中原屬將星功媲麒麟輝

殿閣瀾安鷗鷺集江汀邊陲同願銷金甲効順由來徧

百靈

冠山寄和前疊韻二詩仍用原韻奉答

吏隱閒花落訟庭耽吟尚擁舊氊青心關稼穡勤占歲

惘切瘡痍屢戴星秋信每添蒓菜思鄉愁共繫荻蘆汀
草堂猿鶴應嗤我留滯天涯汩性靈

次韻葛子鑑大令詠白秋海棠二首

疎柳纔吟白下門新葩位置向甆盆朱顏謝却風華豔
粉本描將月夜魂秋色暗添零露迹春陰曾護晚烟痕
迴思香國多佳種雪印模糊認曉昏（余昔在嘉州海棠極盛地名香國）
江村翠竹映柴門點染田家老瓦盆社結紅樓徒幻想
樽浮白墮劇銷魂蛾眉淡埽纖纖影蝶夢涼侵栩栩痕
顛號放翁饒韻事（陸務觀自號海棠顛）重燒銀燭照黃昏

星陔惠贈二律依韻答之

椽筆能迴大海瀾更操餘技主騷壇逢人巨眼醒兼醉救世奇才猛濟寬賢尹不形三仕喜真仙寧息九還丹

崎嶇閱歷吾原慣少小曾歌蜀道難（余曩年隨宦川中最久）祖庭當日羨瓊枝問字頻來絳帳垂（先君於嘉慶初年守戎郡時令祖太翁執弟子禮甚恭）香火緣爭詁今昔苔岑契漫論高卑流風尚感思碑切（余近歲取道嘉陽戎州昭郡人士猶多述及先績者）舊雨休嫌把袂遲為盼循良書上考鶯喬先報老椿知（尊甫時居里門年適古稀矍鑠可喜）

仲秋八日程用和太守以郡廨桂花折贈供之膽瓶芬郁可愛走筆柬謝

一枝分到廣寒秋四座濃香鼻觀收金粟西來叅正果

玉梅東閣占先籌鄧齋古梅亦多此花更盛天高競羨攀雲侶是日各省秋試士子入闈月滿何勞秉燭遊好約清風賢太守瓶花斗酒共銷愁

中秋夜對月憶家和白香山韻

每逢佳節動鄉思皓月長江水一涯萬里清光同憶遠十分圓相莫輕離珠簾畫棟懷前迹玉兔銀蟾共此時地北天南各兒女團欒應寄老親知大女時隨侍北直蔚州官廨長兒春闈南旋

嵒邑紳耆王芸軒學博乃余戊子同榜生也聯譜卅年尚未謀面冠山同年近以和芸軒投贈詩

寄示因次原韻代柬奉懷仍涴冠山貽之

當年騏驥遇孫陽倚劍登壇氣勢張經訓便便邊子笥詩懷落落阮生囊集鱣久羨培才美載酒頻誇問字良此日鄉閭共矜式耆英高會詎頹唐

大羅同是過來人桂籍尋盟悟夙因揚遍秕糠慚我邁種餘桃李及門春三星德聚光逾朗滇中同年惟芸軒冠山及余三人也兩地神交味更真待向山陰訪安道快將珠玉讀從新

九秋三日聞金陵克復再賦志喜

聞道

王師下秣陵江南江北好山青全銷烽火收妖霧淨掃

欃槍現瑞星鐵鎖石頭當日壘樓船鐃奏夕陽汀功成
十稔非容易憑仗
天威震疊靈

重陽前一日偕同人冒雨先至城西譙樓登高疊
用去秋重九汪秋潭廣齋小集原韻

山光樹色繞城陰步屧尋秋又俯臨禾稼如雲欣滿目
朋簪似水證同心桃潭迴憶前遊蹟秋潭時客蜀中菊部重聆
太古音詰朝雅集仍邀座客度曲但願年年腰腳健一番痛飲一狂
吟

重陽日諸僚友招集豫章僊館公讌走筆賦謝用

樂天九日寄微之韻並倣其體

休沐閑游自不妨况逢晚節對花黃雨晴總覺秋光好豐稔無虞農事傷止酒誰吟陶靖節卧雲吾愛孟襄陽提壺競踐登高約擊鉢忙催急就章簫管吹開頭上月茱萸插滿鬢邊霜龍山勝會今重續落帽題糕各擅場

秋雨排悶二律柬子鑑慰農

秋宵苦風雨漸近展重陽客笑催租久農停刈稻忙巷深泥滑滑檐急響浪浪同調懷吟侶緘題遠寄將時方以近作寄冠山何處傳烽火連雲未止戈寒碪霜信促戰壘夢魂多邊

塞猶征鼓中原已凱歌幾時容笠屐策杖訪烟蘿

秋寒書事疊前韻二首

新寒何太驟曝背盼秋陽但覺添衣重還看抱甕忙座宜排暖閣纓欲濯滄浪燈下蟲吟寂哦詩獨就將容有談兵者誰操同室戈莓苔經雨漬蒲柳怯風多退食耽疏放槃遊任寤歌清芬留祖德鄉舍戀春蘿（先大父書屋額名）

得友人書卻寄

天末飛來一紙書平安問訊比仙逋南中露布爭歌凱北極霆威早獻俘當局有人操勝算移山何日鎮邊隅

濫竽素食慚無補嘲笑隨他戀棧駑

不學逃禪不學仙每逢詩酒輒流連識時俊傑誰為計逐隊侏儒祇自憐棘手任教頻指摘吹毛何苦太纏綿紛紛黑白終難辨搔首臨風欲問天

小陽下澣送慰農計偕北上

連年官閣共苔岑忽聽驪歌惜別深九轉丹成先問鼎一城花滿緩調琴（慰農時將以邑宰謁選）陽春送暖將吹律山水移情待賞音畢竟文壇推老宿百花頭上發新吟

蚤欣香火締因緣小子從游絳帳懸（長兒連歲受業於門）筆吐蓮芬來幕下笛橫梅影落樽前（慰農精音律）君如健鶚高騰翼

我愧駑駘倦著鞭憶隔東華經十稔巢痕尚認軟紅邊余自乙卯出都迄今已十年矣

前詩意有未盡疊用原韻再柬慰農並以誌別

故人官貴有高岑如水交情久更深燕市新歌誰擊筑
雍門古調獨彈琴杯中浮蟻添離緒耳畔飛鴻送遠音
萬里豪游誇汗漫細從馬上短長吟

此行重見舊時緣遥指長安北斗懸雨雪千山程不極
風塵一出勢無前奪標快對芙蓉鏡攬轡先揚玳瑁鞭
想見上林爭獻賦揮毫身傍五雲邊

慰農既和余送行詩四首復以述懷留別四律見

亦依韻奉酬預賀春捷之喜

交游湖海媿元龍傳舍棲遲膝易容雅望世推陶靖節
清談吾愛郭林宗圖南待展鯤鵬志斗北將隨鵷鷺蹤
袖裏瑤華稠疊贈又拈筠管寫深悰

行行回首故鄉遥老去功名豈弁髦文筆乍停簪史筆
征袍初脫換宮袍　殿前賦罷金聲重洛下傳來紙價
高同是昔年辛苦客風簷寸晷詎忘勞

漫效詩狂復酒狂笑攜竿木再逢場心花快吐春風豔
眉黛新描時樣粧早聽慶雲書補闕應憐舊雨隔遐方
賡颺學步頻叉手退直花甎日影長

鴻泥歷歷記前程舊夢依稀動旅情花爛天街誇得意
波澄海宇遍輸誠倘逢驛使梅先寄預訂燕臺酒共傾
蹀躞紅塵遊跡在追歡重醉子雲觥余來年俸滿例應入覲

芸軒學博同年寄和前贈二律並用冠山同年詩
韻二首爲予補祝因再疊韻報謝
千頃波瀾尺幅涵蘇仙曲奏鶴飛南菁莪賦後才應盛
苜蓿餐餘味尚酣琢句如珠穿一一迴文似錦疊三三
余凡三次原韻先生祭酒推鄉望枌社還敷化雨覃
舊譜新岑蓋未傾聊憑魚雁達郵程空梁巢燕欣知戊
喬木遷鶯古頌賡謂冠山瓊報雖投青玉案詩筒代侑紫

霞觥扶衰笑我同樗散退食焚香心太平

仲冬上澣閶紳兒六月初抵里賦此志喜並以寄

勗

到耳歸鴻送好音布帆無恙泊江潯陶家舊宅存松徑王氏諸兒聚竹林時姪輩皆在里居鄉俗初諳懷祖澤書香勉繼慰親心來年倘遂還山願更聽循陔鶴和吟

嘉平初吉得家問知紳兒到家後已入塾從師受業疊用前韻志慰再寄勉之

萬里書來抵萬金東湖橋畔水煙潯時子姪仍同寓章門梅花門第添荊萼芸館家聲重藝林黃卷能親三世業予家先世琴樂

公有楹帖句云生來子大青燈有味卅年心喜予老健
親黄卷侍得家成已白頭
鄉愁減簿領脩閒一再吟

臘月七日馮潤齋遊戎招偕諸同人游黑龍潭探
唐梅花下小酌用東坡臘日遊孤山詩韻竝徵
其體

宦南詔家東湖奇觀異卉何地無衝寒訪勝暫休暇
敲門折簡多招呼茅簷飽暖歡妻孥籃輿出郭滿目娛
龍潭老梅植千歲峯環水繞相縈紆中有古觀開精廬
萬花恍入孤山孤仙根後凋比松柏神物蚤化非柳蒲
主人好客偉丈夫花間沈醉日未晡折歸笑舞多奚奴

壓肩合寫香雪圖宦閒歲晚樂有餘還家紙帳夢蘧蘧
債臺難避追詩逋雅遊泥爪矜先摹

玉照堂觀唐梅二株石刻並讀乾隆間李欽齋制
府圖記次壁上伯玉亭節相韻

雙虬何處問仙真燕許留傳翰墨因繪事遙遙千古迹
香林馥馥一潭春驪龍穩睡珠光淨鷗鷺閒尋玉屑新
更遇鍾期奏流水座客楊茂才善鼓琴那知世外有紅塵

龍泉觀壁閒讀前節相阮文達師道光丁亥冬遊
黑龍潭看唐梅作手書二律謹步原韻

杖履曾陪積水潭予昔年宦京邸侍師遊積水潭觀荷典型追步又滇南

品題並仰花千歲香瓣長留雪一龕調鼎詩名天下重
籠紗墨寶座中探卅年使相迴翔地遺愛猶聞父老談
骨抱九仙推絕唱衣披一品稱名花南畺績騰彩雲句
東閣吟傳畫錦家（師相第在揚州）遲我春風依絳帳羨公大筆
絢朱霞籌邊銅柱銘勳久餘韻清芬在五華

附阮文達師原作

千歲梅花千尺潭春風先到彩雲南香吹蒙鳳龜兹
笛影伴天龍石佛龕玉斧曾遭圖外劃驪珠常向水
中探祇嗟李杜無題句不與逋仙季迪談
鐵石心腸宋開府玉冰魂魄古梅花邊功自壞解手

手仙樹遊歸南詔家今日太平多雨露當年萬里隔烟霞老龍如見三滄海試與香林較歲華

張翰屛茂才以遊龍泉觀題唐梅用伯玉亭節相韻見示再次原韻答之

雅集瑶風流效季真仙潭休問去來因朅從玉樹吟香雪猶憶瑶臺賞麗春今春翰屛曾約遊咸甯禪院賞牡丹誼重枌榆三友共座客多與翰屛同里歡聯褰履一番新江郎自擅生花筆滌向冰甌迴出塵

養福齋續存稿卷三

奉新　宋延春　引龢

元日紀事試筆用隨園集中元旦詩韻　乙丑

韶光八八際元辰予行年六十有四萬里邊臣拜舞新忝領鴻班來濟濟自看鶴髮笑陳陳三朝漸少同時侶九日遲迎閏歲春初九日方立春料得東風南浦畔兒曹簪勝倍思親

開歲五日約同人小聚餞送子鑒大令之曲靖戎幕疊用元日詩韻

五日椒盤正及辰座聯舊雨逐年新癡獃賣後聊藏拙

有穀餐來任雜陳漫向斜川鬧索句淵明有五日游斜川詩先從曲水借用試探春叅軍幕府添豪興畢竟蘭交臭味親謂君與彥卿方伯

穀日有司先期迎春東郊後以戲技遍送寅僚同觀謂之賞春三疊原韻

逐隊青旂迓令辰東皇笑我白頭新衢歌擊壤三迭肇竿木登臺百戲陳人日已過纔送暖文翁雖老尚行春謂程用和太守土牛信預占嘉穀樂歲聲中笑語親

滇垣督廨舊有雍正年間

御賜前節相鄂文端公春帖云歲歲平安節年年如意

春恭刊懸諸廳事每遇歲朝僚屬敬請摹榻裝挂
用迓吉羊延今春亦謹仿而行之並以寄贈冠山
旋荷惠詩稱謝因次原韻恭紀奉酬
宸翰親揮億萬年頒來春帖
九重天羣欽一代明良遇永庇三迆茀祿綿文藻標題
傳世久
恩華雨露至今鮮小臣何幸依
光近如意平安共守邊
燕九日歷餘圃司馬招偕諸同人泛舟滇海重游
西山遍歷太華華亭諸名勝至大覺寺小飲賞

花歸賦二律志謝

山行初趁豔陽辰一棹清波雨後新前一日春雨鷗泛閒閒欣共濟鴻泥歷歷未容陳罔津都是同舟客蠟屐爭隨有腳春今日林巒身再到卧游不羨畫圖親余癸亥冬曾遊於此

禪僧鼓暮又鐘辰閱遍山中歲月新侶謂餘筍叅齋饌美伊蒲栗供太倉陳雙凫五馬堪為美萬座中諸太守時圖權縣令也萬紫千紅總是春用句雨寺山茶盛開嶺半夕陽人影亂歸帆穩挂晚風親

西山紀遊二首

華亭寺即大覺寺

古寺藏幽壑扶笻喜再登款關非俗客入座少詩僧煙靄羣峰澹泉源一碧澄滿庭花絢爛說法比燃燈

太華寺

奇境出雲表層樓拾級攀振衣千仞上放眼十洲閒海月開珠匣天風拂鏡鬟（寺有海月堂鬟鏡軒）飄飄淩絕頂一為豁衰顏

吳牧騶太守去春來游西山華亭寺留詩壁閒信宿而去今詢之寺僧原作已無存矣為之悵然因賦一絕

去年太守詠春風曾道留題寺壁中賸有狀頭遺迹在

新詩不見碧紗籠前明楊升庵舊有楹帖尚懸寺門

仲春八日鄉人至得兒姪輩家書卻寄

鄉信燈花卜鬧緘絮語多宦游桑梓戀家計米鹽磨感慨情無限團欒趣若何遂園如可遂歸老舊槃阿先人舊宅有遂園

詠院中盆景四絶

紅茶

佳種吐紅萼纍纍似火珠奪他山寺豔華亭太華兩寺山茶極盛階畔任霞鋪

翠柏

歲寒侶孤松後凋矜晚節位置霜臺前老梅共心鐵

迎春

嬝娜誇新卉春光一笑迎黃金輸柳色（花一名迎春柳）漏洩解風情

海棠

暄妍趁朝晴不乞春陰護漢嘉香國中（蜀中嘉陽此花最多地名香國）紅粧千萬樹

上巳夜喜雨曉起書事

一雨春雷送夜分濃陰猶自釀朝雲土膏乍動欣含潤花氣初酣妙帶醺（盆中芍藥將開）泥落空梁營燕壘池添新水

泛鷗羣未修禊事韋佳會留待清明玩衆芬

輓彭冠山同年

中宵噩夢詑無端驀地鴞音入耳難誰料衰年遭鳳鸞
鳳鸞
那禁老淚泣汍瀾枌榆約竟韋猿鶴枳棘棲終困鸞
搔首茫茫天莫問招魂欲賦倍辛酸
紆籌念切濟時艱垂暮勞勞鏡裏顏撫字幾經心力瘁
催科渾忘鬢毛斑半塗忽漫生荊刺一命拚教棄草菅
賸有滿腔忠義血劇憐空灑向蝸蠻
一官潦倒滯天涯退隱難歸萬里家千古丹心照霄漢
三春白骨委泥沙空床尚抱鰥魚戚戀棧徒興老驥嗟

莫悵黃楊遭厄閏口碑遺愛在荒遐

桂譜蘭交倏卅年斯人竟已隔重泉近鄰酒憶頻飛盞

遠別詩勞互寄箋歎逝看看朋輩少詒謀濟濟子孫賢

寢門哭罷牙琴碎腸斷知音海上絃

題畫馬四絕

幾羣逐電與追風一顧孫陽冀野空神駿英姿何處認

好將寫入畫圖中

曾傳妙手貌丹青照夜驊騮倍有神想見雲烟飛腕底

經營意匠肖天真

御榻當年屹玉花能教縞素起風沙聞說騰驤三萬匹

淩煙高處盛名誇
出塵都是不凡才下筆將軍生面開豈獨光輝滿屏帳幃
快呈天廐繪龍媒

孟夏上澣移居臯厡偶成二律

餞春纔罷詠遷喬笑比遊僧慣打包暫借藏鳩移傳舍
頻來語燕定新巢用句經營幾費愚公力過從都非熱客
交暢好亭成剛喜雨引流種樹小池坳
草草琴書位置齊更拈筠管試新題懶隨不舞階前鶴愛
草草琴書位置齊更拈筠管試新題懶隨不舞階前鶴
愛共長談窗下雞吏散閒庭清似水朋來小飲醉如泥
飄飄宦海津誰問且泊虛舟侍指迷聽事東偏舊有船屋因顏曰且泊舟
尚遲飛舄學王喬玉唾常聆味曲包列坐重斟鸚鵡盞
高枝卻寄鳳凰巢晝長爐篆迎風度月滿簾紋到地交
別有園林許休息臺天獨占片雲坳
賃廡頻年近市侍齊多君賀廈又標題投戈罷逐中原鹿
倚劍愁聞半夜雞宦隱生涯仍蠹簡塵勞蹤跡遍鴻泥
留賓久共陳思窟閱盡名場老眼迷

立夏日雨中漫興再疊前韻二首

投贈瑶華絡繹鈔郫筒宜倩藕絲包報書誇宅追元白

幃　壺

草草琴書位置齊更拈筠管試新題懶隨不舞階前鶴
愛共長談窗下雞吏散閒庭清似水朋來小飲醉如泥
飄飄宦海津誰問且泊虛舟待指迷聽事東偏舊有船屋因顏曰且泊舟

淩煙高處盛名誇幛
出塵都是不凡才下筆將軍生面開豈獨光輝滿屏帳
快呈天庭繪龍媒

孟夏上澣移居臬廨偶成二律

餞春纔罷詠遷喬笑比遊僧慣打包暫借藏鳩移傳舍
頻來語燕定新巢用句經營幾費愚公力過從都非熱客
交暢好亭成剛喜雨引流種樹小池坳
草草琴書位置齊更拈筠管試新韻懶隨不舞階前鶴受
共長談窗下雞吏散閑庭清似水朋來小飲醉如泥飄
飄宦海津誰問且泊虛舟待指迷聽事東偏舊有船屋因顏曰且泊舟

是日諸僚友來賀款留小集子鑑大令即席見和

前作疊韻奉酬

尚遲飛舄學王喬玉唾常聆味曲包列坐重斟鸜鵒盞
高枝卻寄鳳凰巢畫長爐篆迎風度月滿簾紋到地交
別有園林許休息臺天獨占片雲坳
賃廡頻年近侍齊多君賀廈又標題投戈罷逐中原鹿
倚劍愁聞半夜雞宦隱生涯仍蠹簡塵勞踪跡遍鴻泥
留賓久共陳思密閱盡名場老眼迷

立夏日雨中漫興再疊前韻二首

投贈瑶華絡繹鈔郵筒宜倩藕絲包報書誇宅追元白

棲隱逃名任許巢匏繫久為遊宦累蘭芬誰與擇鄰交
經旬梅雨添新潤點染寒雲石硯坳
清和天氣麥初齊綠野風光細品題叱犢勤催桑外鳸
餉耕競唱柵邊雞陂塘(塘)荷長田田葉隴畝(秋)香抽滑滑泥
買夏論園良得計笑他蜂蝶被花迷

許慧卿司馬繪贈東坡笠屐圖為廨舍補壁走筆

答謝

司馬豪情慕大蘇半生西抹與東塗好憑草聖雲烟筆
為寫坡仙笠屐圖落紙俄驚風雨驟傳神猶動婦嬰呼
懸將素壁瞻瀟灑敢詡添毫(毫)一捋鬚

巖栖上人惠和前什三疊原韻答之

久聞卓錫傍松喬快讀新詩繹解包雲塢家風茅作屋蓮池古社樹為巢拈花微覺座中笑擊鉢偶尋方外交我比香山老居士籃輿鳩杖過峯坳

佛法從來說等齊三乘參罷一留題聲聞悟徹安飛鴿面壁功深養木雞語妙何妨還點石心清早羨不沾泥漫譏晚節躭禪悅願乞豐干為破迷

題巖栖上人舊刻詩草題詞冊子

菩提非樹鏡非臺坐破蒲團悟去來一杵鐘聲曾喚醒幾多詩味枕邊回末五字乃上人詠寒鐘舊句也

蚤結延陵翰墨緣當年蕭寺互傳箋就中絕唱推和靖
片羽靈光更巋然（謂冊中仲昫制府和甫學使牧騶太守暨林文忠公諸題咏）
淋漓大筆勢飛騰太守風流得未曾此日芒鞵故山老
又從湖上訪詩僧（冊內牧騶老舊作投贈尤多近日乞假歸浙西矣）
勞勞行腳半天涯江北江南韻事賒游倦歸來仍覓句
招尋結社梵王家（上人十年前曾作吳越廣陵豫章湘水之游得詩最富）
禪門失喜訂交新禮數寬聯文字因老我頭顱煩棒喝
何時來學閑關人（上人和余近作有應寬禮數定禪交之句）
披吟觸目盡琳瑯接引如登送佛場留取他年認泥爪
開編重嗅辟支香

次韻程用和太守近（近）聞克復金陵志喜之作

飛將功成讓虎頭南中露布徧星郵錦衣歸羡軍容盛鐃奏歡騰武備修飲至共招壺處士策勳應倩管城侯重看海宇逢清晏歛（斂）福同欽錫九疇

閏五望後二日潤齋招陪同人游海心亭看荷花小飲蓮笑樓賦謝二首疊韻

閏逢夏日小年長風定池塘（蓮）自在香（用句）折簡又開裠屐讌披襟宜製芰荷裳樓臨東面花含笑會繼南皮客舉觴沈李浮瓜追往事休閑消受水亭涼

濠濮觀魚樂趣長座中還嗅辟支香渴來競飲碧筒盞醉後誰題白練裳觸熱不嫌歌襛纖扶衰偏愛逐壺觴滿隄燈火參差處歸趁湖心月色涼

次韻用和遊海心亭作

夏雨欣及時盈盈一方水偶傚玉局翁借亭同志喜堆案屏丹鉛休沐謝朱紫小屋如漁舟恍座烟波裏涉世苦塵鞅徜徉任天只問花花無言呼佛佛不起登樓一舒嘯仙境幾相似人旨哉淵明辭昨非而今是師範昔留題高山空仰止亭中有阮文達師楹帖後樂本先憂盍告二三子

初伏後連宵積雨排悶疊用看荷原韻二首並柬

李銘珊司馬鈞華

檐聲不斷漏聲長殷殷雷車喚阿香暑夜未容施莞簟薰風兀自怯羅裳泥衝門巷愁沾屐水漲池塘笑濫觴一枕羲皇躭卧隱渾忘世味有炎涼

居鄰禪榻梵音長（銘珊時僑寓僧寺）每覺心清聞妙香話雨客題苔蘚碧峯雲僧踁薜蘿裳紅樓憶聽江南夢翠海纔飛河朔觴窗外芭蕉簾外竹未秋天氣已新涼

慧卿司馬為補作望岫倦飛圖小照再疊前韻志謝

信手揮來嶺上雲輸君筆底滌塵氛丹青重寫開生面

烟　鱸　誦

意匠能超大雅羣點染秋容思老圃流連山色愛斜曛長空又見橫新雁織出天孫乞巧文（圖成適當七夕）

江鄉老屋傍東湖夢憶天波釣叟圖采菊籬東憑笑傲攤書窗北强支吾蒓鱸歸興衰年切梅鶴風懷處士孤果許添毫償宿願棲遲還翦舊庭蕪

立秋日約同人小集且泊舟銘珊司馬即席見贈長律次韻二首答之

粉本初成寫早秋（慧卿補圖甫就）招尋仙侶是同舟山雲靜捲涼颸透池水新添宿雨收坐把深杯愁共遣身隨倦鳥願應酬何當快覩青蓮句牛渚西江月滿樓

老我名場兩鬢秋期君早作濟川舟唾生珠玉花開落翦取風光卷裏收流水孤琴音孰賞倚天長劍志須酬請纓攬轡男兒事豪氣當凌百尺樓

銘珊疊和前什再依原韻奉酬

漫驚搖落賦悲秋卻羨依栖般若舟（時仍寓禪院）松菊每思蕪徑植參苓敢詡藥籠收（前和詩有北面稱弟子之句）涼生西陸吟逾健品貴南金價莫酬萬里鄉雲重回首江山多在物華樓（用句）

孫吉人茂才清[illegible]以和章見示三疊前韻

自古才人感素秋長風破浪快乘舟緜緜合乞金鍼度

六

珊樹終憑鐵網收賢守風流傳歗詠吉人藏有牧騶太守詩册老僧
月旦慣賡酬巖栖時相倡和好將作賦摩空手椽筆爭修五鳳
樓

巖栖上人惠和原作四疊前原韻

露溼荷裳已報秋用句擬從赤壁放扁舟絮泥久識禪心
定花雨還教法眼收金粟後身欣有伴錦囊佳句迭相
酬謂上人與銘珊也老夫怕聽催詩鉢哦徹宵鐘懶下樓

秋夜有懷五疊原韻寄示子姪輩并引

昔年先君子解組歸里卜居豫章宅第西偏顏
以遂園園有八景曰中隱廬曰逸櫂舟曰小貿

篔谷曰柏廊曰玉水池曰書三味室曰致曲軒曰聽讀樓各紀小詩刻入全集余自道光丙午服闋入都供職嗣後遊宦滇南離家今已廿稔每憶鄉園徒縈夢寐因就園中八詠衍成長律聊述鄙懷并寄以示晶云爾

廿年辜負遂園秋中隱難忘逸櫂舟（陶詩云虛舟縱逸櫂）曲徑翠篔幽谷繞方流玉水小池收半廊古柏陰常滿三味香芸樂共酬此夕兒曹勤課讀青燈遙憶舊書樓

銘珊復示疊和二首原疊原韻柬答

朗吟如泛洞庭秋身是浮家一葦舟宦興久隨春夢覺

詩情都為晚霞收三撾鼓妙誰搬弄四疊歌新互勸酬古曲有陽關四疊今銘珊亦四用原韻矣多感殷勤誇驥子寸莛那便撞烟樓

周德生明府惠貽佳釀七疊前韻謝之

白衣預送尚新秋似瀉錢塘藥玉舟問字人爭攜酒至敲詩句愛閑門收醇醪慣飲心先醉廉瀲分甘誼寡酬何日仙鄉攬名勝行沽重訪弔黃樓德生家居敘郡地有弔黃樓為山谷而作也

新秋自題且泊舟圖六首

茫茫宦海任浮槎三載萍蹤逐浪花漫笑此身無住著

且憑一葉暫爲家
鳳泊鸞飄儘折磨須防平地有風波臨流且唱公無渡
莫待橫江喚奈何
少年破浪快乘風擊楫高歌萬頃中到此怕他鷗鷺歎笑
可憐衰鬢鬢已如蓬
隻手誰迴大海瀾收帆更比挂帆難不如投老孤篷底雨
笠烟蓑伴釣竿
纔泊山邊又水邊平生出處且隨緣箇中悟徹鳶魚樂
一片神行活潑天
蕭蕭蒲柳不禁秋勇退從來在急流小住偶然舒冷眼

幾人到岸肯回頭

七夕對月遣興一律

昨夜雷轟雨洗車曉看晴旭滿窗紗橋填靈鵲秋空淨樹桂新蟾漢影斜千古別離天上恨三更盟誓殿中賒憐他乞巧癡兒女瓜果紛陳笑語譁

七夕後一日約同人小集疊用前韻

休暇門迎長者車新涼衣已換輕紗清宵纔鬥蛛絲巧碧落初排雁字斜共醉勸將醇酒搞用樂天詩意懷歸興寄畫圖賒熱宦獨愛尋閑伴一棹烟波避世譁時又倩慧卿作且泊舟圖

官

是日得大女自宣化遞來家書喜賦卻寄再疊前韻

冀北剛迴驛使車開緘喜劇屽烏紗重重雁帛疎還密六六鱗箋整復斜知爾承顏親舍聚有郎坦腹宦途賒時女携外孫輩隨侍阿翁就養蔚州官廨王壻叔琴仍作宰秦中故人為道含飴樂扶杖歡聲繞膝譁謂秋卿親家

寄懷王秋卿太守親家三疊前韻

元亭問字正停車馬帳高風列絳紗座繞書聲徙北向甎移晷影日西斜翹材夏屋新陰滿竝轡春明舊夢賒此日門牆看鵠立銜枚戰士靜無譁時秋卿主講保陽蓮池書院

次韻巖栖上人近作六首

石山

一簣覆平地奇峯比綉雲海寧查氏園有英石峯題曰綉雲　玲瓏隨意
構邛壑自胸分望岫描圖樣臨池襯水紋烟霞吾素願
歸老拜匡君

和銘珊居士飲海心亭

高軒此消夏預賞一亭秋偶憩魚游檻還登蓮笑樓輭
紅曾遍踏大白快同浮韻事留蘭若忘機海上鷗

贈銘珊居士

書生餘結習揸挂苦吟身靜處心同佛狂來筆有神夜

涼蟲響砌朝爽鳥窺人方外得良友傾襟不染塵

垂柳庵訪庵主

煙柳一庵裏依稀白下門綠陰常繞屋黃葉自成村風急經床亂雲凝石硯昏同龕笑彌勒妙諦細參論

雨夜訪銘珊居士不遇

檐聲聽入夜應是雨催詩（用句）漏促皖籌客泥銜笠屐時音疑空谷玉盼斷寄巢枝小别增離索翻愁得句遲

經關索嶺

嶺勢岧嶢處雄關此要津時艱思猛士地險絕游人憑弔千秋蹟塵勞萬里春匆匆嘆行腳保障重邊臣

養福齋續存稿卷四

奉新　宋延春　引穌

陳漱泉山長見示謁楊升庵先生祠詩次韻奉答

年少巍科性率真才高原是不羈人一封抗疏期回主
萬里投荒任逐臣天上久辭鸞鳳侶山中竟老薜蘿身
荒祠仰止斜陽外依舊留題大筆新

銘珊司馬家藏升庵先生寫韻樓摹像敬請拜觀
疊用漱泉詩韻再賦一律以志景仰

展拓丹青面目真堂堂眉宇見天人大名六詔傳遷客
信史千秋表直臣古貌昂藏扶杖影高樓瀟灑卧雲身

我來悵阻追攀跡寫韻空瞻遺挂新余往年承乏池西以未至榆城為憾

讀升庵先生畫幀上自詠詩有感謹步原韻

宰相門庭出狀頭立朝風度想休休如何北闕陳匡疏
終效南冠作楚囚垂暮尚存忠愛念致身豈為毀譽謀
于今洱海滔滔水一片清芬萬古流

官廨後圃老桂移種前庭日來花放詩以美之

清和移植倏涼秋靈種欣誇老景收根茂早知酣雨露
香飄還許佐觥籌小山有客思招隱新月良宵待紀游
更愛鄰枝同折贈翼甫觀察適以糧廨桂花分貽犀禪參透解閒愁

社前一日雨中書事三疊原韻仲秋初五日

社前已占幾分秋日日秋分小雨生涼殘暑收燕侶飛飛還故壘蠶更緩緩聽宵籌連朝祀事戒旦方殷林泉志久懷中散湖海交難覓少游恰喜吟篇完趙璧珍同燕石慰予愁時見得舊刻詩草

登五華山觀城外秋稼喜賦四疊前韻

多稼如雲屢有秋碧畦黃隴望中收但教遺秉常棲畝差免量沙共唱籌鼓腹早欣魚叶夢纏腰應許鶴同遊農功何敢貪天力樂歲都忘白髮愁

銘珊惠贈盆菊數種走筆答謝五疊原韻

小院剛吟桂子秋黃花又向短籬收似尋彭澤分三徑

先笑樊川占一籌貽我灣香矜晚節羨君幽賞快郊遊君甫自西郊外尋秋歸白衣預訂重陽約醉浣詩腸萬斛愁

中秋望月寄懷家園子姪輩用少陵八月十五夜月二首韻

萬古今宵月光如百鍊刀浮雲雖偶翳皓魄自孤高對影愁雙照憂時感二毛清輝香霧裏乘興一揮毫

虬彩潛昆海蟾輪憶灌城遥憐同玩賞此夕倍分明棣萼詩應寄樽香酒共傾老懷觸鄉思兩地各營營

中秋後一夕約諸僚友豐園小集用少陵十六夜翫月韻疊賦二首

涼飈開玉宇佳節展中秋絃管催良夜壺觴集勝流清音爭洗耳諧語足銷愁銀漢槎難泛棲遲且泊舟

園小堪留客亭空任眺秋桂華藏月窟菊影占風流（庭桂已謝兩盆菊正開）好繼南樓詠渾忘水調愁搞勤須一醉不繫笑同舟

中秋後二夕見月小酌花下用少陵十七夜對月韻疊成二律

朦朧經兩夕（前兩夜皆微月）皎潔認前身剛續題襟會偏遲寫照人團欒休恨晚酩酊不辭頻漫效孀娥怨重翻舊曲新

又見秋中月難逃物外身十年邊徼蹟萬里宦游人暮
景脩闌甚心交倡和頻宵深慚對鏡霜雪滿頭新

連日承諸同人惠貽和韻佳什因再疊原韻各賦
一首奉酬

投贈瑤華富交情脫寶刀（用杜陵句）愁共遣郢曲和彌高
搦管花生舌探囊穎露毛拋甎引珠玉煩上笑添毫
羣公矜鬥險五字抵長城腕底尖叉別胷中涇渭明頹
齡爭勇賈勁敵輒心傾旗鼓騷壇盛如排細柳營
耽吟餘結習垂露筆非秋句擅八叉捷才驅三峽流搜
羅啞獺祭感憤惹猿愁陸海潘江外誰操下水舟

老去心難嘔推敲賸此身黄華將傲節白戰那驚人鉢
響挑燈急殘傳剝啄頻琳瑯輝四壁乙乙讀從新

慧卿為余補作望岫倦飛圖小照屢次易稿久而
甫就走筆答謝

丹青尺幅幾經營意匠爭看腹稿成一笑無鹽勞刻畫
神傳阿堵劇多情

舊本模糊已十年新圖泥爪認依然倦遊果遂歸雲願
鍊石誇君善補天

慧卿既為補作圖卷復繪直幅小像見貽屬寄示
紳兒以當趨庭侍對良可感也因再題二截句

於幀端用志雅意并以寄勗
三尺鵞溪兩鬢蓬衰顏重染向秋風不須團扇家家畫
也肖梅花一放翁
記得髫齡點筆時拈華繞膝傍疎籬甲寅舊圖中曾寫鯢小照采菊侍立時方六歲耳圖成今日還遥寄手寫新詩當課兒
自題宦游疊詠舊刻詩草後九疊前韻有引
咸豐乙卯秋余出守滇南曾有留别都門同人四律嗣於瀕行洎途次秦蜀涖治廣南擢任迤西先後疊用原韻八次丙辰秋在蓮郡因僚友索觀者甚多遂將前作彙成一帙付梓題曰宦

游疊詠藉以投贈就正方家迨後攜之行篋皆於楚郡散失梨棗無存每思舊什深為悵怏同治乙丑秋初張俊卿大令瓜代旋省公餘話及前贈詩帙猶有存者乃出以相示如獲珍寶撫今追昔感歎久之爰疊韻再賦此章用志文字因緣惟卷中僅刻至七疊之作其八疊四首尚未附入茲亦不復記憶且留為他日泥爪之迹云爾 前八次原詩已録首篇

一編重展十經秋紙上烟雲似蜃樓金購敢誇番舶賈珠還差慰管城侯驚心刼火餘殘藁瞥眼滄桑恍夢游

塗抹半生擠覆瓿多君片羽吉光留
匠門憶昔勉敲甎愧向屏風寫十聯鼓吹曾逢全盛日
賡歌又到中興年嘔肝辛苦徒憐我搔首蒼茫欲問天
笑對奚奴談往事幾多抛棄錦囊邊
敝帚千金陸賈裝更教檢點一番忙唱酬有願來同調
結習難除老是鄉歎逝悲離增感慨拾遺補闕再常佯
也如久别歸良友重話前塵數舉觴
淒涼雁字共思艱無復吟牋遠寄蠻舊約竟辜坡與潁
新詞嘶續馬同班靜躭佛果參真諦閒覓神丹問大還
老矣中書嗤筆禿私期雛鳳和丹山

補詠豐園二首并記

豐園在臬署東偏咸豐紀元辛亥崇荷卿廉訪涖治時重葺並題額書記中有滇南素稱樂土丁未而後每洊饑今年則大稔胥天下而上康樂之書圖成歌豐竊取豐字名之數語嗣因會垣多故比歲甫經安集而余適再權臬事今春續修官廨并園亭亦補葺而重新之且值連年大有民樂綏豐爰因舊額復顏於此仍願滇人飲和食德共迓天休一如當日命名之義焉

一官匏繫屢歌豐四野餘糧飽雁鴻耕鑿相安忘

帝力倉箱有慶賴天功邊氓運轉春臺上樂歲聲含夏
屋中笑我素餐儕白叟也隨場圃詠豳風
偶學蘭成賦小園牽蘿補綴向籬樊池魚網亦開三面
林鳥棲還覓幾番苔蘚又留新爪印松篁重拂舊巢痕
安排佳節題餻近黃菊丹萸共舉樽

食菘菜

異味饒秋末盤餐愛晚菘園丁霜後摘菜甲火先攻齒
冷和根咬心酸笑腹充虀鹽鄙肉食儒素守家風

重九子鑑蘭評銘珊三君招陪諸同人天光雲影
樓登高禪房雅集用杜工部九日登高韻賦謝

二首一不次韻一次韻亦古法也

雲水光中洗眼來用蘇句　登臨難得此樓臺秋高更覺詩腸健風定全銷畫角哀南國游踪心共遠西江鄉思首重迴謂寺中巖棲上人昔年曾作吳越豫章之游　正冠又續龍山會願賦傳杯不放杯後五字亦少陵詠九日詩句也

嬾將絲竹寫情哀老去尋秋愛幾迴髻重不嫌黃菊滿籬疏果見白衣來又用蘇句余前謝銘珊贈菊詩云白衣預訂重陽約　禪宗清淨皈蓮座宦隱頹唐滯柏臺且把茱萸謀一醉陶然競覆掌中杯

重陽日普子延明府贈菊數盆答謝二絕

生怕東籬菊易殘留將佳節傲霜寒瓦盆繞座添清供
新月庭中露滿團
笑我無錢對菊花用杜詩意移來老圃幾枝斜扇頭曾寫秋
容淡又許幽香晚節誇君去秋曾為余作便面菊花
重陽之夕禪院張燈賞菊因傚隨園集中蕉泉觀
察招同人賞菊分賦七古一體并次原韻以補
詩所未盡再柬諸君子
時流好事追風雅折柬看花盞同把佳日高軒次第過
庭前喜見裳裳者奇峯幻出金碧堆芙蓉萬朶含雲蘳
飽餐彭澤英三徑壓倒河陽錦十圍登樓縱目窮斜照、

入座拈花覺微笑燈光花影越精神醉月飛觴臻衆妙使君我愧舊朱陳犀彥翩翩廊廟珍莫教惡客敗詩興好替名花作主人仙芝秀茁靈無比祥徵更羨超宗子銘珊宅中近產瑞芝文郎三齡岐嶷可愛題餻幸未辜良辰此會此花洵美矣夜遊秉燭樂正長滿插渾忘兩鬢霜老子於斯興不淺歸去尚留三日香

立冬日作疊用重九韻 九月十九日

漫賦殘秋宋玉哀菊霜天氣已冬迴預安暖閣娛衰好怕聽悲笳入耳來馬齒編年排竹簡鴻毛遇順市金臺時方自撰年譜并校閱講院諸生課藝蚤梅漸報南枝信準備銷寒暖玉

杯

再展重九約同人豐園登高再疊前韻 二十九日

久别山中猿鶴哀音書遥盼異鄉迴登高舊例今重展埽徑荒園客再來寒重添衣多老境風狂落帽又平臺年年腰脚誇常健莫惜頻斟瀲灩杯

王倉文明經惠示小集長律次韻答之

如駛駒光過隙忙園林風景漸蒼涼多君覓句才偏捷笑我躭吟老更狂氣候關心逢小雪 節近小雪連日新寒 壺樽乘興展重陽菊枝猶傲梅誇早一樣堅持晚節香

生日述懷奉呈同人四首 并引

同治乙丑孟冬上澣八日余春秋六十有四諸
君子各以詩文圖畫惠貽致祝自愧馬齒加長
迺辱鴻貺逾恒情溢乎辭矜寵特甚爰述鄙懷
用答高誼不足當大雅一噱也

甲筭重排又四周年光轉磨數從頭田園每憶三三徑
蒲柳俄禁八八秋宦海有波憑挂席詩囊無底自添籌
羣公寵荷琳瑯贈鐘呂慚將瓦缶酬

游釣兒時憶漢嘉湘灘萍梗似摶沙數椽歸侍南州宅
滿座書聲北郭家庭誥勉教詒世澤科名幸不負春華
廿年出入承明地走遍紅塵十丈車

回首平生足蹟多邊風宦味竟如何松楸久戀心難慰琴瑟中離韻不和一老胸懷原曠達四朝歲月儘銷磨身强天許留餘力好譜昇平入詠歌

駑駘伏櫪笑頹唐驥子還期弓冶良明鏡更番窺白髮新炊何日熟黃粱梅欃早索春傳信菊甕頻開客泛觴嬾向神仙問丹訣人間閱歷幾滄桑

銘珊自製菊枕見贈賦此答謝

采得黃花作枕囊陸放翁有菊枕詩此即用其句也題詩當日放翁忙曲肱我想安眠樂明眼君傳却老方一覺夢迴三徑月

五更寒重滿頭霜從今臥榻容高隱好伴楳花紙帳香

長至日書事即寄子姪輩

日向壺中特地長（用句）灰吹葭琯趁朝陽風前竹報魚牋遠（前數日得家書）座上梅含鴨篆香蓺植書田謀拔栗綢繆家計戀柴桑老夫退食多休暇準備消寒浥酒漿

銘珊惠醃菜戲賦二絕答之

一畦菜甲帶霜寒擷取宜登苜蓿盤領畧齏鹽風味美與君嗜好共鹹酸

種罷英雄早閉門當年猶記咬泥根大官今日誇傳膳羊瘦翻愁踏破園

題張翼甫觀察觀稼圖行看小照

雁鴻生計稻粱謀問舍求田願莫酬聊借課農閒寫照、何妨學稼快吟眸桑麻滿目民同樂隴畝關心歲有秋一幅豳圖重點綴艱難事業念先疇

同是耕田識字夫江東米價近何如塵中久倦看花眼老去惟躭種樹書覽取風光收畫卷評量烟雨伴犁鋤我無二頃歸難遂遙憶歌豐繞敝廬

歌豐

題明蔡忠烈公遺札墨蹟冊子 并引

公諱道憲號江門閩南人明季以進士為長沙推官崇禎癸未八月殉張獻忠之難此為貽父

執其札真蹟道光癸巳勒石星沙並撫小像銜之祠壁其原本藏於李君葵南家亦閩人逌遊宦滇中攜以自隨因遭胠篋之變鬻諸市肆爲滇人張翹齋所得珍弆已久近甫出以相示盥讀再三洵墨寶也冊中諸題跋備詳顛末爰賦

六截句歸之

勝國當年祚運移紛紛狐鼠竊憑時沅湘半壁成孤注
破廈誰將一木支

懍懍威名賊膽寒軍中久識蔡推官虎頭馬革徵詩讖
熱血噴餘大節完公有贈洪少保馬革不能歸烈士虎頭今誤相書生之句

臣抗孤忠氣不降良朋義僕共存亡一門風烈堪千古
姓字長留翰墨香
閫嶠高蹤溯石齋謂黄公道周又傳鄉範仰同儕英靈畢竟
難磨滅牛斗光芒劍肯埋
名流好事慣搜羅遺墨淋漓辨豕訛寶物幾番逃刧火
此中疑有鬼神呵
文山石硯疊山琴桑梓珍藏一樣心幸展瓊編增眼福
撚須梅下步高吟公咏梅句云爾我已長須

銘珊惠貽果品分詠二律謝之

佳果勞攜贈新機正悟禪拈花伸妙手指月聳吟肩長

爪宜搔背高擎笑鎔拳和南應合掌清供伴癯仙佛手

別有瑰奇品圓光現玉盤檀匀何馥郁綠絡自團欒橙橘憐同臭芝蘭媲合歡剖杯誇巧製雅酌共消寒香橼

冬晴盼雪

久晴頭腦笑冬烘三白休教望眼空已覺瓊英催臘信園梅正開待看玉戲弄天工凍雲作勢徐遮日微霰凝寒漸舞風是日微雪飛絮堆鹽應不負圍爐鬥韻讓袁翁

望雪未得適銘珊見和前什疊韻走答藉以解嘲

寒戀重衾暖意烘朝來咄咄訝書空豈緣添頰三毫誤難覓飛花六出工憐我冷吟同喘月羨君高詠勝因風

何當煑酒償逋約爛醉樽前不倒翁

大寒後一日曾梅卿太守移尊豐園與同人賞梅

小集即席賦謝再疊前韻

小園花正愛晴烘果喜樽中酒不空約借消寒賓作主

詩追禁體拙求工細參玉版老僧味（席間食冬筍）懶卧柴扉

高士風留取橫斜數枝影好隨鶴奏祝髯翁（坡公生日已近將舉壽蘇之會）

臘八日憶舊歲游黑龍潭龍泉觀看梅東潤齋一

律

去年梅訪仙潭勝今日梅開又一年花事更番催老眼

人生歲月感華顛灃齋是日初度新巢結搆重開面時重葺觀中玉照堂將次落成舊句留題未了緣準待春朝探芳信再扶藤杖踏雲烟澗齋適來邀重遊以微疴未往又訂人日尋梅之約

臘望馬培芝協戎將有東行之役招余小酌話別即席賦贈二律

西風催臘緊匹馬忽東征之子賦行役感余離別情關山添旅夢雨雪問前程對酒撫長劍胡為鳴不平

此去趨鈴下元戎禮數寬寸心期貫日隻手仗迴瀾轉餉蕭公急紆籌葛相難折梅逢驛使用句早與寄平安

春前數日官廨後院玉蘭盛開惜客來多未得見

詩以寵之

瓊佩珊珊絕俗塵名藹一例占先春甘為牛後深藏豔

肯向人前强效顰有品定逢青眼賞無瑕堪並白頭新

庭空月冷爭輝暎相伴冰梅妙入神庭前綠萼梅將放

養福齋續存稿卷五

奉新　宋延春　引龢

立春前三日連次得雨志喜一律

臘鼓催年又六遭（余自庚申晉省至今凡六度歲矣）迎春一雨喜如膏繡衣競頌隨車沛（連日夏雲津熊壽山兩觀察先後至省）玉帳還欣洗甲高澤潤土牛迴北陸泥蘇垤鸛徧東皋天心預兆和甘瑞濡墨淋漓快引毫

鹺篆受代有日賦此解嘲疊用前韻

屈指瓜期問幾遭頻年徒笑處脂膏道鹽無句才原拙乞米多書品詎高致產安能儕孔僅空羣難得遇方皋

官符待看封題去底事爭添頰上毫

同治乙丑十二月十九日東坡先生生日屬許慧卿司馬摹李委吹笛圖以為公壽因次原韻敬賦一絕附錄小啟於後

金光炯炯彩雲飛彷彿仙風御紫嶷快展新圖齊下拜心香一瓣祝來茲借韻

大江東去公如萬古之流孤鶴南飛我上千秋之壽摹出髯翁杖履難忘髫稚釣遊蓋昔淩雲載酒蚤登和仲之書樓迴思典郡趨庭曾侍先公之韻事隨稱觴而式燕方舞勺以祝鳩瓊樓

玉宇今夕何年鋏板銅琶人間天上延一官邊
徼僕僕風塵卅載舊巢悠悠日月老矣行傷小
子渺焉仰止先生第赤壁蕭沈非復雪堂之步
而蜀江錦濯仍騰星漢之文井可歷參可捫剢
降坤而近丙箕維張牛維奮值立春於生辰采
蘭茝以侑尊香能祛瘴折梅花而作供清不知
寒相約介眉期來拜手敢曰知音下界同聽吹
蓬之新聲聊云學步前徽勉續題襟之勝會
東坡生日既屬慧卿補圖為壽因約同人於豐園
小集設祀謹用先生集中是歲生日王郎以詩

見慶次韻一首原韻并倣其體

文章千古異時趍坡頴連床樂友于忠孝平生朝右重
鬚眉今日畫中橅化身栩栩岷峨狀遺範堂堂黨籍儒
宦蹟泥鴻隨處印詩才磨蝎眾言郛笙歌兩部湖邊榜
星月三更海上桴投老蠻荒看抱珥言歸合浦詠還珠
祝公曾記鄉邦盛顧我深愁筆硯枯侑爵難尋真一酒
糝羹聊味道清腴

前詩意有未盡再用公集生日劉景文以古畫松
鶴為壽且貺佳篇次韻為謝原韻又賦一首

歲晚簿領閑春朝天宇廓言壽東坡翁競奏南飛鶴遥

遥八百年星精耿碧落銀幡簪綵勝法曲諧管籥緬懷笠屐蹤遊歷徧泉壑雙鵲來東軒枌榆豈忘卻（公有初別子曲至奉新作即余故里也）賤子附鄉鄰先公舊官閣吳越山水佳嶺海風波惡一一追音塵滄桑頻錯愕小刼戲人寰英靈儼如昨既許泥爪同諒毋臭味各況忝前後輩清夢玉堂託公闇定掀髯為進無算爵長空下雲旂高歌仰嵩霍

立春用坡翁次劉貢父春日賜幡勝韻

春光五度歷三朝（自壬戌紀元迄今已五次立春）迴憶長安醉解貂萬里觚棱猶戀闕十年幡勝隔層霄繽紛漸次催花信

漏洩先看茁柳條恰好時晴書快雪連朝雨雪是日放晴喜將老
筆咏芳韶

小除日寄家書示昴兒姪輩疊前韻

豈有涓埃答
聖朝忝傳家世重蟬貂書香勉繼尋三昧劍氣終騰貫
九霄勤惜駒光頻過隙好憑鳳羽共棲條老夫一紙緘
題寄莫負春華腹笥韶

劉用子叅軍見示壽蘇雅集長律依韻答之并柬
令棣少軒

桃潭把袂惬襟期癸亥重九君於汪秋潭寓樓招飲登高聽曲猶憶湖樓顧

曲時菊釀頻年同勝踐棣華愛我屢先施風前誰和壎篪調雪後還賡珠玉詞難得新春聯舊雨梅花笛裏一樽持令弟少軒精音律疊承枉顧為奏新聲

除夕遣興三疊立春原韻

薄宦天涯久罷朝廌冠曾珥侍中貂匆匆歲月辭青瑣鼎鼎聲名在絳霄蘭臭經春逾繞座梅英帶雨競攀條屠蘇後飲吾雖老醉上頹顏轉覺韶

元旦試筆用香山喜入新年自詠元韻丙寅

樗庸久列守邊臣律轉青陽已浹旬前十日立春雨露頻霑鵷鷺序煙霞難遂薜蘿身庭梅徙倚懷鄉舍臺柏棲遲

作替人如願尚誇詩筆健又裁新帖寫宜春

滇垣黌宮舊有白鷺羣棲樹上秋去春來歷年不爽向稱佳瑞近於臘杪春初臯廨豐園亦有羣鷺飛集柏林預卜豐年之兆賦此志喜

于飛早見振西雝來集園林兆歲豐高潔曾依霄漢上迴翔競逐鳳鸞中辭巢擇木非無意出谷遷喬或許同笑我藏鳩仍守拙年年衰鬢託泥鴻

新歲六日約同人辛盤小酌偶成一律

寅年寅月日逢寅（是日丙寅）料檢杯盤又薦辛酒為官貧醅亦舊蜀經冬冷味猶新（適覓得冬筍充庖）魚龍試舞千門夜絃

堂

管高歌四座春日來已舉燈事座客仍度曲明日遊山遲宿約題詩
先寄草堂人擬人日游黑龍潭不果

銘珊以余為作索詩廊記見酬長律二章依韻奉
答附錄原記

虛廊偶寄退居寮人海中間獨避囂瘦竹幽花吟款款
鬢絲禪榻夢迢迢探囊競向管城吐擊鉢頻催蓮社邀
難得唱酬摩詰近芳鄰咫尺挂僧瓢謂巖棲
卻埽扃門索句遲琴尊左右與時宜酒龍詩虎誰為敵
月夕花晨慰所思歌歠輸君長劍倚盤桓笑我短筇支
臨風喤引先揚秕繪事應添畫裏詩時將倩慧卿寫圖

索詩廊者銘珊司馬憩息地也銘珊性躭吟詠得風人之旨近年因襄事省局僑居禪院之東廊廊以外花木竹石廊以内茗椀爐香皆手自位置一邱一壑頗饒詩意暇時則循廊緩步搜索吟哦并約二三同社嘯咏其下余公退亦偶一造訪各以新詩相質訂過斯廊者輒聞渢渢然擊節聲不絕於耳焉昔吾宗牧仲中丞曾有筠廊為讀書處今銘珊殆亦師其意而名之與

元夕豐園觀燈詞和隨園張燈詞韻八首

春宵燈月鬧春光惹得傾城士女忙解事海棠渾不睡

怕他高燭照紅粧
老向青藜學蠹蟲曾燒蓮炬醉顏紅笑將弄月吟風地
幻作銀花火樹宮
萬點流星落畫屏微雲不滓太虛清人來一色琉璃界
知是燈明是月明
聞聽康衢擊壤謠　昇平歌舞遍南交花燈高下安排
處挂滿梅梢又柳梢
報賽年年紀土風他鄉隨俗演魚龍豐園雞鬥隨園勝
亞字闌干十二重
歲朝日日醉華筵此夕嬉遊望若仙竿木逢場呈百戲

強娛暮景賽韶年
禁弛金吾夜不收漫催玉漏報雞籌良宵畢竟錢能買
姤煞芳園秉燭遊
老夫策杖也漫婆娑逐隊高歌曳落河霧裏看花人共笑
此翁樂比少年多

燕九前一日銘珊約陪同人重游黑龍潭小集龍
泉觀東謝二首用東坡新城道中韻
東風知我欲山行（即用蘇句）伐木丁丁春鳥聲為訪仙潭重
蠟屐又來古寺聽敲鉦客因酒美金樽滿花愛巢新玉
照清（時重葺觀中玉照堂初成）更向丹房尋道侶黃冠常帶白雲耕

薄書休暇偶微行多少茆檐笑語聲近市炊烟團雪練遥峰落月露銀鉦捫蘿剔蘚山中勝挈榼提壺分外清大好林泉容吏隱息肩吾亦願歸耕

春初遊山雜詠十首

籃輿小隊出郊垧四面春山列畫屏十里菜花黄不斷迎人柳眼已青青

方田遠近復高低土脈纔酥滑滑泥春及東臯農事早知時膏雨望扶犂

野桃含笑出牆頭麥浪初摇滿緑疇無限詩情兼畫意前風景一囊收

松聲泉韻入雲深一路泠泠如玉琴不到林巒最幽處
那知山水有清音

古觀重登太乙壇嬾尋仙訣問燒丹關心花事頻探取
綠萼紅茶次第看

老梅千載播清談龍抱珠眠月印潭讀罷前賢壁間詠
鶯花三月夢江南

廊迴徑曲儘勾留還許扶笻上小樓此地好窮千里目
恍隨列子御風游

一門節烈尚留芳黃土堆邊草亦香閒倚亭欄羨魚樂
又從濠濮想蒙莊

名山香〻證前因背郭堂成結搆新雅集羣賢偕少長
花前同醉玉壺春
笑折花枝當賜緋揚鞭得得帶香歸鼠姑屈指傳芳信
乘興還來訪翠微

仲春朔朝行香初罷過銘珊索詩廊小憩見盆中
牡丹已開賦贈一律

風番花信到中和訪勝詩廊一再過傾國容華矜豔早
逼人富貴得春多玉樓香霧朝酣酒金屋新粧夜護窠
欲賦清平愁管秃留供讌賞醉顏酡君又有花朝小集之約

春分日蒙

恩加按察使銜恭紀

一紙新綸賁鳳墀春光萬里拜
恩施勉將清白承先訓豈有涓埃答
聖慈三品頭銜榮朽質十年心力瘁邊陲駑駘晚遇彌
矜寵回首觚稜立仗時

望前二日于役板橋夜宿驛館枕上偶成

三年不踏城東路鑑轝今還逐隊來山鳥有時穿樹喚
野花到處向人開風狂似虎終須定月朗于蟾不染埃
旅館無端宵柝緊攪人詩夢五更迴

銘珊以生日同人招遊寶藏寺泛舟大觀樓二律
見示次韻奉答
為訪桃源結後游競誇李郭共仙舟濃青點點排鴉髻新綠溶溶泛鴨頭榆火千邨纔做節清明後一日滄桑十載感登樓問天搔首多奇句又倩紗籠壁上留
中年莫笑二毛侵眼底風光次第尋立品怕邀流俗譽工詩深造古人心翩翩雲漢松閒鶴文郎隨侍同遊浩浩天風海上琴漫覓丹砂向句漏駐顏自有指南箴
銘珊新構小室顏曰退藏自紀二律見示依韻答之

塵市難為一壑謀新巢別築擅風流才名慣壓陳驚座
詩句重題趙倚樓商略論園思買夏詼諧促膝笑陽秋
莫嫌方寸無多地人海中藏汗漫游

小結精廬不染塵萍踪暫寄卧雲身幽棲偶作閒居賦
退息非甘避世人息影尋將行腳侶（謂巖栖）澆愁醉倒瓮
頭春茶烟禪榻容消受吟罷西廊燕雀馴

銘珊以盆供花果山石移贈齋頭各賦一絕志謝

纔許珊瑚贈還移蘋栗來玉盂共金帶天意各栽培（紅白）
芍藥

穀雨熟櫻桃（用句）無妨百果嘲笑他樊素口甘被樂天拋

朱櫻

一片玲瓏石壺中列九華品因坡老重拜讓米米顛誇奇石

和銘珊春暮大觀樓小集原韻

豪游重叩舊禪關攬勝依然水一灣風景從新添結搆物情自古有循環連雲浪綠千畦麥宿雨嵐青四面山畢竟奇觀開眼界又攜醉筆錦囊還

立夏日約同人小飲率賦一律

紅殘綠暗夏初迎恰值清和雨作晴壁展畫圖閒索句銘珊適以畫幀屬題廚開櫻筍笑飛觥邊隅惜少蟬吟樹野外還多鳸趣耕聞道高樓新面目輕舟好待泛蓬瀛時重葺大觀樓

將次落成擬往一游

銘珊司馬賜題先君年譜敬次原韻奉謝

先芬勉述久流芳手澤編年細審詳繼武忝紆新紫綬負薪期守舊青箱南州鼎鼎千秋業西蜀陰陰萬樹棠先君昔守川中嘉郡最久地稱海棠香國詠烈多君頌遺愛願酬雅意索枯腸

立夏後五日馬雲峯軍門招陪諸僚友泛舟近華浦重游大觀樓讌集落成感懷志謝二律

不到招提已十年余於丙辰春曾遊於此重開生面景依然名區興廢皆關數宦海浮沈各有緣小隊弓刀閒稅駕大觀

樓閣肖淩煙山僧倘乞龍紗句老筆難將石墨鐫

畫舸沿洄漾水濱那堪回首憶前塵壺觴會繼人非舊金碧圖成蹟又新漫對滄桑嗟刼運且娛絲竹寫衰身一時幕府傳佳話提倡同扶大雅輪

銘珊以大觀樓雅集新作見示依韻答之

題襟仙侶盡同舟屐履風流迭勸酬樽酒不空追北海湖山滿眼賽東甌新巢似詡鶯遷谷（謂寺中諸上人）舊譜重吟燕子樓（君近有和桃花扇院本題詞）燈火長堤歸騎疾重闉遙聽報更籌（是日遊歸已漏下矣）

首夏六日奉陪勞辛階制府游黑龍潭登龍泉觀

玉照堂同僚公讌疊用壁間伯玉亭節相詩韻

賦呈二首

蚤識廬山面目真叨陪冠蓋有前因草堂似杜嚴公駕
花徑重尋杜宇春揮麈清談頻話舊開樽勝醼又翻新
籌邊休暇推元老卅載迴思京洛塵

古樹憑誰問贋真仙潭悟徹去來因卿雲覆遍千間厦
霖雨施將萬里春令甲預占黃閣重同庚互笑白頭新公與余同歲生
天南使相迴翔地何幸從游步後塵

小滿前一日雨後課園丁種竹

雨潤泥新及夏初幾竿移植粉牆隅凌霄勁節應誇爾

鋤月閒吟合伴吾茗碗參差清響近蕉窗左右綠陰俱此君相對渾忘俗何可胸中一日無

豐圍白鷺入夏育子甚多環啼樹巢頗有生趣喜而賦此

幾隊鵁鶄行侶林閒喜引雛營巢偕乳燕返哺比慈烏靈氣鍾祥異清聲吐慧俱待看毛羽滿振翮向天衢

清和中澣作家書寄子姪輩

廿年久作宦游客萬里應懷親舍安鄉思濃時歸夢遠主恩重處乞身難且將舊什魚緘寄好展新圖鶴髮看時以詩刻圖照寄示他日投簪償宿願扶鳩花底話團欒

初夏雨中巖栖上人見示重登大觀樓二律依韻

奉酬

坡翁久斷參寥夢索句常依雲影樓（上人所居）偶訪前塵來勝境又拈逸韻寫閒愁千層杖立蒼茫界一葉萍飄汗漫游行脚打包渾慣事許多碎錦古囊收

黃梅十日瀟瀟雨長夏簾櫳預借秋刼火經（経）時空起滅滄波滿目任沈浮重題海上新風景似倚江南舊寺樓（昔年上人曾作吳越之遊）今古登臨嗟此地都將鴻雪付漁謳

養福齋續存稿卷六

奉新　宋延春　引龢

乙丑端陽慧卿以所繪雨中鍾進士像畫幀見贈
今值丙寅重五仍取舊圖挂之壁閒補題一首
即寄慧卿

去年雨潤天中節曾寫終南進士圖此日重將懸素壁
知君近又綰新符（慧卿適權攸晉寧）人閒狡獪偏容爾筆下淋
漓卻笑吾（是日復雨）滿酌蒲罇同一醉酡顏相對眼糢糊

夏雲津觀察賜示賦贈豐園鷺雛二律依韻奉酬

新韶培養到恢台逐隊將雛婉育才勝事慣招佳客詠

良禽欣為故人來漫誇文采聯凰翼好護明珠出蚌胎
願共羣鷗閒結伴翺翔滄海畫圖開
從來胞與赤心存瑞兆螽斯宜子孫胸次化機關物性
眼前生意總天恩園林涉趣隨魚鳥几席流芬遍芷蓀
多感殷勤霏玉屑吉光片羽合稱尊

仲夏中澣二日雲津觀察初度因避客為同人載
酒約游大觀樓而歸出示四律次韻奉答並以
補祝

年華荏苒宦游蹤星斗齊羅錦繡胸偶泛仙槎滄海棹
來聽野寺暮烟鐘放開縹緲無窮目看遍芙蓉第幾峰

搔首青天問奇句競誇老子筆猶龍
綺歲雄才賦兩京論文不惜到深更據鞍早詡丹心壯
攬鏡俄驚白髮生無限中年絲竹感難忘故里菊松盟
惠連新夢池塘草篠飲東頭憶士衡
忝竽同將大白浮禪關信宿且句留縱談戎馬千山陣
壓倒元龍百尺樓游戲慣招蓬島客疎狂合署醉鄉侯
羨君豪氣傳枌社雲夢呑餘鸚鵡洲
隨風珠玉誦低徊滌盡塵襟十斛埃歲月窮邊同棹久
朋簪高會把麈來舊游似雨鬚眉老交誼如雲面目開
笑我獻桃遲曼倩擘牋補侑紫霞杯

銘珊司馬屬題慧卿司馬所繪畫幀八首并跋

畫中皆寫京師花卉景物

輭紅十丈踏春忙問柳尋花尺五莊更有海棠誇絕豔花之寺裏鬥新粧

豐臺芍藥甲於輦下花時都人士往觀者殆無虛日游罷每過尺五莊沽飲即小有餘芳也花之寺相去咫尺春朝海棠亦盛因并及之

春來廟市夾街斜門巷深深叫賣花寒食清明都過了用句安排沈李與浮瓜

余昔年服官京邸寓老牆根距土地廟上下斜

街甚近三春花市九夏瓜棚洵燕臺一大觀也

朱霞天半敞冰廳滿架虬龍舞不停香入窗紗閒品鑑
看花眼獨向人青

京師古藤極多以吏部長官治事藤花廳為最乃前明吳匏庵先生手植泐詩壁上漁洋山人并留題詠長夏趨直與同人環立花下香氣撲繞襟袖間追掌篆司封聽事前亦有藤花架覺稍遜一籌耳

千頃花潭萬柄荷蘭橈齊唱采蓮歌當年玉蝀金鼇畔
橈齊唱采蓮歌當年玉蝀金鼇畔
拂面香風緩戀過

都中積水潭荷花著名為前賢觴詠之地然遠不及　禁苑太液池尤稱巨觀迴憶天衢策馬瞻仰　宸居恍置身瀛洲蓬島間也

津沽佳品滿筠筐載得霜螯趁菊黃底似江鄉風味好
白衣籬下醉柴桑

津淀產蟹風味絕佳秋深霜後自潞河滿載而來輒與二三友人持螯大嚼藉慰故園松菊之懷耳

春明門外聽歌驪送客年年逐馬蹄兩岸芙蓉數行柳
銷魂不獨灞橋西

都門送别多在盧溝橋外即古長安折柳之意
緑波春水朝雨輕塵每當把酒臨風陽關三疊
能不黯然神傷耶

風雪長安逼歲殘圍爐煮酒且消寒床頭金盡裘俱典
紙帳梅花夢亦歡

京官歲暮退直餘閒常約同僚作銷寒雅集分
韻聯吟别饒佳興雖貧亦樂想見前輩風流於
玆未墜云

平生游蹟半江湖夢想烟波舊釣徒何日快償蓑笠願
故園風景飽蒓鱸

曩歲余在都時曾倩友人寫望岫倦飛圖小照早訂歸田之約迺一官邊徼十有餘年猿鶴空移蓴鱸未遂披圖對景益增我秋風張翰之思耳

中夏下澣仰蒙

簡命授雲南按察使紀

恩述懷敬賦四律

温詔從天下殊榮被老臣遷階仍率舊延連歲兼權臬纂尚未瓜代今春甫拜加銜之命受寵又驚新向日葵心切淩霜柏性真

君恩來萬里長夏尚如春正月二十九日所奉諭旨至今方到

侍直黃門久曾經筆秉冊曩歲承乏諫垣掌印刑科烏臺今日座豸

節昔年冠但願祥刑溥還期法網寬得情矜勿喜古訓

懍當官

籌邊逾十稔紆策愧駑駘南顧煩

宸廑西征仗將才威高唐節度績邁漢雲臺

廟算咨元老齊聽凱唱來

宦游忘歲月鬚鬢早成絲將屆懸車候猶誇荷擔時安

危須共濟枯菀各能支勉奏桑榆效扶衰答

聖慈

六月二十四日為觀蓮節適銘珊司馬移贈盆開

新蓮供之豐園約同人小集先賦二首疊韻

傳舍如乘太乙舟纔聯銷夏又迎秋後四日立秋花招君子宜稱壽相傳是日蓮花生朝幕集良朋快紀游舊夢鷗盟魚戲葉新巢鷺序鶴添籌園中新鷺甚多謁從休暇開蓮社願共羣賢續唱酬

宦海頻年且泊舟風懷差免笑陽秋小亭豐樂追歐老團扇閒情畫陸游白雪重歌聽雅奏碧筩互飲勸觥籌吾衰性僻耽佳句解語誰將勝會酬

觀蓮節席間以竹深留客處荷淨納涼時分韻得涼字成五律四章

此飲非河朔而生六月涼南皮游好續東閣醼重張耳
洗箏琶妙心清菡萏香催詩來急雨大筆染淋浪
小住如船屋飄然自在航芳踪娩韋杜新曲譜伊涼泛
緣依紅慣調冰雪藕忙黃昏欣有伴花對紫薇郎
仙子淩波步亭亭別様粧獨超塵以外宛在水中央閒
賦小山隱早歸高樹涼金尊銀燭畔老矣尚疎狂
佳日聯襄屐風流潭北莊分鬮愁韻險擊鉢鬥吟强一
葉梧飛井千竿竹繞牆循環悟天意底事問炎涼

立秋前二日文星橋太守招陪諸僚友海心亭醼
集重登蓮笑樓即席賦謝再疊觀蓮節原韻

共濟身同不繫舟佳招預賞水亭秋小樓徙倚花仍笑
陳跡追尋客再遊座上飛觴無盡算席間借箸正前籌
星橋時甫權首郡篆新聲領袖推賢守牧夢亭名占年願早酬

題曾路門學博雲石山房存稿二律並柬哲嗣梅
卿司馬

南豐香瓣接雙江蜀道趨庭氣未降尊翁新甫世丈昔年與先公同官川省君正隨侍少日才華珠競唾中年筆力鼎能扛廣文老去
青氊冷工部愁多白鬢厖想見耽詩因性僻拈毫深夜
對殘缸
枌榆三世締神交快覩琳瑯滿紙鈔幾許心肝供嘔吐

無邊風月費推敲夢吟池草曾同調謂令棣幼竹明府手澤陔蘭詎忍拋珍護遺編誇令子雞林爭購莫輕教梅卿時以大稿屬余校訂後將付剞劂

得從姪宮筌茂才家書賦此卻寄並以言懷

一紙書來萬里天分襟回首廿年前余與姪自丙午鄉里門一別至今園別久鬚眉改烽火銷餘骨月憐舊夢難忘池草句謂尊甫味菘兄新愁怕詠竹林篇謂乃兄紹蓀姪還欣小阮身猶健遠慰離懷轉快然

流光過眼盡烟雲寸晷風檐憶論文曩歲秋試姪與余曾同號舍老去談經培弱弟時紳兒在家塾受業於門時來投筆張去聲吾軍家聲

勉繼多忝暮景飛騰爾不羣他日歸田笑癡叔扶鳩重許醉榆枌

讀辛階制府酬巖栖月谷兩禪師二律敬次原韻奉呈竝東二上人

調元資碩輔萬里福星來羣仰迷津指誰量濟世才邊陲銷燧火老衲撥爐灰餘事尋禪悅聲聞在五臺公昔官山右多年

南天拜生佛雅化被風詩普發慈悲願曾賡喜起辭聯吟寬禮數說法悟宗師珍重紗籠護恩波潤墨池

慧卿司馬惠分清俸為紳兒迎娶催粧之助走筆

答謝

阮氏家風本寒素多因婚費累名流廉泉一掬叨分潤種玉難將白璧酬

紙閣蘆簾著孟光用句伯鸞佳偶共糟糠阿翁對客掀髯笑添得明珠七寶粧

仲秋初吉雲津觀察移居鹺廨招陪同人雅集即席賦謝

幾載牢盆笑代庖飛來燕雁遞相交余前權鹺篆曾庽官廨三年歡聯舊雨同今雨蹟認新巢是故巢五色目迷矜點竄八又手捷漫談嘲時以評定講院課藝并近著見示秋光翦取歸詩卷漸

喜銀蟾挂樹梢

送棋卿之巧家司馬任疊用前韻

治譜烹鮮等治庖同舟幸託紀羣交禽良擇樹鶯遷谷
官好携琴鶴共巢素業箕裘期共守逢場竿木任人嘲
西風杯酒添離緒驛路鞭絲颺柳梢

銘珊新築花廚失去佳蘭十種賦詩惋惜依韻荅
慰

惜花心事主人忙一例栽培梓與桑每向園丁勞自課
何來鼠子竊羣芳明非胠篋矜豪奪暗比偷香巧試嘗
紉佩果然同臭味雖乖雅道亦無傷

朝華夕秀久榛披草澤英雄竟莫知采菊似誇盈把趣
搴葭空繫涉江思偶遭幽谷風流厄愁對香廚煙霧維
合浦珠還終有日素心重話一樽持

中秋前二日雙桂堂新桂初開喜賦一律六疊去
秋詠桂原韻并引

臬廨聽事堂額顏曰雙桂蓋雍正癸丑前任廉
訪雁門馮損齋先生光裕所題當時手植雙桂
於庭之左右生氣婆娑清香馥郁爰書額作記
以美之距今已百三十四年矣舊樹久已凋謝
惟階旁尚有新種小桂一株亦復楚楚可愛余

連歲權篆移居於此今春忝拜真除視事之暇
每憶前徽徒深仰止秋中新桂竟爾作花敷蕚
揚芬不禁心喜因疊韻賦詩聊紀其事詎敢云
流風餘韻後先媲美乎哉

雙桂堂留百卌秋新葩又喜眼前收清芬舊記勤封植
生氣今番愧借籌(用原記中語意)幾載向榮欣得地一枝競秀
續前游閒庭月滿香盈座金粟光中淨掃愁

中秋對月遣興

室滿犀香月滿輪平分秋色淨無塵(是日秋分座上一盆桂瓶桂盛開)一
庭泠露花初溼萬里清輝夜共新鄂渚寅僚欣做節鄺

州子舍慣思親紳兒時在里門來宵水調高歌處快作乘槎海上人

次日同人約游近華浦大觀樓小集月夜花下小飲興殊未盡因過索詩廊訪銘珊適巖栖吉人亦在座談詩半晌遂同登寺樓翫月良久啜茗啖果而歸枕上口占二律

偶酌不成醉來登月下樓山僧為我道今夕好中秋老眼空千古詩懷臨九州飄飄何所似用句滄海一沙鷗

看到昆池月匆匆又七年節因花更美人與月長圓笑語康衢外風光拄杖前小游渾不俗吟罷夢蘧然

吉人示中秋昆池泛月一律銘珊既和其作余亦

次韻答之

酒味有清濁詩情宜淡濃天長低入水月遠暗藏峰魚舞波閒笛鳥啼夜半鐘豪游迴櫂晚主客笑萍逢

中秋後四日雲峰軍門招陪辛階制府暨諸僚友重游大觀樓公讌歸後賦謝二首疊用夏閒紀遊題壁元韻

秋稼盈郊慶有年襜帷休沐倍欣然長堤羅拜兒童喜傑閣從游山水緣風景屢教開眼界雪泥無限幻雲烟髯翁題詠猶留壁舊句還憑大筆鐫昔年孫髯長句極帖久為海內傳誦近已殘闕制府補加題跋重令刊刻仍懸樓中

漁歌颿影繞湖濱底用西風扇障塵前度管絃宵月滿前三夕余與同人泛月昆池今番襆履午晴新澄觀雅抱千重量豪飲閒娛百戰身向晚移舟共仙侶城闉燈火擁雕輪

和雲津觀察晉階恭紀三首元韻即題大著橋西詩艸後

南征三載迹相違凱唱歸來羨賜緋君連歲督師迤南克復思普即膺遷擢虎帳早傳清壁壘夙章今喜耀旌旂韜鈐遠畧平時裕縞紵深交近日稀莫道書生忘本色繡衣新換舊戎衣

入洛才名到處嘉春明傾蓋昔爭誇余於甲辰春在京邸與君昆仲把晤

機雲篠飲池吟草坡頫牀聯筆吐花謂令兄諟吾司馬陵平觀察月
旦真評原有價風詩古調自無邪碣從邊徼班荆後循
吏儒林頌五華
戎馬堆中露布馳留題古驛又荒祠君如鵬奮方騰翮
我愧駑庸久伏雌竹帛待標銅柱象琳瑯好護玉盤螭
細揩老眼耽吟癖梨棗他年播四陲

重陽前三日約同人且泊舟菊巵小集即席奉柬

節近少風雨天教暢老懷無錢償酒券有客鬥詩牌采
菊來魚貫題餻望雁排催租差免俗行樂讓吾儕
又啟簪萸會西風笑捲簾騷壇誰共敵觴政不須嚴花

愛多多善歌宜昔昔鹽夜遊遲秉燭新月透窗纖

重九銘珊暨香谷用予招陪諸君子游天光雲影樓登高賞菊先此賦謝

一年一度作重陽（去秋九日曾讌賞于此）老去閒情愛景光明鏡怕窺雙鬢白好花仍對滿籬黃樊川笑口聯晨屐彭澤高風戀梓桑快展新圖題舊詠又留泥爪在詩廊（銘珊時以舊游補圖索書原作）

巖栖見示登高賞菊二律依韻答之

客有尋秋興同登般若臺禪關三徑掃花事一籬開天意慰遲暮佛心憐異才何當叅米汁競覆掌中杯

勞勞笑行腳海內本無家老息閒雲影歸拈古寺花游踪付泥雪吟思落秋霞悟澈三乘妙焚香展法華

次韻月谷上人奉酬雲津觀察一律

方外欣聯翰墨緣閒看禪榻颺茶烟君如寒拾真雙絶謂上人與巖公我別匡廬又廿年茅屋新詩催擊鉢荒山舊蹟憶停鞭往歲上人卓錫妙高寺觀察曾遊宿于此宰官說法身同現上人近綰僧綱篆妙諦多誇白雪絃

九月既望庭前晚桂盛開喜賦一律用香山晚桃花詩韻

連夜新寒擁被池朝來庭桂吐妍時靈根得地秋光老

冷露無聲花氣知樹愛冬榮應更健芬揚晚節不嫌遲
羨他翠竹黄華畔階滿天香月滿枝

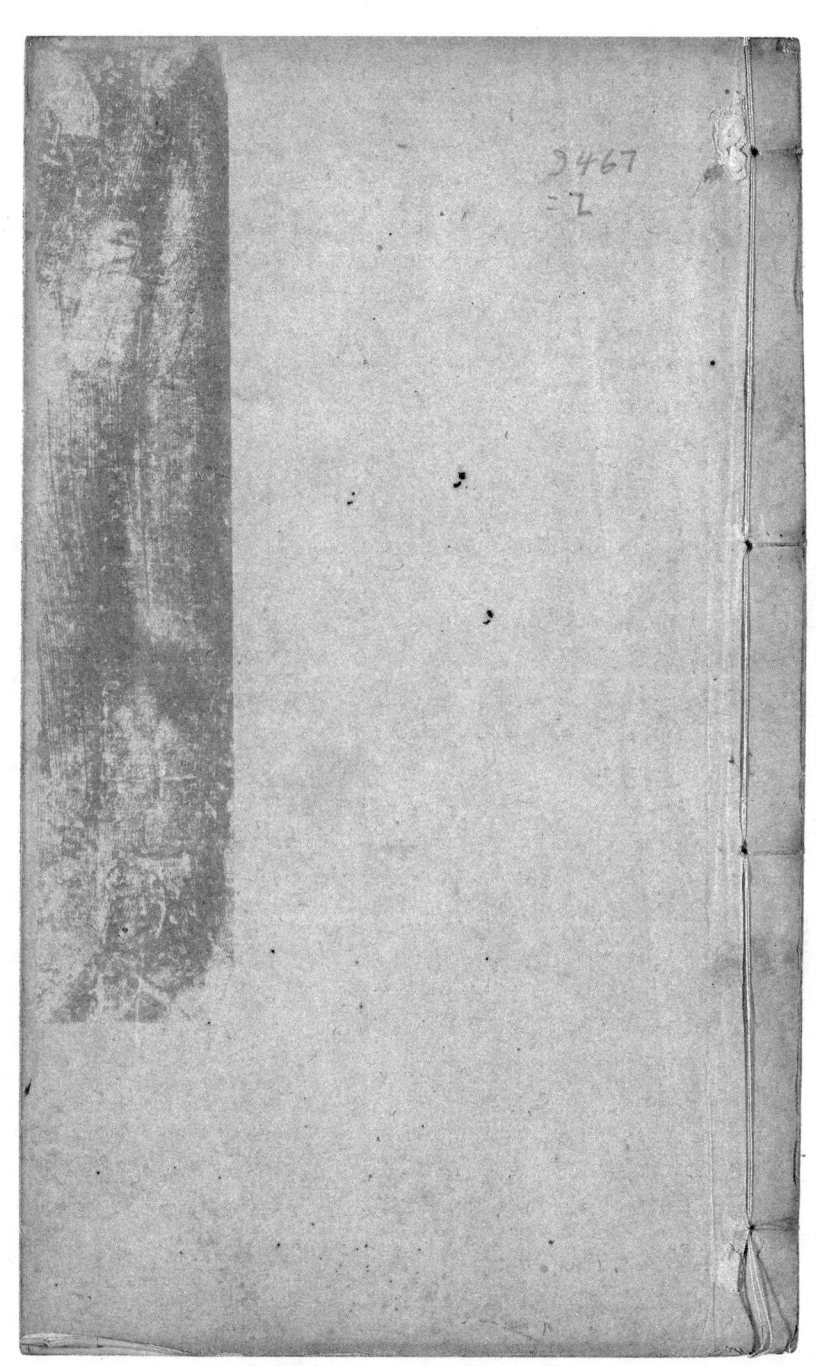

養福齋續存稿卷七

奉新　宋延春　引緐

十月生朝自述用樂天春日詠懷詩韻并引

按樂天本詩首聯云位逾三品日年過六旬時公自註有太子少傅位三品予今年六十五之語竊念僕今歲忝陳臬事品位年齒略與公相同因次元韻率賦此章豈敢謂媲美前賢亦聊以自誌歲月云爾

滇徼遷官候香山紀歲時匆匆年齒改漸漸鬢毛衰有願殫臣力無能答

主知駑庸勤莫補鳩拙老何為靜悟三乘諦閒尋四壁
詩梅傳春信早菊愛晚香遲歸興蒓兼鱠娛情竹與絲
頹齡且歡飲宜喜不宜悲

小陽生日復承諸同人各有名畫新詩之賜而以
蘭評學博百花題詠畫幀與銘珊司馬百韻聯
句詩屏尤稱雙美謹成長律用達謝私

歲歲添籌荷寵光又看蓮華滿琳瑯百花錦爛惟橋梓
花為楊玉山所繪詩百首則蘭評詰嗣紫萊茂才佳構乃翁書之
千字珠聯有棣棠詩屏
乃銘珊首唱與同學聯句令棣漱泉茂才作楷俱稱工雅
愧我衰年餘結習多君吉
語頌康強老夫擁座誇豪富笑對瑤華日舉觴

初度日諸君子惠顧稱祝因款留豐園讌集即席

疊用前韻奉酬

暮景難留駒隙光小園掃徑集瑤璆樗材自分空山木竹馬曾遊香國棠余幼年隨宦嘉州地名海棠香國吉亥算符千歲盛座中賓主二十三人共年一千零三歲良辰杖倚四朝彊名場久歷慚高位皓首休辭婁尾觴

雲津觀察將之祿豐籌糧見示二律即次元韻送別

為拯民生切同憂國計難餉求轉蕭相論許效桓寬名下推三楚軍中畏一韓駕輕還就熟士飽免空簞

十載籌邊久何時兵氣銷蝸爭笑蠻觸蠶食尚淩囂聚米紆長策量沙息眾謠凱歌聽飲至杯斝待重招

餞别培芝協戎于役西征疊和雲津詩韻

又賦從軍去渾忘行路難塵勞戎馬慣旅思弟兄寬時與雲津同籌糧之役才媿持籌杜功卑乞食韓好名嗤末俗色不見羨簞

我有一尊酒君將塊壘銷謀參帷幄密氣奪鼓鼙囂米價頻煩問風聲早罷謠征鴻傳遠訊旌捷眼前招

十月下澣二日雲津觀察于役祿豐糧臺途次寄示誌謝同人送别二律和韻奉懷

堆案頻催乞米書長征又見雨隨車晨閣微雨千林葉落山
爭出四野糧栖畝有餘勸酒人添惆方攀驛柳代庖我亦策
軍儲是日余適兼理糧儲受篆無端小別添惆悵馬上吟成早寄予
騷壇正羨鬥雄師磨盾忽忽羽檄馳露布待傳新戰壘
雪泥重和舊題詩閒憑大筆千軍掃好借前籌半壁支
果否消寒償宿約梅花邊裏盼歸期君留別詩有辜負消寒約梅花留步招之句

仲冬朔日得紳兒中秋寄來家書賦此志喜再疊

初度晥元韻

萬里同看秋月光平安遠寄展函瑯鄉園學藝如勤稼

池館聯吟共鄂棠兒與諸兒肄業家塾書味青燈憐爾慣宦情白髮慰子强宜家好詠團欒什合卺齊斟玉案觴時方諏吉為兒授室

銘珊移贈雪蘭一盆走筆答謝再疊春初詠素心蘭原韻

孤芳在幽谷本自抱冬心雪骨憐同臭冰姿不受侵歲寒梅作伴月冷鶴知音暖閣添清供圍爐擁鼻吟

鄉人至滇紳兒帶來食物數種書此卻寄三疊咏蘭詩韻

遠勞甘旨奉知汝望雲心頓笑朶頤養常縈衰鬢侵加

餐宜土味入耳雜鄉音恰對陔蘭放還添馨膳吟

銘珊居宅因鄰局不戒於火致遭毀室之厄詩以慰之

及

火攻衆竟筮焚如惱及比鄰毀敝廬豈是覆巢危幕燕忽來飛燼誤池魚四圍壁立嗟无妄三昧胸藏羡有餘差幸詩廊堪退息爐香細爇且安居

長至日即事

晨曦透影到窗南（晨刻冬至）陽氣初回雪意酣（連朝釀雪會近復晴霽）訂消寒圖九九花開向暖徑三三（時擬約同人消寒雅集園梅已將放矣）詩吟律比吹葭細宦味嘗餘諫果甘朝罷委蛇方退食

先持丹筆把春探

題勞鞠思太守藤花小榭讀書圖小照四絕

花香書味得來曾小小軒窗曲曲藤我憶兒時風景在
白頭還羨舊青燈

子舍翩翩讀父書花陰坐對惜三餘傳神好倩長康筆
結習於今未掃除

少年吾亦愛螢囊郡閣趨庭業縹緗屋裏書聲檐外月
愧教人喚紫薇郎余幼年隨宦嘉州郡廨有紫薇吟館為讀書之地

冰廳香氣繞窗紗僕直曾看滿院花判牘纔完吟興動
摩抄題壁手頻叉京師吏部廳藤花最盛壁間石刻名作尤多余觀政銓曹時屢見之

長至後五日豐園消寒第一集奉柬諸同人疊用

至日元韻

星聚爭瞻斗指南爐紅酒綠興初酣節過長至添紋五簡折偕來益友三晝本西園重嘯詠（席間分詠題壁上西園雅集圖）官梅東閣正和甘衰翁慣引抛甎句珠玉風前次第探

銘珊司馬見示寄賀紳兒九秋合巹之什次韻答

謝

牋披五色向吟邊襁褓迴思廿載前雁信剛隨梅信報雀屏喜對菊屏圓敢誇雪案添良友勉詠霓裳會眾仙雅愛多君摛吉語含飴如願樂耆年

小寒前二日銘珊司馬吉人學博招陪同人有味聲齋消寒第二集再疊至日原韻奉酬 清

不分枝北與枝南點染冰梅著色酣（時倩幼谷作九九消寒梅花圖）清淨禪參應合十（巖栖開士亦與會）尖乂韻鬥又拈三金樽滿引千巡暢玉版新嘗一臠甘（席間食新冬筍）屈指仙潭花信到銜寒驢背待重探（將有龍潭尋梅之約）

豐園消寒初集題壁間西園雅集圖諸同人既以（霸）名園依綠水野竹上青霄十字分韻賦各體詩予亦即用十韻衍成長古一（古）章並題畫末（綵）

君不見古來日星河嶽精千秋高會享大名神采乃向

畫圖現風雅斯主壇坫盟張生貽我圖一幅云是前賢
蘇玉局當年領袖元祐間羣公歡聚樽浮綠至今韻事
留西園讀畫重認泥爪痕丹青點染道貌出襃屐嘯咏
流風存追摹早貴洛陽紙香光形肖龍眠美扇頭縮本
臨春風林下高蹤狀秋水英詞妙墨世所稀畸人傑士
都憑依想見襟懷寄泉石遂令清曠瞻遺徽豪情勝概
爭描寫緇服黃冠雜朝野要知阿堵能傳（靜）神畢竟扶輪
推大雅我閩先哲多典型俯仰陳迹垂汗青香山九老
繪洛社右軍一序標蘭亭此圖流傳久韞櫝割愛相投
增眼福雖無名妓誇素蠻尚有家姬奏絲竹荒園學步

羅賓僚張之素壁霏瓊瑤奚止馨香遍草木陡覺光燄
淩雲霄吁嗟乎人間靈物邀珍賞從看寶氣必騰上寒
宵孤鶴忽飛來笑與髯翁親撰杖

有味聲齋消寒第二集分賦

寒漏二首

廿年待漏記趨朝按轡天街雪半消夕永銅龍聽緩緩
風嚴鐵馬和迢迢百花聲送（動）霜威重五夜籤催曙色遥
封事雖籌勞數問禁鐘初動（漏）待層霄

雪後蕭齋月漸闌蓮華滴罷漏（沈連冷）痕乾餘音尚戛壺中細
斷夢頻驚被底寒暮柝沈沈連冷巷宵碪處處接長安

詩人興比征人健曉箭傳來蠟炬殘

寒吟二首

西抹東塗暮復朝推敲兀自到寒宵圍爐鬥韻哦官閣
策蹇尋梅憶灞橋撚斷雪髭忘味苦夢回紙帳覺魂消
老夫結習除難盡呵凍頻將禿筆搖

高卧樓頭雪未殘評量島瘦與郊寒磨研鐵硯三更冷
咀嚼青氊一片酸釣笠空江愁鼻擁籃輿古社笑眉攢
堆鹽詠絮渾閒事誰聳詩肩李杜壇

臘八日王雨亭伊琴史兩刺史王公亮李韻莫兩
大令移尊且泊舟約諸同人消寒第三集三疊

至日元韻柬謝

長齋禮佛學和南醉愛逃禪筆陣酣灌頂又欣逢臘八
蔗毛漫詡達尊三杯斟竹葉酤仍舊粥煮桃花啜更甘
一笑清風贏兩袖廉泉空向阮囊探

臘月十九日復約同人過豐園消寒第四集爲東
坡先生生日設祀敬懸去歲慧卿所繪吹笛笠
屐二圖於壁閒配以坡翁自寫淵明先生小像

同申展拜四疊長至韻

赤壁孤飛鶴奏南江聲千古笛聲酣客游湖口峯名九
公謫嶺南過湖口
有咏壺中九華詩家學眉山鼎足三譜仿甌茲同調寡

觴稱樂玉飲醇甘祝公生日年年慣曾記淩雲舊蹟探
公詩有年年作生日之句又蜀中嘉州淩雲山有公讀書樓余昔年隨宦游此

壽蘇日消寒第四集分賦東坡詠物詩二首即用
元韻並倣其體

油煙墨　隃

漆點賜隃麋松煙餉奇馥曾傳吐自魚更喜堅如玉噴
之或成字書之當入木歐子惠堪珍長公胸有竹臨池
羨龍賓學步笑蛇足雙丸耀文房盈袖灑詩牘

豌豆大麥粥　垂實麥

昔過湯陰市驅車揚麴塵槐夏豆垂實麥秋氣迎人得

次雲津觀察偕同僚西靈寺看梅元韻即以寄懷

紅塵也許駐仙顏處士高風水石寰踏雪偶來蘭若畔
看花同立翠微閒龍潭訪勝遲遊侶前與君有黑龍潭探梅之約尚不果
來庾嶺吟香憶故山恰好題詩寄人日何時息影草堂
閒

春正十日仰峯熙齋子顏體齋萃亭詠南少軒諸
君子移樽豐園消寒第五集七疊長至元韻奉
酬

幽蘭香正滿陔南春晝初長蝶夢酣劇喜竹林賢主七
重聽梅遂雅歌三深情更比醇醪美兼味何須盛饌甘

屈指金錢將買夜康衢燈市好同探

雲津觀察寄示元日糧臺即事二首依韻奉答

幾番索笑共詹梅尺素頻傳雁足迴詩筆競揮新歲句
村沽仍酌舊時醅遙知野寺籠紗滿屢盼芳郊攬轡來
我有仙人留萼綠待君遲見數枝開

春歸柳暗漸花明到處迎年燕雀聲準備濁杯胸次醉
摩挲長劍匣中鳴出塵早展驊騮路整旅新排鵝鸛營
失笑老孱逢大敵騷壇旗鼓鬥心兵

中和節後一日雲津觀察于役旋省招陪僚友雅
集即席賦謝八疊前韻

舊
征衣暫解話湘南舊雨新岑醼更酣令節空教過燕九
佳音待聽捷傳三花生筠管珠璣燦樹憩棠陰蔽芾甘
勝踐今朝仍不負錦囊奇句讓君探時以近著出示並索觀同人消寒諸
作

雲津見示和獅山龍隱寺壁間龔師長律依韻奉
答
空山寂寂梵宮幽老佛當年此退休繡衮投荒身萬里
金川遺恨蹟千秋從亡幸免抄瓜蔓靖難終教避寺樓
舊史傳疑渾莫定孤踪畢竟邁巢由

春夜喜雨九疊至日韻

檐聲喜聽小樓南好雨當春入夜酣靜對鑪煙留榻半
寒添壺漏轉音三一庭紅溼琴書潤四野青浮稼穡甘
社近花朝生意滿銜泥新燕已先探

花朝雅集分詠得桃字七律二首

中春恰又賞花朝昨夜風開露井桃（用句）蠶市光陰逢節
盛燕巢生計繞梁高燈燃古刹禪心定（謂巖棲）鶴泛虛廊
飲興豪觴好連宵時雨徧勸農應早出東皋
詞壇健將競揮毫索句頻將白髮搔綵勝巧裁誰撲蝶
瑤華先贈愧投桃名花帶笑傾吟社座中適供（新開牡丹）有客當
筵拂戰袍（雲津觀察又將于役西行）太白夜遊添韻事歸鞍月滿樂

陶陶

花朝後六日銘珊司馬生辰避客遊西山仍用桃
字韻疊賦二章寄祝

花晨纔讓一尊叨强仕年華未二毛閒共少微耽市隱
醉呼彌勒愛禪逃山中飽喫安期棗海上遲偷曼倩桃
自是君身有仙骨（用句）駐顏偏喜避塵囂

佳日稱觥愧獻羔（余時以羊酒為壽）廿番風信報周遭怡情但
恐居無竹介壽欣看園有桃隔歲吟篇留壁舊惜春心
事為花勞笑拈枯管重添筆敢詡昌黎頌李翱

次韻銘珊生日感懷二律

修到梅花是幾生中年休悵髩絲縈家庭有子境安樂
宦海無波心太平閱歷每多身世感別離難遣弟兄情（令棣漱泉明經時將赴京兆試）蟠根本自誇仙種競爽欣欣木向榮
春郊多少踏青人誰似風流賀季真篤棧自憐垂白態
爪泥猶戀輭紅塵慣尋好雨詩中社高卧閒雲物外身
尺璧寸陰同寶惜落花飛絮兩無因

養福齋續存稿卷八

上巳約同人龍潭修禊用香山祓禊洛濱原韻并引

奉新　宋延春　引龢

二十四番芳信剛到桐（修）華一百五日良晨又新榆火鼠鬚蠶繭久傳修禊之書羯鼓餳簫多助歡場之興爰訪龍潭於古刹玉照堂開擬追馬射於華林蘭亭會續僕夙耽風浴老惜年光偶逢堆案之餘閒喜共羣賢而休沐一觴一詠好尋曲沼之勝游某水某邱重認流杯之陳迹對

此茂林脩竹暢敘幽情豈無急管繁絃同娛佳
日漫效叅軍之蠻語且賡留守之鴻詞望之若
仙快盍朋簪而不速觀者如堵願期少長以偕
來

卉木正萋萋春山杜宇啼新巢探燕壘舊印認鴻泥地
愛尋芳近朋來逐隊齊橋排紅蓋雁水泛綠頭鷖嫋娜
柳垂蓋蹁躚花襯蹄樂遊傳錦幄佳話憶沙隄晉帖斯
文感唐梅大筆題風流追祓禊仙侶快招攜共許塵襟
滌休教世網迷觥籌誇讌賞猿鶴羨林棲醉帶蒼顏樂
歸忘夕照低抽毫摹白傅不亞瀼東西

銘珊以龍泉觀新開芍藥折贈數枝仍用去春送
花原韻報謝
婪尾年年笑折枝移來仙觀不嫌遲城南尺五春如海
迴憶豐臺買醉時
月滿窗紗香滿衣膽瓶璀璨錦成圍餘春莫咏將離句
猶喜紅霞映夕暉
薇省吟餘停綵筆苔階翻處絢雕欄何如清供依禪榻
相伴朱櫻瑪瑙盤
立夏日漫賦一律柬同人
鶯老花飛又夏初繞廬樹影漸扶疎偶因午倦思攤飯

且趁官閒補讀書好景流連如過客故交零落轉愁子
快邀蘭雨消長日濁酒頻澆塊壘舒

戲詠樹頭酒次銘珊韻

樹頭佳實也沽名道上流涎口欲傾摘取仙擎金掌潔
提來鳥喚玉壺清椰瓢醞釀疑餐露荷琖沈酣醉弄晴
可許酒泉移種處朝朝酩酊笑觥卿

孟夏中澣奉
命護理雲貴督篆紀
恩述事敬賦四章疊用去歲陳臬元韻
帝眷南疆切疇咨忝具臣蕖圻權任重獨座拜

努

恩新級許三階借衣疑一品真
綸音宣屢歲浩蕩總熙春延兩蒙恩旨俱在春闈
莫嗟雙鬢白常抱寸心丹老矣仍籌筆時哉敢挂冠千
山烽火急萬馬陣雲寬惟幄容參議薪勞戒曠官
天威揚絕域暮景策羸駘各有驊騮志期為樑棟才謂雲峯軍門彥卿方伯
習勤慚運甓望捷快登臺師克和衷協功成
露布來
師訓欽遺範延鄉舉座主王小山師曾任糧儲禮闈座主阮文達師皆官總制
王言懍若綸門牆追步日
宵旰勵精時弼肯仔肩卸謀將半壁支勿存京兆見

努

力報諭旨勿
鴻慈欽奉諭旨勿存五日京兆之見
輓夏雲津觀察兆之見
驀地鵲音聽或訛竟傳海上失東坡三春花事番風了祿
君卒於祿豐糧臺差次適為三月晦夜廿載蘭交淚雨多循吏邊塵終況
瘁書生戎馬半銷磨年來閱遍滄桑幻老眼縱橫喚奈
何
峩峩世閥重瀟湘玉友金昆競擅場三傑文章齊吐燄
二難甲第早流芳鵬程各奮誇騰翮雁影中分忽斷行
令兄階平觀察前年下世此日南雲睽冀北空教草夢冷池塘時喆兄踶

吾大令作宰繼畫

鴻泥蹤跡付前塵近局迴思倍愴神覽揆互投囊錦什

消寒同醉玉壺春留題獅隱遊仍舊補和龍潭稧更新

以上皆與君近日倡酬之事剩有紗籠壁間句一回雒誦一酸辛

籌邊轉餉漫辭勞聚米量沙暮復朝偶患河魚侵二豎

俄驚馭鶴返三霄刋碑興誦傳遺愛濡筆哀詞賦大招

手酹椒漿慰泉下

恩褒定許拜中朝時為君附奏請卹

夏杪雨中雜詠四首

長日悠悠似小年閒庭一雨綠陰連消磨老眼聊攤卷

愛惜流光漫擲錢翠竹叢生苔徑曲紅蕉密展紙窗邊
倥偬又過觀蓮節草覓花開十丈船
勝會南皮念舊游浮瓜沈李擅風流前塵歷歷多遺蹟
新感茫茫莫洗愁芒角酒爭千石量輸贏棊劫一枰楸
衰翁獨坐黃昏候喜伴紅薇屋角稠
書空咄咄笑無端且泊舟容一榻安天際雲紋浮縹緲
井中水影漾波瀾雞蟲得失誰能料魚鳥機緘任意觀
卻憶從征諸將士辛勤露宿與風餐 場
皇華高詠迸星軺選佛場開競射雕鷺子雛新巢尚戀
鸜哥語巧舌頻調爐烟細傍琴徽颺詩味閒將茗盌澆

轉盼銀河風浪靜重吟鵲駕渡紅橋

雨夜排悶用前韻

久宦天涯已暮年桑榆景物尚流連偶因休沐抛官牘
豈為還山計俸錢禾稼芃芃膏澍後芙蕖豔豔漾波邊
分明繪出豳風象底似米家書畫船
白髮飄蕭萬里遊漫誇豪氣邁時流閒銷塊壘傾三雅
略遣牢騷賦四愁晚節自娛惟杞菊故鄉常戀是松楸
抽簪他日能償約泉石烟霞滿目稠
小事糊塗愧呂端仔肩任重敢偷安持危莫補空紆策
拯溺無援强挽瀾幾日軍中聞轉戰何人壁上作旁觀

捷書凱唱頻傾耳差免貽譏咏素餐
從來好鶴笑乘軺螳臂焉能擊鶚雕鏡影徒嗟雙鬢改
歌聲難奏五音調投林烏倦尋巢息種菜園荒抱甕澆
聽罷樓頭連夜雨陂塘新漲早平橋

七夕對月偶成

銀河秋至最分明未許微雲滓太清常羡女牛今夕會
又經風浪一番平新蟾好伴邊城影靈鵲遥聯笑語聲
老拙年年無巧乞漫陳瓜果學癡情

題友人放雀圖再疊七夕元韻

不向裴家伴月明任從霄漢表孤清學來舞態撞簷拙

騎去腰纏款段平籠畔免勞分俸飼庭前誰和在陰聲
綱羅脫後翔寥廓鷗鷺無猜想畫情

秋日書懷用杜集秋興八首韻

西風連夕動園林玉宇秋高萬象森向曙星河猶耿耿
新涼煙雨自陰陰衰遲莫補匡時策開濟徒存報國心
征戍勞勞何日罷又聽邊月搗清砧
長空雁字一行斜蕭索風前兩鬢華草勁平原爭出獵
波澄遠水任浮槎紛紛徼外傳烽火莽莽軍中競鼓笳
聞道還鄉多戰士刀頭齊拂錦袍花
閒愁漫遣謝元暉颸館披襟爽氣微四壁蟲吟初唧唧

三更蝶夢欲飛飛安危有數緣天定去住無心與俗違
差喜藏鳩聊守土今秋又卜稻粱肥
滄桑閱盡爛柯棋搖落那禁宋玉悲磨盾難誇年少日
紆籌好趁中興時慚無銅柱風聲樹盼到金鏡露布馳
驀地鄉情觸張翰蓴鱸遥繫故園思
十年戎馬歷邊山如駛駒光瞬息間兵氣肯銷金鎖甲
凱歌應度玉門關紅塵蹀躞寰中腳白髮婆娑鏡裏顏
回首觚棱終戀闕趨蹌重憶舊鵷班
老景催人雪滿頭支離易感杜陵秋一庭佳卉聊娛目
四座清樽藉洗愁舞笑鐘鐻階畔鶴盟尋浩蕩海邊鷗

名場牢落身難乞鑄錯多嫌聚六州
樗材敢詡濟川功誰運韜鈐掌握中大廈難支方寸木
急流須借片帆風秋來禾稼千畦碧霜後林巒萬葉紅
對景憂時還自慰悞教人喚信天翁
鴻泥宦蹟印三迆遊遍山巔復水陂露溼良宵攀月窟
花留晚節傲霜枝臣心似水瀾常定傳舍如舟櫂屢移
蓑笠他年遂初願烟波深處釣竿垂

仲秋八日韓紫東廉訪招陪梁檀浦學使暨同人

海心亭雅集柬謝二首

籌邊暫休暇折簡復招尋菡萏花猶盛精藍客共臨四

圍垂玉粒湖中稻田正熟一片映冰心謂學使暢好開樽候秋風
動桂林

舊日鵷鸞侶同登水上亭新涼纔到樹遠岫似張屏波
鳥斜陽掠鐘魚靜夜聽醉歸人漫笑燈月滿前汀

中秋前五日偕雲峰軍門奉邀檀浦學使暨諸僚
友同遊大觀樓公讌即席賦呈學使二律再疊
壁間紀遊舊作原韻

高軒曾駐又經年此度重游轉黯然去秋曾陪辛階制府同集於此風
采韜軒初問俗星迴霄漢偶隨緣詞壇競壯旌旗色筆
陣全銷斥堠煙難得皇華迎使節雄文會見鼎鐘鐫

卄載萍踪珠海濱泥鴻歷歷認襟塵學使家居羊城余於甲午乙巳兩游其地停雲五嶺探來久舊雨三秋話更新把琖快聯舟楫誼負薪還羨棟樑身滿堂絃管良宵近金粟香中湧玉輪時設醼於湧月亭

中秋約諸同人且泊舟小集即席賦成一律疊用去歲秋節原韻

八年昆海翫冰輪余自庚申晉省已八度中秋矣又喜秋空絕點塵水調分拈詞續舊席間以坡翁水調歌頭字分韻賦詩霓裳同詠譜翻新今歲尚停秋賦適文宗按試歲科考取拔萃一尊桂醑風流共四座蘭言氣味清此夕清光連萬里望雲應憶白頭人紳兒時在豫章里門

秋節席間以東坡水調歌頭又恐瓊樓玉宇高處不勝寒分詠得不字成五古一章

玉宇開澄清金飈散蕊鬱佳日春但秋流光度欻忽回憶仙潭遊曾修禊事袚（今春上巳曾約同人遊黑龍潭）勝集復招邀良宵盍簪紱絃管何待吹浮雲已披拂案牘拋棼如圜繭爍鄂不鞠蕊初葳蕤樨香正芬萬觴令傳酒兵吟龕供詩佛曲勞周郎顧詞少揚雄吃老子誇婆娑羣公鮮抑詘況遇大羅天衆仙詠奇崛羨彼桃李門收我藥籠物（是日拔萃張榜諸生以余會校咸來受業於門）列席皆瓊瑤升廷作黼黻南樓興或同東山身漫乞蟾蜍爭覬覦孀娥釋怨怫應候隨

蟲吟求信笑蠖屈

張體齋惠贈盆菊數種走筆答謝

幾番風鶴惹閒愁渾忘題餻近九秋劇喜新香芹沼秀令嗣夏間入泮分移佳種竹籬幽花經醞釀無雙品境避塵囂第一流君居城東小園甚雅愛我淡交娛老眼年年晚節傲霜留

九秋六日預作重陽招同人賞菊小集疊用詠盆菊原韻

老去難寬宋玉愁官閒且賞小園秋拚教白髮千場醉借得黃花九日幽莫待登高萸佩綰爭誇射覆菊觴流醇醪滿飲推公瑾投轄今宵更久留是日蘭評生辰飲興甚豪

重九雨後偕子鑑蘭評遊豐園凌虛亭登高再疊前韻

催租風雨昨宵愁新霽園亭共眺秋雲擁稲畦千頃密山圍城堞一痕幽登高每自求安步勇退還須趁急流笑口開時腰脚健更尋勝踐且勾留午間培芝協戎招飲賞菊

九日培芝協戎招陪諸僚友讌集張燈賞菊即席賦謝二律疊韻

肯教佳節負年年高會今番望若仙九日客來停綺蓋萬花叢裏敞璚筵鳩扶醉倚金樽畔鶴奏徐吹玉笛邊老圃秋容矜寵甚華燈照耀十分妍

自笑桑榆近暮年又從休沐伴羣僊田園久别荒三徑
裘帶常親快四筵儘許晚香娛眼底尚餘豪興動吟邊
龍山韻事欣重見枯管難辭共騁妍

九月廿九日雨中即事三疊詠菊韻

新寒天氣那禁愁再展重陽又送秋煮酒閒燒紅葉落
題詩淨掃綠苔幽塵中幾閱滄桑幻眼底頻驚歲月流
自比黃花矜晚節淩霜老圃數枝留

趙蘭生大令自易門惠寄佛手三枚並蒂奇異非
常來書云有三壽作朋意口占答謝

佳貺勞仙吏盤堆佛手柑拈華宜合十稱壽作朋三種

孚珠林並吟聯石鼎參芝緘同寄遠禮謝笑和南

小陽生日用香山六十六及感事長律二首原韻

藉以述懷并呈同人

萬里宦遊客四朝經世人悠悠添老境歷歷溯前塵愧

乏匡時畧難寬報

主身胸懷常似水鬚鬢早如銀悟道龕同佛耽吟筆有

神笑賡樂天句六十六年春

覽揆當遲暮衰齡又細論桑榆愁漸逼松菊喜猶存老

眼閱今古庸才韋旦昏鴻飛傳竹信鶴和引桐孫每念

蓴鱸切閒抛簡牘繁吾將約仙侶歸卧舊柴門

鉊珊司馬惠贈詩章致祝亦四疊白傅元韻並有珍品之賜因再用前韻申謝

一紙瑶華賁歡生洛社人枕香安白首（菊枕）履蹟戀紅塵（皁鞾）朗誦鳧鷖什（家鳧）同娛猿鶴身嚼來虀甕玉（醃菜）浮遍酒槎銀（新釀）爆竹驚山鳥（火礮）奇葩羨洛神（水仙）多君為我壽六十六年春

子鑑大令以印石朱履惠貽蘭評學博以竹製壽星見贈為祝各賦一律酬之

品擅青田妙工誇赤舄良綰符宜用吉視履自占祥步向塵中穩懸從肘後光平生著幾緉珍重在文房

覓得南山竹星精肖此翁鬚眉瞻壽相矍鑠露方瞳笑
入耆英會春生杖履中老夫欣伴汝莫恡醉顔紅

立冬後十日大雪喜賦一律索同人和

連日新寒勒曉風欣看玉戲弄天公祥霙難遇炎方外（予蒞滇十餘年未曾見此大雪）瑞兆先占晚歲中快效聚星吟禁體願
誇入蔡奏奇功老夫志喜符三白又向豐園祝屢豐

豐園對雪用東坡聚星堂雪原韻并傚禁體

且泊舟如浮一葉推窗恍覩寒江雪久曾燕市禁嚴威
何意滇池詫奇絕檐樹淅瀝爭耳喧庭竹欹斜笑腰折
枯枝含凍雀語停窮巷衝泥屐齒滅爐煨冷炭灰不燃

座擁敝裘肘頻掣高人偃榻偎布衾壯士荷戈溼衣纈
偶開東閣聯新吟肯向北臺拾餘屑滿空老眼愁迷離
頃刻流光散飄瞥安得廣厦容孤寒醉把纖毫屏眾說
蔀屋會見陽春回廣平心腸原匪鐵

雪後連日大晴書事再用前韻

新霜染遍滿林葉又對時晴書快雪欣看四野膏含滋
休悵千山鳥飛絕灞橋詩在驢背尋隴坂花逢驛使折
峰頭屢見光陸離水面平添波起滅漁翁乘興獨釣垂
樵子衝寒爭斧掣負暄階畔葭琯吹呵凍窗前硯紋纈
書來鄉里傳平安話到家常嗤瑣屑一官潦倒同匏懸

卅載光陰如電瞥君實遺僕方長征臣朔愁飢向誰說
推敲忽憶行腳僧踏破芒鞋幾層鐵（謂巖栖上人時托鉢曲陽）

巖栖上人見和喜雪之什并出示鍾靈山阻雪近作次韻答之

芒鞵昨憶穿雲苦囊錦今披詠雪清野寺寒添敲鉢句
禪燈燄冷諷經聲瓊霙遍踏千山碎珠唾傳觀四座驚
屈指唐梅消息近尋詩又向古潭行

贈巖栖疊前韻

笑我運籌無一策羨君心迹本雙清揮毫競吐煙霞氣
洗耳厭聞鼙鼓聲悟後天龍參已透定中風鶴任頻驚

何當接引來仙筏此日中流自在行用句

長至前六日晨起喜雪疊用詠雪韻

巖威催緊五更風謝絮重教步謝公吹暖葭灰緹室近
衝寒梅信紙窗中放衙被醒黃綢夢列陣戈停白戰功
更向北臺添韻事尖义鬥險媲元豐

長至日約同人小飲再疊前韻

一陽初轉廿番風退食依然笑自公漸息囂塵烟堠外
聊相煖熱酒樽中花潭待踐探梅約綺閣新添刺繡功
盟訂歲寒消九九醉翁亭記樂滁豐歐陽公守滁日有豐樂亭記

長至後三日蘭谷參軍自江鄉來滇署得紳兒家

書喜賦三疊前韻

客來重話故鄉風子舍平安報乃公別緒三秋江水畔蘭谷去夏歸里征塵萬里雪鞍中歡生白髮丁年兆味領青燈午夜功兒時肄業家塾將有添丁之喜為道菟裘新築就書田菽粟早占豐

臘八日食粥東巖栖一首四疊前韻

禪門於我馬牛風入社攢眉對遠公煨芋心情爐火側調羹手段鉢盂中何人諦解三乘妙此日齋修百福功內景經是日宜修百福齋願灌醍醐浴塵垢防他饒舌有僧豐

養福齋續存稿卷九

奉新　宋延春　引龢

趙蘭生大令以留別渼門士庶并憶弟疊韻諸什見示因和原韻二首答之

名士自宜現宰官經年露宿與風餐纔聽入境稱三善更喜同舟得二難老去競誇詩律細清時須放網羅寬承家治譜騰新譽錦製遥從梓里觀喆弟沅鵠給諫新除辿西觀察令嗣以拔萃出宰江右

琴鶴遺徽仰德門滿牀簪笏盡銜恩久聯孔李通家誼曾訪朱陳舊日村予幼年隨宦嘉陽往來戎郡追

出守滇南重經珂里與賢昆仲交遊最密宦海風波勞共濟鄉園松菊幸猶存歸來尚踐懸車約策杖重尋雪爪痕

法蘭西游客航海至滇工於繪事為寫小照奉酬一律

海客何來為寫真別開生面忽翻新圖形敢作千秋想筆墨還勞萬里人笑比無鹽工刻畫爭誇阿堵善傳神丹青攜向滄瀛去尚說東坡有後身

臘月十九日約同人重集豐園為東坡先生生日設祀先成一首奉柬諸君

少小趨庭郡閣東凌雲樓上壽坡翁泥鴻久隔還留我

磨蝎難逃又祝公笠屐閒遊塵網外鬚眉再拜畫圖中
南飛一曲誰重奏白髮年年此會同

壽蘇日小集席間以月白風清如此良夜何分韻

得風字賦五律八章

眉山詒世澤詞伯溯門風品望三蘇重文章一代雄奎
光徵異稟黨籍表孤忠千古岷峩地堂堂羨長公
放君出頭地文蚤契歐公名世推吾輩老夫避下風朋
儔惟愛弟詠歎有家翁國士從茲始迴翔禁籞中
內翰頻除外名區管領同湖山迎太守花月醉春風快
咏金焦勝曾留玉帶工更番添韻事都入畫圖中

宦游遍南北歷歷數泥鴻喜雨記亭古聚星詩體工黃
樓吟共和白雪調誰同暢敘聯牀樂緬懷坡潁風
小謫黃州日豪游赤壁中烏臺留舊案鶴曲識新工置
酒忘賓主揮毫挾雨風銅琶與鐵板高唱大江東
投劾蠻荒去帆收瘴海風歡迎來父老驚訝走兒童香
案聚觀吏嶺夷爭識翁行歌逢饁婦春夢玉堂空
郡閣（閣）趨庭早淩雲載（風）酒同書樓拜遺像詩筆慕髯翁仰
止衣江水泠然玉局風兒時游釣處香瓣祝南豐
萬里（重）權疊寄三年疊壽公枯魚愁索肆磨蝎命同宮笠
屐重摹妙寵茲執奏工星精遊下界滿座挹仙風

元旦試筆戊辰

桃符彩煥息邊塵閏歲遲迎十日春十一日方立春鶴髮頻添
逢吉戊鵷班愧領拜元辰運籌西埽欃槍淨攬轡東來
節鉞新謂制撫兩帥老筆重拈祝如願含飴願作弄孫人

人日約同人小飲偶成并寄懷紳兒疊用前韻

十三年隔輭紅塵夢繞觚棱
帝里春予於乙卯出都迄今已十有三歲矣酒進盤辛思少子羹調菜甲
介靈辰同心慣結芝蘭契老眼常驚歲月新醉後題詩
應寄遠草堂今日又逢人培

銘珊司馬見示赴培芝協戎之約重葺楊升庵先

生祠長律次韻答之

當年品望冠蓬萊投老蠻荒蹟可哀壁立尚留遺挂影
祠空誰弔軼羣才重新讁宦優游地依舊芳鄰般若臺
難得元戎添韻事相期華表鶴歸來

歲朝齋中清供花果雜詠十首

高人矜絕豔迎歲絢新粧勻漏何須乞羅浮獨占芳硃
砂梅
別有清奇品僊人萼綠華暗浮初月影香透碧窗紗綠
萼梅
寶珠傳異卉鶴頂染來紅可惜朱顏女相偎白髮翁山

茶

娉娉還裊裊，仙子正凌波。洛浦垂環佩，高唐夢若何。水
仙

素心是良友，空谷對幽人。羨爾無瑕質，隨予有腳春。素
蘭

歲寒珍晚節，首祚獻新銘。本性原無改，參天黛色青。翠
柏

蜀郡園林美，洞庭香味佳。此中有棊叟，局罷莫踰淮。朱
橘

江南移種後，令節喜傳柑。抵鵲休論價，坡翁海外談。黃

柑

左右飛輪掌兜羅現滿盤拈花供一笑指月示千般佛

手

豪富誇三缶沈酣剖二杯團欒唯爾共衣笥帶香來香

櫞

立春日遣興再疊前韻

甘澍逢時潤麴塵是日喜雨苴蘭八度見班春梁間巢燕先知戊郊外鞭牛正及辰簪勝盈頭垂暮笑鬢華對鏡逐年新回思竹馬兒童日何幸將為杖國人

是夜雷雨大作喜賦三疊前韻

霆聲一震靖囂塵霖雨能回萬象春膏澤無私看洗甲
陽和有脚喜迎辰從教生意羅胸富更覺韶光滿目新
此夜小樓聽未倦明朝應有賣花人

元夕賞燈書懷四疊前韻

明月低隨馬足塵燈宵又賞一番春催停玉漏天疑午
買遍金錢夜嚮辰憶我題詞留壁舊予前年元宵有羨豐園觀燈詞
誰張醼奪闘新行當簫鼓追枌社快效康衢擊壤人

上元後一夕作展元宵之局五疊前韻

不礙元規扇障塵登臺皡皡競熙春臨淵樂趣魚潛丙
出谷鶯聲鳥喚辰燈市未闌杯共醉陽關重奏曲翻新

夜來好雨催詩急莫負游山蠟屐人雁峰太守次日作西山之遊

銘珊以詩廊早開海棠二盆移供齋頭并六疊前韻長律見贈亦六疊原韻答謝

護惜輕陰不染塵名花先占二分春嬌疑小飲剛酣卯豔愛柔絲乍吐辰簾捲喜移佳種早燭燒初照晚粧新盆山恰傍仙源侶笑豁衰眸對麗人張體齋亦以初放盆桃移贈

開篆日即事七疊前韻正月二十一日

風和六詔淨無塵雨露恩同萬里春前一夕復喜雨綠野膏敷占茂戊黃封篆啟屆良辰滿庭遍喜花枝潤堆案重繙簡牘新判罷五花

矜樣巧經年壓綫為他人

王雁峰太守偕巖栖開士往游西山歸後出示紀

遊諸作因次長律二首元韻奉酬

名山兩度憶前游浩蕩昆池縱遠眸西竺僧來陪杖屨
東風草已長瀛洲香林劇喜天花燦勝境頻探洞壑幽
悵我緣慳藏老拙翻勞夢想繞盈疇

登臨不覺夕陽遲高處還將鐵笛吹泛泛鷗邊瀠漲影
飛飛燕外卷晴絲禪房借榻身忘倦仙侶同舟晚更移
（用句）細讀瑤篇認泥爪恍擕筆硯再追隨

花朝雨中書懷疊韻二律

今年辜負好鶯花老眼迷離對晚霞九十韶光拋節候
二分春色屬鄰家雨絲煙柳愁難遣酒琖詩瓢興漫賒
滿地殘紅須護惜莫教狼籍在天涯

雨雨風風似妬花沽春孰與醉流霞深宵悶極小樓客
傳舍閒于高士家轉戰軍中威復振談兵座上願誰賒
何當選勝聯裳屐重訪山巔更水涯

花朝後一日喜晴再疊前韻

畢竟天心總愛花依然朝日映朱霞晴喧鵲語來高樹
暖送簫聲過別家宦味嘗餘前度慣鄉音盼到幾番賒
化工自擅循環妙靜坐澄觀詎有涯

上巳日有感

去年此日訪仙潭䙝屐風流興正酣無那韶光厄陽九翻教禊事阻春三蘭亭俯仰留陳迹梅壁標題賸美談咫尺烟霞迷石磴何時筴杖許重探

閏四月朔日仰蒙

簡授雲南布政使紀

恩述懷敬賦四章再疊前歲陳臬元韻

天寵旬宣寄叨為治賦臣桐生榮閏茂薇豔彩雲新

心簡連番重頭銜此度真延曾膺二品封典衰齡遭際盛

錫命又三春延三次蒙恩均在春閒

鵷行容領袖鶴頂笑還丹將解瓜期綬休彈李下冠紀綱條不紊屏翰蔭宜寬雅共蘭舟濟甘棠詠庶官

老驥思千里羣啮伏櫪駘中原欣奏捷（時南北各省捻匪蕩平）邊徼正需才壁壘排新陣旌旗耀上臺追風嘶躑躅雙節望塵來（新制撫兩帥將涖省）

登陴經百日籌策治棼絲忝繼箕裘業（先族祖昔官滇南方伯）當銷兵甲時重圍期早解大廈勉同支銅柱銘勳待綏疊慰

主慈

閏夏中澣九日交卸督篆書事一首

節樓越俎愧經年白髮飄蕭替守邊
聖代即今多雨露用句庸臣無計靖烽烟捷書夜奏頻傾
耳判牘朝停且息肩差喜及瓜脫匏繫分飛燕雁又聯
翩

閏清和月廿有四日接受藩篆疊用前韻

紅籒初開已暮年勞勞陳力勉籌邊農田徧潤千畦雨連日甘霖大沛戰壘紛騰萬竈烟懸到銀符妨掣肘捧來
綸詔弼仔肩舊巢還許留新印為愛園林鷺序翩時仍借居臬廨豐園新鷺正多

銘珊賜示賀章疊和原韻二首報謝

麤官與俗本無爭歸隱何時說宦成敢詡巡方追召伯
相期抗疏效匡衡衰遲莫遂投簪願慷慨還叨贈策情
錯節盤根資閱歷肯將温飽負平生
蠻觸難消蝸角爭天山計日盼功成身經百戰儲韜畧
位列雙旌仰鑑衡涉世頻添憂世感離鄉久戀故鄉情
羨君素抱澄清志珍惜才華近半生

全商巖明府惠貺白粲走筆奉酬再疊卸篆元韻

纔從魚兆卜豐年清俸先頒碧隴邊久笑飛塵堆破甑
頓教冷爨起炊煙書傳乞米珠千粒籌勝量沙玉一肩
賢宰分廉能與粟漫誇裘馬態翩翩

端午即景三疊前韻

梅炎藻夏度年年插艾懸蒲傳舍邊庭外安榴紅似火軍中躪柳碧如烟辟兵符佩須嘗膽續命絲盤共繫肩奪得錦標聞奏捷陣雲高處鸛鵝翩

英古田大令惠貽食品賦此志謝四疊前韻

素食多慚及耄年分甘恰趁落梅邊大官（頤朶）此日誇傳膳佳節（號食）何人說禁煙噬到鼎烹羹染指觀來頤朵豆盈肩老饕果腹思賢尹為盼飛鳧爲影翩

銘珊司馬饋節走筆奉酬五疊前韻

雅貺盤飧不計年多儀又拜篚筐邊糟䴸細釀鸞隨日

糟鶯蛋 埤雅乳鵞伏卵隨日光而轉 茗銚新烹鶴避烟香片茶 顧我含飴
歡繞膝洋糖感君益智聳吟肩玉糉蒲觴好佐邀仙侶醉寫
驚鴻筆勢翩

連宵大雨書此排悶六疊前韻

槐陰晝永日如年竟夕簷聲聒耳邊小沼新添三尺水
空林積潤一痕煙村童野叱犢愁沾足田父分秧喜並肩
坐對淋漓懷舊雨離羣野鶴自翩翩謂慧卿司馬閶近作蜀游壁閒尚懸所繪鍾進士走雨圖

竹醉日連得紳兒家書即景志喜七疊前韻

循陔眷戀為高年屢寄平安梓舍邊幾幅琅玕書滿紙

半庭蒼翠露和煙容留曲徑涼生腋仙醉洪厓笑拍肩
遥盼孫枝雛正引清聲愧譽鳳毛翩

商巖寄來和章並以蔬菜茗麵見贈八疊前韻答謝

菜根曾咬憶當年抱甕常懷老圃邊細切銀絲香麥餌
清煎玉琖颸茶煙園丁摘到誇充腹泥甲擔來重壓肩
蔬食療飢甌味足好尋莊夢蝶翩翩

銘珊移贈新開秋海棠二盆九疊前韻酬之

綽約丰姿比少年春光秋色總無邊新粧裊裊初含雨
香霧濛濛欲化煙紅燭曾驚良夜夢白頭笑倚美人肩

幽花那管閒愁悶先逐烏衣弄影翩

銘珊復以海棠翠柏盆景見貽題曰美壽圖并惠

新詩次韻報謝

芳叢久護碧紗廚眼福頻分到老蘇偶示維摩聊蠖屈

銘珊適有小恙

爭誇仙品快鳩扶蟠根獨占盆山美結伴寧嫌

錦幛孤澹月新薇相對處衰翁健羨卧遊圖

立秋日偶成二首疊韻

一葉旋看隨井梧禁秋弱柳又衰蒲勞勞猛士馳戎馬

岌岌危城困鼠狐曉起愁聽霜角急宵征競指戍燈趨

旁觀壁上慚何補元老憂勤費轉輸

底事高談尚據梧安車何日擁輪蒲爭誇野戰方追鹿肯許神威任假狐浮世機忘鷗共適好名心切鶩還趨紛紛棊局渾難定勝算終防一著輸

鴈峰太守惠贈劉文清公舊書楹帖賦此申謝

久從海岱仰高門燕許當年手筆尊三世淵源情共溯公與先大父乾隆辛未同榜登第先仲父庚子禮闈出文正公門下千秋翰墨迹重論頒來寶氣騰蓮華誦到清芬念芷孫願比珍藏彝鼎貴遺珠惜少篋中存先君曾乞公法書各體長卷延謹藏行笥因變失去良用悵然

初秋雙桂堂新桂盛開喜賦一律

堂題雙桂久無雙百卅年來氣未降舊桂二株植自雍正癸丑年間久已

凋謝今乃新種小桂也舊種靈根滋雨露新叢奇馥勝蘭茳芬留翠柏巢仍借吟伴紅薇筆可扛先把天香賦招隱賞秋莫恡酒盈缸

新秋中澣得紳兒家書知於客冬舉一女孫賦此志喜卻寄

幾番鄉信卜燈花曉起晴檐鵲語譁喜聽珠光先入掌命名喜珠預占蘭瑞早萌芽將雛漫笑雌風弱咏絮應看異日誇老我含飴差遂願門楣好待賦宜家

秋日懷鄉雜感用子鑑韻

數家臨水自成村用句小小柴門短短垣世外桑麻多樂

歲雲中雞犬有仙源嘯歌堪結羲皇侶耕鑿同沾雨露
恩倘許吾盧容息影焚香靜對鴨爐溫
風光每憶故園秋畫裏山川愛臥游疊嶂烟江尋北寺
高蹤塵榻仰南州（豫章城外有北蘭寺宋牧仲中丞題額烟江疊嶂堂又東湖有徐孺子亭與余家相近）水天一色誰能賦松菊盈庭足寫憂怪底蒓鱸
歸思切祇緣攬鏡雪蒙頭

秋節前三日汪秋潭幕賓自蜀中寓書周紫荃明
經閣之喜賦一律即以寄懷

題鱔勝會記湖樓（癸亥九日君招陪同人讌集膺樓登高冬閒遂作蜀游）話別匆
匆五度秋西蜀天邊縈客夢東坡海上幻仙游（年來有誤傳君

（噩耗者）喜傳雁字平安到還認鴻泥爪印留瞥眼滄桑感
今昔好憑尺素慰離愁

中秋待月疊用前韻

漫歌玉宇共瓊樓冷淡光中別有秋佳節重開新卉影（庭桂盆桂皆兩度作花）良宵難續大觀游當空好月期圓滿縱目
浮雲任去留盼到阿連征轡近團欒差解倚閭愁（時三四兩姪由里來滇省視將次抵省）

仲秋下澣喜三四兩姪抵署賦示一首

卅年游宦叔偏癡小阮偕來萬里遲屋接東西懷伯氏（謂先少海伯兄）居鄰南北共吾兒烽煙載道欣無恙鬚鬢相看

笑若絲三姪年已老矣難得他鄉逢骨月開尊快詠竹林詩

重九日偕同人携兩姪過索詩廊訪銘珊司馬巖栖開士重游天光雲影樓登高而歸小集且泊舟即席賦呈二律

戎馬堆邊暫息勞莫辜佳節强登高倚樓腰脚誇仍健連袂雲霄興尚豪花繞疎籬誰送酒客搜奇字怯題餻青天咫尺渾難問吹帽愁將白髮搔

仙侶招携一再登紗籠四壁記吾曾竹林此會隨羣季蓮社頻年共老僧簪菊不嫌盈兩鬢敲詩還許晤三乘衰翁醉把茱萸笑又占秋光最上層

九月既望三姪生日賦此示勗即以為壽

祖庭五十九年前繡褓光中敞壽筵姪誕於嘉慶庚午時先大夫官川南道廨是日為先公壽辰賓僚讌集一時稱盛彈指歲華周甲笇介眉星彩耀庚躔三湘宦迹鴻泥認姪出仕楚南最久六詔遊踪雁序聯好把家聲繼王謝添籌漫詡竹林賢

養福齋續存稿卷十

奉新　宋延春　引龢

十月生朝用樂天九老會詩韻并引

按樂天詩原序云胡吉劉鄭盧張等六賢皆多年壽余亦次焉偶於東都履道坊合成尚齒之會七老相顧既醉且歡各賦七言六韻詩一章以紀之時狄兼謩盧貞以年未七十雖與會而不及列其年夏又有二老李元爽僧如滿壽俱大耋同歸故鄉亦來斯會續書姓名年齒寫其形貌附於圖右與前七老題為九老圖至今傳

為佳話延今年未及七十雖不敢與九老抗衡
亦庶幾忝附狄盧之末因次元韻勉賦此章用
以自述云爾

香山九老聯高會玉面方瞳雪滿鬚六韻風懷傳絕唱
千秋耆碩久相娛公誇履道閒遊樂我愧昆池宦味麄
胡吉盍同臻鶴健狄盧年不倩鳩扶採芝競慕商山皓
摛藻曾題洛社圖昔年先公解組里居與林下諸公作豫章九老消寒會亦繪圖賦詩延曾步韻其末他日枌榆追勝蹟龐眉迴憶識之無

初度日即事寄示紳兒疊用前舉女孫志喜元韻

晚節頻看老圃花委蛇薇省靜無譁巡檐索笑傳梅信

樓畝餘糧護稻芽壽斝歡承親舍遠晬盤喜共祖庭誇客冬孫女喜珠與余同日生今已屆試週矣衰齡勉策桑榆景慎惜清名閥閱家

銘珊司馬惠貺詩章珍品爲壽走筆答謝

一幅瑤華五色牋又勞錦句頌耆年盤冠倩免冬烘笑煖帽安步行占吉履旋芒鞋竹報聲中招麴友爆竹家釀梅芬座上伴蘭仙水仙老夫滿飲醇醪後醉筆聊酬瓊玖篇

立冬後一日雨後郊行即景并柬蘭評

籃輿偶出怯新寒雨霽風光滿目閒野漲橋平穿響水地名疎林葉落度空山登場劇喜稻粱孰息影誰如鷗鷺

閒悵望維摩偏示相笑同彌勒掩禪關（蘭評時有小恙）

感事用前韻

萬千安得庇孤寒空費紆籌鎮日閒夜半量沙難足食軍中聚米強為山綸巾羽扇謀閒濟緩帶輕裘肯退閒聞道元戎方整旅膚公指顧解嚴關

沈朗山觀察惠寄長歌一章見懷率賦二律答謝

西子湖頭一俊人錦江蚤羨壯遊身枝官未許栖荊棘幕府爭教譽鳳麟露布十行椽筆大滇池兩度爪泥新（君昔年曾隨仲昀制府昆垣幕中今歲復偕靖臣節帥入滇襄事）素心相印神交久傾蓋何時話宿因

驚

為道通家孔李情多慚玉潤媿冰清尊先公與先外舅向有東南之契
騷壇旗鼓當年盛世業箕裘後起英贈我長歌驚海若
思君離緒逐風縈會看卿月騰南浦扶杖依光詠太平君時將有出山之意

仲冬上澣七日紳兒二十生辰賦此寄勗再疊前舉女孫志喜元韻

廿年襁褓爍心花湯餅筵開賓笑譁兒已酉生於京邸同人咸以詩賀近今已廿歲矣
弱冠待吟紅杏句春風新長紫蘭芽敬用先大父集中句兒近將有添丁之喜
分陰願爾精勤惜寸管欣余老健誇此日
思親應望遠白雲深處有人家用句

冬夜不寐枕上口占

擁被難成寐衰年怯禦冬書聲沈夜鐸（四姪時方夜讀）寒氣壓霜鐘漏永吟逾苦燈殘睡不濃遥憐枕戈者早盼日高春

連日冰雪沍寒作此排悶

中宵飛霰集檐垠曉起冰凝萬瓦鱗安得杜陵開廣厦翻勞鄭俠繪流民吟肩凍聳樓欹玉老眼光揺海眩銀滿目哀鴻慚守土願期黍谷轉陽春

嘉平中澣七日移居藩廨紀事四章奉東諸僚友

四載棲遲且泊舟移官敢詡政優優居鄰南北通三徑

（藩臬兩廨僅一街之隔）屋比東西住兩頭，蒔竹栽花餘結習，焚香退食藉消愁。樗庸愧乏籌邊策，健步還登威遠樓（署內樓名）。

花晨月夕憶開尊，屢告綏豐賦小園。亭愛淩虛（亭名）供遠眺，院垂嘉蔭（軒名）過高軒。老梅叢桂留人意，林鳥池魚戀主恩。傳舍從來多惜別，閒時重認舊巢痕（此首留別豐園也）。

茫茫人海詠移居，五架三間新掃除。讀到官箴慚窊庫，攜來家具只琴書。牽蘿補屋非耽隱，買宅誅茆待遂初。差喜經營成不日，依然吾亦愛吾廬（時廨舍補葺甫經告成）。

漫云安樂有行窩，壯士沙場尚枕戈。茗盌薰爐聊位置，蟫編蠹簡更摩挲。素心相對人誰共，清福能兼世幾多。

準備消寒符宿約好持真一壽東坡（後二日擬重作壽蘇會）

移居後連日喜雨再賦一首

臘信催年近甘膏得氣先無私欣澤溥有腳盼春還（後六日立春）花竹含新態雲礽締舊緣（先族祖曾詹斯職）早期兵共洗非但賀喬遷

新葺梅清鶴瘦之軒落成敬為東坡先生生日設祀並約同人小集先成一律

髫齡曾上讀書樓重向淩雲認釣游（予生長嘉陽幼年隨宦郡廨郭外淩雲山有先生讀書樓嗣予出守滇南重游其地）彈指光陰逾卅稔立身氣節迴千秋命宮笑我同磨蝎詩筆如公早食牛恰遇鄉人

雪

來介壽新岑舊雨復句留時張星陔大令自曲陽來因邀其同集星陔乃蜀叙郡人也

立春日作用移居喜雨詩韻嘉平廿三日

東皇兩度迎今歲今年逢閏兩次立春臘去春來互占先兵氣應銷風鶴警韶光又逐土牛還黃羊祀薦馨香禮是日祀竈白雪歌隨翰墨緣適同人以壽蘇分詠詩見示自笑頹顏簪綵勝渾忘鬚鬢鏡中還

壽蘇會席間以山頭孤鶴向南飛分韻得飛字七絕八首

眉山高處化身飛天上奎星耀紫輝猶記盤陀繪遺像

年年生日詠芳徽

家學淵源世所希一門倡和興遄飛烏臺詩案渾多事
黨籍流傳定是非

内翰聲名出禁闈湖山佳日擁驂騑詩人管領留題遍
想見當年彩筆飛

大江東去片帆飛鶴奏千秋赤壁磯不是髯翁耽韻事
空教短笛賞音稀

命宮磨蝎早忘機嶺海南遊鷁退飛富貴一場春夢覺
逍遙聯笠屐暮年歸

坡頴聯牀多雅集西園冠蓋羨觴飛春朝老去簪幡勝

曾惹兒童笑語圍

郡閣趨庭舞綵衣淩雲載酒棹如飛書樓重到尋泥爪
徙倚香棠愛夕暉

古貌傳神當翠柏新圖再拜又紅薇笑（笑）斟藥玉稱公壽
容我投林鳥倦飛

除夕疊用前韻

臘鼓沿門催正急春郊早讓著鞭先登陴願解蝸爭息
面壁空思鳥倦還壁間尚懸舊繪岫倦飛圖小照望居定新巢除俗累
詩償舊債續前緣朝簪屢愧年年換戀棧徒驚歲月遷

元旦試筆再疊移居喜雨元韻己巳

青陽七日占來復（歲前七日立春）絳蠟光搖綵（綵）筆先雨潤分年

符歲稔晴開卓午看雲還（是日早雨午晴）瓦當帖寫宜春字銅

柱銘題奏捷緣自問衰齡草

帝澤寵榮何幸已三遷

開歲四日寄懷紳兒三疊前韻

六年眷戀親闈遠（兒於甲子歸里）萬里緘題吉語先（先）知爾倡隨

能靜好盼子老健早言還竹林差遂團欒樂（三四兩姪在署度歲）

桐秀應添歡喜緣（兒近當有添丁之喜）為愛春華須努力勉修史

筆效班遷

人日偶成四疊前韻柬諸同人

把

老來吟興慚虛士佳日花前思發先綠勝又從新樣改金鏡遍聽凱歌還（連日官軍大捷）盤辛薦歲隨鄉俗菜甲調羹斷酒緣（偶抱采薪暫爾止酒）閒把草堂詩卻寄肯將塵污遣情遷

堂前見新燕喜賦五疊前韻

虛堂喜見初來燕弱羽棲遲春社先窺幕似疑新壘換銜泥猶認舊巢還呢喃細語曾相識宛轉安棲信有緣同是主人多愛惜也隨出谷賦鶯遷

新年齋中即景口占

斗室中藏小有天退閑聊學咏新年（樂天有喜入新年自詠詩）庭隅瘦竹綠初膩窗畔夭桃紅可憐蘭結同心尋好友杯斟

婁尾擬飛仙放翁健筆香山興又滿風光拄杖前

元夕對月感懷

春風草草過元夜燈市今年罷九衢烽火忽教迷火樹
鐃金偏使禁金吾多情明月花長照肯負良宵酒且沽
曾記軍中張讌事崑崙果許奪來無

燕九日得紳兒家書志喜賦此再寄六疊前韻

尺書纔共梅花寄雙鯉來從梓舍先南浦波新常送別
西江雲倦欲飛還坡翁將醒春朝夢驥子快聯文字緣
但願箕裘承世業莫因見異轉思遷

暮春上澣送雲孫三姪出宰湘南

春深花正放將離小阮殷勤賦別時
寵命忽更新氣象姪以隨營防勦微勞蒙恩加銜晉秩名場重認舊鬚
眉三湘宦蹟尋泥印百里家聲遍口碑先少梅伯兄昔年宦湘由邑令擢至郡守姪亦筮仕楚南最久早晚投簪笑癡叔倘來官閣聽琴絲

雨後小園移種蕉竹偶成一律

清和節近雨連宵簿領閒拋破寂寥買夏有園貪醉竹
留春無主怯彈蕉花僮細課添生意菜把齊供尚滿挑
笑對此君差免俗緣天深處任逍遙

朗山觀察寄和奉懷二律再用前韻答之

名場共作負薪人萬里難寬報

主身久笑處堂同燕雀安知當代有麒麟天心愛物霖
終沛比來望澤甚殷連日禱雨有應世事如棊局屢新此日觀河應面
皺羨君早悟去來因
衰年空繫故鄉情閲遍滄桑老眼清願向陶家藝松菊
漫追洛社會耆英詩篇稠疊魚頻寄別夢依稀繭尚縈
戎馬歸來過市肆升沈莫再問君平君家近歲僑寓成都時擬乞假旋蜀
未果

竹生日雨中疊用重五詩韻

望澤升香對省薇連宵甘澍透征衣白翻荷沼風千柄
綠繞秧田水四圍海心亭禱雨所見如此土潤恰宜新竹醉雲收

還愛落霞飛郇膏召蔭先占稔乞米書臨免朔饑

藩廨聽事前及後樓各有紫薇二株堂樓皆以此題額長夏花開極盛詩以美之再疊前韻

樓高堂迴列雙薇四照齋披一品衣晝省憶趨雲作幄書齋曾對錦成圍予昔官諫垣屢入中書省看紫薇又髫年隨宦嘉陽郡廨有雙薇吟館為讀書處眼前絢爛吟懷健老去文章逸興飛悵望稚川花底隔壁牋寫句慰輖饑葛子鑑幕設樓下近因抱恙家居未及同賞

初伏後一日作家書寄勗紳兒三疊前韻

十載戎行詠采薇鄉園未許遂初衣潔羞念汝循陔色健飯愁余減帶圍喜聽東皋時雨渥歸心南浦暮雲飛

書田多種豐年粟饜飫休教腹笥饑

咏科名草一律 即芝草也見清異錄載杜荀鶴事

靈草傳仙種科名兆瑞芝大椿欣結蔕高第笑開眉產
異商山秀庭生謝樹宜 時梅鶴軒前老梅樹下亦生二芝 老夫卜如願
蘭砌樂含飴

觀蓮節約雁峰太守暨同人賞華小集先賦此章

清風習習故人來節受觀蓮共舉杯細吸荷筩香乍引
飽嘗蔗味美于回歌傳白雪知音少座對紅蕖笑口開
小飲雖非河朔會南皮瓜李且追陪

是日席間贈雁峰疊用前韻

曾攜琴鶴一肩來官閣頻年讀玉杯昆海目窮鯨漸靜衡陽聲斷雁將回蒓鱸歸興先秋動松菊高懷計日開此後扁舟訪安道鱣堂載酒許重陪（雁峰時將有乞假之意）

立秋日即事再疊前韻

又覺秋光雁帶來呼童開覆掌中杯三旬殘暑池亭退（是日三伏）一味新涼枕簟回金井葉隨宵露墮珠蘭香趁曉風開衰翁尚有看山興挹爽高樓策杖陪

初秋課園丁種菊三疊前韻

佳種分從老圃來思量預釀菊花杯編籬曲繞園三徑抱甕忙澆日幾回陶令尋秋宜夕采駱丞冒雨盼先開

晚香須仗扶持力好待重陽插鬢陪

七夕後五日雁峰太守乞假將返湘中因招同人

餞送四疊前韻

暫抛簪組賦歸來無那愁斟餞別杯銀漢雙星橋甫渡
湘帆九面櫂初回去尋花徑奚童掃到及蓬門稚子開
遥憶枌榆秋社裏提壺話舊醉顏陪

雁峰見贈留別四章即次元韻奉酬並以送行

雄文陸海共潘江綺歲登壇早擅長桂籍標題推領袖
花甎曳履見羹牆君於甲辰鄉薦榜首壬子捷南宮入詞館把麾汗漫窺邊
堠攬轡澄清救濫觴競羨楚材期大用當時人物重三

湘

落落難消塊壘胸朝看草檄夜傳烽才評月旦誇高足德種雲司認舊容君改秩秋曹後戊午襄校京兆鄉闈得人最盛借箸頻煩前席再登陴遍踏暮闉重征鞍忽據西風裏讓著先鞭欲往從

眉宇更番挹紫芝照來明鏡屢忘疲歸裝難載鬱林石餞別早吟蓮節詩得享烟霞清福少相招猿鶴素心知平生蓑笠償初願沅芷湘蘭慰所思

此去飄然望若仙懸車尚在服官年聊耽綠野高蹤繼自愛黃花晚節全我愧孫陽矜相馬君如蘇晉學逃禪

他時倦鳥飛還處重認閒雲嶽麓邊

中秋對月即事

秋中十度賞昆池又值良宵說餅時桂苑香盈千萬戶
菊籬新綻兩三枝閒看月暈徐徐散老愛風光緩緩移
親闈
卻對清輝憶兒女親闈同戀隔天涯

連日省營官軍攻拔賊巢殲除巨憝立解城圍詩
以志喜疊用前韻

頻年小醜弄潢池一旦冰消瓦解時霧捲妖狐齊掃穴
月明驚鵲已安枝
天威震遠功能奏帥畧籌邊柄不移笑比崑崙元夜奪

更傳露布定西涯是日中秋

籬菊初開再疊前韻

陶家荒徑謝家池春草秋花各占時鹿眼分排含雨朶鳩扶先護傲霜枝繞籬覓句苔頻掃拂石攜罇席屢移好待重陽開笑口滿頭爭插興無涯

園中假山石畔新開並蒂菊一枝賦此志異三疊前韻

東籬臭味詎差池劇喜花開並蒂時舊句曾傳梅附萼南宋雜事詩有咏並蒂梅句花開附萼俗呼為鴛鴦梅新葩重見玉交枝同心似向芝蘭結連理應從菡萏移坐對雙清娛晚節細揩老

眼小山涯

日來友人分贈盆菊多種因命園丁壘作花山四

疊前韻

玲瓏底事羨仇池花樣憑空結撰時錦繡谷排重疊勢
芙蓉峰插萬千枝逕煩陶令三三闢山訝愚公一一移
莫笑花叢臨老入路迷還待問津涯

蘭評生日賦此為壽五疊前韻

家風久紹愛蓮池歲歲籌添采菊時老我五年增馬齒
羨君一鶴占虬枝茱萸會近觴先介山水情深韻共移
願效南飛續坡句仙璈幾疊繞雲涯

雁峰乞假旋湘不果仍返昆垣出示見和贈別之作五疊觀蓮節韻

閒雲無定去還來待就重陽再把杯投我吟牋頻腕脱思君别緒幾腸回且將元亮歸情減聊學樊川笑口開指顧餐英萸共插醇醪又送白衣陪

養福齋續存稿卷十一

奉新　宋延春　引龢

九日紫薇樓登高約諸僚友小集張燈賞菊先成一首

生經六十七重陽佳節登臨復異鄉吹帽屢嗟蓬鬢白開樽偏喜蟹螯黃高樓眺遠烽烟靖老圃餐英臭味長休沐快聯新舊雨燈光四照助花光

菊觴分韻得且字賦五古四章

昔在豐園中看花舟泊且逸櫂又今秋題襟續風雅敢詡龍山豪令節杯重把爰招素心人一醉東籬下

山氣日夕佳千秋真意寡（攢眉）避喧欣在茲邱壑亦聊且擁
鼻笑披圖（壁間懸有淵明嗅菊圖）攢眉愁入社羨彼飛鳥還誰是
閒閒者
學圃吾不如移山石偏假底事荒逕間眾芳爭豔（始）乃
知造物心栽培非苟且洗耳聆箏琶歌聲徹屋瓦
晚節師前賢（賢書）書錦兼緣野淡泊矜秋容中懷每藏寫羣
公炷琳瑯老子傾罍斝起弄霜月高酡顏宜強且

菊秋下瀨餞別雁峰之巧家司馬署任
纔過登高落帽風無端馬首又瞻東輕車熟路能生巧
短馭長才倍覺工三疊陽關叢菊畔一鞭古驛早梅中

離筵酩酊休忘卻勤把吟牋寄醉翁

十月八日予行年六十有八因用白香山開成己未冬十月詠六十八衰翁句元韻衍成四律並倣其體即以自壽

六十八衰翁頻年怯戰攻丹心常捧日白髮笑追風霜傲三秋菊塵添兩鬢蓬籌邊愧紆策潦倒簿書中

六十八衰翁曾將筆陣攻飛騰依上苑蹀躞走春風垂老嗟蒲柳浮蹤類梗蓬駑駘羞伏櫪戀棧豆芻中

六十八衰翁心兵止力攻宦情千疊浪歸興一帆風招隱耽泉石求仙問閬蓬何時還倦鳥息影小園中

六十八衰翁懷鄉百慮攻灌城新子舍栗里舊家風階
引雛聲噦門迎稚首蓮介眉欣繞膝歡醉草堂中

生辰後三日忽患齒痛心揺之症再疊前韻二首
用以解嘲

六十八衰翁何來二豎攻留花貪眼福索句愈頭風齒
痛慚加馬心旌似轉蓮維摩聊示相偶伴藥爐中

六十八衰翁須防下策攻袪魔憑道力御氣引仙風劚
想黃精藥飛憐白首蓬養生無別法吐納一丸中

籬間晚菊猶盛因課園丁重加培植分列座中邀
客再賞賦詩紀興

籬落餐英興未闌疎枝渾不受霜殘秋容肯許凋零易晚節須知護惜難休讓荒蕪三徑棄儘餘霞綺百回看紫桑自有延齡種留伴松梅耐歲寒

小雪節前二日得雪志喜

小雪將臨大雪來炎方滕六舞初回予涖昆垣十年此次冬雪最大尚憐傲骨撑殘菊先覺寒香逗蚤梅整旅願教兵共洗占豐喜見玉盈堆老夫暖閣安排就預訂消寒醉綠醅

小陽下澣得紳兒里門來書賦此志慰即以示勗

家書一紙動經年今歲自春徂冬甫得此信雁足傳來萬里天迢遞鄉關勞夢想平安報語免愁牵讀書莫廢三餘業負郭

難營二頃田聞道菟裘新卜築待娛暮景向林泉（兒近於章門貸屋數椽為予歸老之所）

長至日書事疊前韻

衰遲每自惜流年暢好陽生雪後天（日來又喜得雪）鵝鸛陣銷鑾觸鬥雁鴻居避網羅牽（省門近已肅清）寒梅待訪空潭蹟離黍重耕下潠田葭琯漫吹羌笛怨相邀暖熱酒如泉

朗山觀察還蜀有期見贈留别二律仍用予去歲寄懷原韻再疊奉酬

底事甘為局外人名場競羨不羈身勞勞角逐仍追鹿鼎鼎聲華自炳麟行役更添詩卷富舊游重感客愁新

高歌永夕還維縶好續鷗盟未了因君嘗為大府姚留欲行不果
停車繾綣話閒情一半勾留玉屑清歲晚寒銷宜買醉
詞人老去愛餐英頹唐自笑駑駘伏磊落難將好爵縈
鴻爪雪泥隨點染傳箋時節又嘉平

朗山又賜示讀先大夫心鐵石齋存稿并先外舅
賞雨茅屋詩集題辭二章次韻志謝

交誼朱陳結老蒼清芬世守舊書囊謁從芸閣懷先德
難得苔岑聚異鄉南國心香知久祝西川手澤詎能忘
題襟愧說追前軌先外舅曾刻邗上題襟集先大夫亦繪有憩園題襟圖重向騷壇
序雁行

幕府風流對客誇官梅繞屋影橫斜君下榻節廨致爽軒梅花最盛
杯中屢勸三臺酒筆底齊生五色花我步後塵占鶴和
君搜奇寶倩龍拏吉光片羽傳鈔遍珍弆端歸著作家

嘉平三日海心亭公讌朗山即席見示二首依韻答之

高會同舟望若仙欣陪飲至詠初筵扶衰强逐弓刀隊
攬勝重登兜率天偶盍朋簪聊復爾閒抛簿領且陶然
依紅泛綠殊今昔座客曾誇幕下蓮

窗送斜陽扇障風霜林新月已懸空前塵西蜀追坡老君與予皆游蜀最久
清興南樓讓庾公境過浮雲千疊幻天教我

輩一樽同句承平誰補籌邊畧得失無心問塞翁

次韻朗山十二月初七夜梅花下作

名花劇喜避烽烟更託新岑締舊緣冷淡交情宜密座
清奇骨相占癯仙香探鶴徑曾三島夢隔龍潭又兩年
叉手閒吟來樹底輸君筆燦蕊珠圓
消寒細數廿番風花滿南枝柳面東閱歷冰霜渾未老
心腸鐵石有誰同幾生修到容顏古此日誇將嫵媚工
自是前身饒福分春宵長伴月玲瓏

臘月十九日重舉壽蘇會約朗山觀察暨同人設
祀小集朗山先期示以即事詩二章依韻答之

鈇

並呈諸君子同和

生日年年祝長公（公贈子由句但願髮兄年年作生日）白鬚眉再拜畫圖中畢生磨蝎才人厄異代泥鴻我輩同詩案世間留韻事笛聲江上識良工今宵四座添新雨奎彩齊瞻玉局翁

四

多君奇句錦囊收白雪先賡互勸酬勝賞湖山縈客夢（朗山籍杭州來詩謂有重游西湖之想）清談風月遂予求玉船快瀉錢唐味鈇板高歌水調頭一曲南飛重疊奏恍隨鶴影到黃州

元旦試筆紀事 庚午

年光轉磨又逢庚老筆天留詠太平耳畔鴻音傳竹信階前鶴和伴梅英歲杪得紳兒家書新年焯姪亦有試筆之作師資遺愛文堪證庭誥垂芬誦更清阮賜卿近由鄂垣寄文達師弟子記年譜其中多述滇督任內政蹟又組姪亦自星沙送到先君全集詩債未完偏隔歲宜春寫罷甫吟成沈朗山除夕詩頃始和就

除

次韻朗山觀察除夕述懷二首

箋詞愧說老成人君去年見贈有羼亹端賴老成人之句白髮飄蕭兩鬢塵羞喜四郊清壁壘已看十度轉陽春予自庚申承乏會垣迄今已十改歲矣迎年君又添新什祭竈吾方請比鄰笑學坡翁簪綵勝堆盤紅縷細茵陳用蘇句

昆池幾載勞征戰何幸安居賦有邪饋歲匆匆無長物
傳牋滾滾似懸河（時壽蘇會君賦長古二篇）香林待覓籠紗句（連歲予游
龍潭看梅皆留題壁上）蔀屋重聽擊壤歌今夕思鄉同萬里章門
烟柳雪岷峨（君眷屬僑寓西蜀兒輩時留居里門）

立春夜約朗山觀察暨同人小集梅清鶴瘦之室

次日朗山惠示二律依韻奉酬

春宵纖月挂梅梢虛室燈明花影交邊外雄師仍鼓角
座中佳士半衡茅戎帷久贊紆籌策莞庫多慚類繫匏
辜負芳園舊桃李秖留碧草滿池坳（藩廨東園亭榭花木久已荒廢比因
軍事未遑修葺）

匏

梁畔新泥燕乍銜，社前楚楚試春衫。招來裘履傾三雅，拾得琳瑯聚一函。君年來向市肆搜求古籍文房收藏甚富應有寶刀供脫贈，可能銅柱許雕劖。風流漫自誇宏獎，湖海元龍迴不凡。來詩推奬過分讀之赧然

新正下澣寄紳兒家書并系一律疊用元日詩韻

枝頭好鳥喚倉庚，五嶽遊將繼向平。遥憶蘭陔添韻事，快從枌社集豪英。陽春烟景芳園樂，儒素家風舉室清。長伴青燈味黃卷，經神相對學康成。

花朝前三日銘珊太守茂園大令各以新開牡丹一本六花五花者移贈銘珊并示長律次韻志

謝

春信平分廣座中名花開到廿番風品高紫禁粧原貴調續青蓮詠更工一樣穠華矜國色十分長養賴天公開樽喜對雙清供酒上頹顏相映紅

春夜喜雨疊用前韻

當春霡霂上膏中潤物無聲趁晚風細着林花沾粉膩密穿烟柳散絲工扶犁早覺歡田叟沽酒應忙賽社公獨有老夫渾好事凭欄溼處曉看紅

雨後復得大雪再疊前韻

竟夕春寒小閣中六花飛試剪刀風雷車乍送金輪疾

夜聞雷雪陣爭誇玉戲工偶阻新泥銜燕子偏教集霰灑龍公芳辰雅約期同踐繞座重圍爐火紅花朝擬約同人讌賞牡丹

花朝擬邀彭子嘉觀察賞花聽曲前二日忽大雪不止子嘉先以詩贈次韻答之即代柬訂並示同人

折簡看花不礙遲花濃雪聚買春時別開粉本圖金谷洗盡鉛華表素絲飛白當年同玉署輭紅此日憶京師清平雅調誰能續檀板金罇且共持

花朝約同人讌賞牡丹朗山觀察即席以疊和子嘉觀察元韻二章見示亦再疊奉酬

染　慨

幾日春寒花較遲捲簾恰好客來時同將酩酊酬佳卉
多買胭脂染色絲領袖羣芳誇彼美風流儒雅仰吾師
仙潭遺蹟成千古勝賞於今孰主持黑龍潭龍泉觀牡丹最盛昔年阮文達師曾往遊賞近因兵燹久已凋謝爲之慨然
天娛老眼惜衰遲歲歲評花不後時漫笑紅妝依白髮 妝
何妨品竹與彈絲吟香兀自憐胥叟識曲還須問瞽師
此會朋簪輸洛下騷壇寸鐵許相持 春

仲春下澣銘珊太守初度見示感懷二律次韻申
祝
十年交誼細重論秋月春華共一尊甲第戔戔綿世澤

應

庚躔歲歲朗衡門詞傾珠玉含光潔膝繞芝蘭解清温
最喜添籌逢樂事
酬庸晉秩拜
新恩（君近以軍功保擢知府）
始信神丹九轉成應須極貴又長生（用句）桂花預兆泥金
帖（謂令棣漱泉將應京兆試）棣萼同標竹帛名强仕賢勞輝組綬壯
懷磊落濯塵纓餘光敢說分門下摛藻聊抒舊雨情

上巳後三日送李芝圃太守權廣南郡篆任

京國論交廿載前班荊重話日南天幕寒蠻語叅軍壯
籌運烏蒙大令賢三善政成勞撫字一麾階陟冠班聯

褒功疊拜

天書寵翠羽鶯喬次第遷（君連歲權昭郡勞績膺郡守花翎之賜）又看借寇古蓮城春水桃潭送遠行舊印泥鴻留澤少（予初涖滇省即典郡廣南一年距今已十四稔矣）新緻琴鶴羨風清當年父老歌驪別此日兒童竹馬迎往事滄桑怕回首與君同繫故鄉情

雨後小飲食新筍作

好雨連宵送晚雷鄰家鞭筍過牆來（用句）官廚早並朱櫻薦春檻正當紅藥開風折幾番垂玉版泥穿三徑倒金罍清貧昔日嗤饞守千畝胸中取次栽

廨

清明後四日子嘉觀察以鄂垣寄來江蟹分餉口占答謝

蠻荒無蟹有監州鄉味登盤預釀秋安得移船行萬里（君顔廨舍曰萬里舡）持螯醉飲舊江樓

尊酒當年共大蘇（謂喆兄漁帆觀察）竭來飽食武昌魚知君忽動連床興雙鯉中藏尺素書

穀雨後三日盆中芍藥新開邀客同賞疊用食笋韻

門外車聲響若雷退公先向小園來客期不速翩翩至花為將離緩緩開（座中芝甫琴史仰峯小軒皆將遠行）三疊玉關愁弄笛

四圍金帶笑傾罍當筵勝賞遲摩詰不負奇葩手自栽花乃銘珊移贈適以小恙未與

銘珊賜和賞芍藥之作再疊奉酬

二陸才名灌耳雷放衙頻見送詩來遙知面壁吟肩聳慣愛傳箋笑口開列陣尚營新戰壘得朋還洗舊罇罍蒔花我比分秧早細課園丁一一栽時園中正分種菊苗

立夏前一日喜雨三疊前韻柬銘珊

堂堂春去疾如雷節轉清和帶雨來一夜喜聽檐溜動三農齊逐笑顏開關心米價頻紆策婪尾花尉且酌罍滿目生機添綠野新秧正好及時栽

春杪課園丁分蓻菊苗因選數種持贈子嘉觀察并用前州字韻賸以二絶貽之後首亦倣捲簾體

柴桑三徑憶江州培植新苗為賞秋隱逸知翁有同調移根合向紫薇樓（予官廨樓名）

難營二頃傍湖樓（敝居豫章東湖之濱）抱甕先忙老圃秋笑比分秧及初夏坡仙高詠在黃州

子嘉觀察惠示大雨紀事一律用東坡往岐亭韻因疊和二章奉酬

小示維摩畫掩門（予適有微恙）餘春辜負杏花村傳箋頓愈

並種花采煮茗清宜
蠏眼温那比行吟來

頭風疾織錦全銷爪印痕君慶以回文詩見示悶遣番番蟫帙亂香添細細鴨爐温老錢對雨饒清興飛絮黏泥妥蝶魂檐鐸風搖雨打門淋浪渾似住江村水田漸露秧針影梁壘猶留燕翦痕遠泛鯨波爭起伏閒操蠻語話寒温衰翁習懶惟思睡一枕槐安繞夢魂

子嘉購得山蘭種假山上再用前韻見示亦再疊答之

久栽桃李滿公門君慶司文枋誰信幽芳别有村空谷應添新粉本故巢還認舊泥痕君善畫蘭竹子曾權鹺篆居官廨數年披榛雅並種花采煮茗清宜蟹眼温那比行吟來澤畔素心同

臭見詩魂

首夏雨中移栽新竹三疊前韻

寺藏修竹不知門用句籊籊移來近水村竹自龍公祠半池畔移植
壁新添篁鳳影數竿猶帶籜龍痕高低月牖涼先透左
右風牀席未温長對此君差免俗瀟湘底事怨芳魂

子嘉再疊雨中執蘭次坡公韻并用回文體賜答
亦四疊酬之兼傚其體

風光轉蕙綠迎門異卉由來出遠村叢溼雨花含媚色
種移山石露新痕同心得友聯吟巧密語當時入室温
紅燄燭搖爭弄影中宵靜座對香魂

乞菊得苗字

準備東籬醉學陶秋芳先覓好根苗巧疑月府偷靈藥
妙想天孫織錦綃漫比鄰醯煩客借預謀漿酒趁花澆
笑他索米頻書帖何似餐英晚節饒

買蘭得芽字

春光開遍野人家忽聽門前叫賣花壓擔可將山鎛補
典衣不吝杖頭賒較量價比論珠粒培植功同護稻芽
相賞清風明月夜無錢也自向人誇

養福齋續存稿卷十二

奉新　宋延春　引龢

讀忠雅堂詩集敬用集中送先大父教授九江兼東陳時若解元三首元韻并引

忠雅堂詩為吾鄉鉛山蔣心餘先生所著令曾孫璞山中丞重刊於西蜀藩廨頒贈來滇憶先生乾隆丁卯與先大父慕劬公同領鄉薦榜首即陳時若先生諱奉茲一號東浦九江人後官至江寗方伯迨己卯先生官翰林時先大父以辛未進士入都謁選得銓九江教授乃作此詩贈行并寄懷東浦先

署 共 盟訂

生蓋敦梓誼而聯桂籍久要不忘老輩典型于
兹未墜延仰止前徽追維先德謹步原韻敬題
卷末奉寄中丞秦省聊述四世淵源膺服之忱
詩之工拙所弗計爾

靈秀潯陽九派分家傳詩禮過庭聞先君乾隆癸未誕於九江學署百
年祖硯懷先澤四世朋簪誦大文官冷交深氈共守歲
寒盟訂酒同醺當時祖帳都門外高詠江東日暮雲
清芬苜蓿憶齋廚廿載鱣堂雪滿鬚老輩風流情話切
重闈菽水旨甘娛門多子弟誇王謝室有圖書傲褚虞
鐘鼎山林互期許冰銜曾記拜

入　朱

恩殊
耆舊匡廬峯下住鄉邦碩望應同聲謂東浦先生園藏松菊
聯三友座擁湖山過一生先生入詞館後乞養奉母主講會稽蕺山書院繼又卜居金陵晚年養痾豫章里第小築藏園皆有題詠見諸集中羣羨箕裘垂後裔久留
著作在承明通家幸結朱陳契予近與中丞復聯姻婭鉅製傳鈔
萬手爭

竹醉日餞別朗山觀察還蜀并招同人小集用杜
詩丈八溝納涼韻即以代柬

有約聽歌早無嫌折簡遲觀蓮猶待節醉竹及良時勝
會追瓜李休閒品竹絲客來期不速同詠此君詩

絲

子嘉觀察既和前什又疊賦二章見示亦再疊酬之

上賓留幕府祖帳故遲遲倒屐曾三徑開樽又一時料
應忙屐齒且慢整鞭絲萬里程方始重吟蜀道詩時朗山行期未定

瓴

雨勢建瓴急雷轟敲鉢遲老彭鏖戰日小宋曳兵時蕉
剎層層卷毫抽一一旗亭爭畫壁誰唱女郎詩

子嘉書來以疾不至三疊前韻奉柬

久盼高軒過無端客到遲口緣窮有數腹負怪呼時腔
費調鶯舌鮮勞切鱠絲維摩禪榻畔笑詠素餐詩

前索子嘉書畫團扇病中承為作就四疊前韻申

謝

乞寫齋紈素翻勞點筆遲得君揮灑處慰我奉揚時出

入常懷袖經營匕繡絲瑒琳誰似此三絕畫書詩

朗山觀察見示留別四章次韻奉酬即以贈行

十年攬轡漸澄清同盼屠畺息戰征西蜀此番重税駕

南陽當日憶躬耕逢君信有前緣在閱世常驚老眼明

歷盡滄桑無限感頻搔白髮歎餘生

豪氣元龍未肯降詞傾陸海與潘江九迴羊坂歌行役

兩度鴻泥印異邦覲陣譙樓聽畫角尋碑野寺拂經幢

游蹤到處留題遍壁上紗籠句疊雙

風流笠屐慕髯蘇屢向花間醉百壺幕府借才揮露布

騷人餘事展雲膜紙也憂時每覺牢愁愁共愛我翻教磊塊

無樽酒臨岐留後約扁舟一葉訪西湖

山程水驛記模糊槐雨聲中又首途萬里棧雲勞𥽮足

一簾風月見蝦鬚時倩君代購竹簾多慚獎挹[illegible]霏珠唾自笑頹

唐倩杖扶雅意殷勤恐辜負歸休茅屋赴洪都

朗山瀕行為寫扇頭墨蘭并書贈什又疊和前詩

二首因五六疊韻報謝

寓公忙夜半鈴下漏聲遲扇寫素心侶詞吟黃絹時離

情紉蘭佩歸興寄蓴絲懷袖清風滿故人留別詩
君行何慷慨吾老惜衰遲得得揚鑣去勞勞戀棧時新
添籌筆句願把釣竿絲分手還珍重長緘兩地詩

庚午夏日得梅小岩方伯己巳夏間自粵東寄書
并丁卯擢長蘆運使留別同人詩四章時小岩
已由東粵廉訪遷江甯藩司矣因次元韻申賀

述懷寄答

曾記天街發軔初登瀛先讀石渠書八甎譽向詞林擅
五鳳才誇腹笥儲畫鶴廳前知吏肅乘驄陌上許奸鋤
臣時早上籌邊策疊詠皇華賦出車小岩由壬子庶常改秋銓曹與予共

事一年嗣歷諫議奉使
津門滬上從戎豫章
一麾方面拜
湛恩領袖雍容入穗垣八月乘槎征海島三遷正筴轉
筴
津門趨朝近曳芝階履式里頻開梓社鐏儀羽
酬庸輝豸繡大名
寵錫播乾坤
啖
支
斑
宦轍遨遊徧宇寰公餘飽啖荔支斑五羊柏翠留郇蔭
千里梅花度庾關　闕北又傳
新紫詔江南重看舊青山遙知白下開薇省財賦同憂
物力艱

祁

春明判袂各殊方穅粃先揚借末光環瑱交深聯世契
郊祁美濟得天強小岩與予先後同官尊甫昔為鄉薦同年令兄少岩太史近亦登詞館
羡君屏翰湖山擁老我蠻荒歲月忘倘許歸帆遂初願
石城來訪水雲鄉

又和小岩方伯戊辰入都展

覲元韻

嶺海宣勤結
主知覲　光入告有猷為
王言如綍勞　清問臣職惟忠勉進思
前席顏瞻溫霽處

鹺

有

垂簾寵被對揚時鑪香滿袖携天上傳誦 虞廷喜起詩

長夏雨後過訪子嘉觀察衙齋紫薇正放賦贈一章

當年小憩傍薇西（薇西小憩乃史椒園方伯舊日題額子權鹺篆時猶及見之今已失去）每到花時眼欲迷雨過漸舒雲錦麗月明初上玉鈎低堂前萬紫君相伴樓畔雙株我亦栖（予官廨樓下亦開二樹）好待瓜棚和豆架晚涼把酒話秋畦（君有七夕賞秋之約）

季夏上澣朗山觀察歸蜀成行再賦贈別疊用前韻

策馬東征詠自西遲留行色尚離迷連宵雨洗初程淨一路雲穿遠岫低惜別壺觴同戀戀出塵鵬鷃肯栖栖草堂猿鶴勞相待松菊歸來問舊畦

小暑前二日清晨海心亭即事再疊前韻

看花曉起向城西翠海初收宿霧迷樓外芙蓉含笑早座中菩薩喜眉低參差葉密魚頻戲自在香清鷺慣栖羣仰

天題涵衆妙是日敬懸御書妙蓮湧現扁額綏豐預卜稻盈畦亭下秧田已編插矣

子嘉觀察見示引疾求去二律次韻奉答

驀地開緘詫引年達人胸次月當天懷歸却為鴒原感君因喆兄在都謝世遂作乞退之計託疾休勞鷃薦傳陶令宦游歌止酒坡翁江水誓無田倦飛吾亦知還久望岫何時許息肩予向有望岫倦飛圖卷

苔岑雅契訂忘年醉竹評蘭別有天泛梗渾同舟不繫浮踪始信舍如傳行裝祗載鬱林石抱甕難耕下潠田勇退急流君獨早辭官依舊聳吟肩

夏杪雨霽走訪子嘉問疾因邀過瓜棚閒話徘徊欣賞詩以美之再疊前韻

瓜期代未及經年且向瓜棚避暑天五色目迷羣玉綴

千金名重一壺傳鞶匏尚學營荒圃納履何妨踏蔓田
佳種纍纍鄰舍羨短牆窺處笑齊肩

新造闈試卷紙初成分貽子嘉惠詩稱謝依韻酬
之

堆案餘閒詩債完窗紗分綠寫琅玕高人小示維摩相
花雨茶烟早悟禪子嘉時有小恙
售價銀光貴洛疆新裁金帖市槐忙先生清比參軍異唐杜暹為婺州參軍秩滿將歸吏以紙贈唯受百幅人歎為清吏號百紙參軍今予所贈僅十幅耳舒卷
無心俗慮忘

觀蓮節前三日東銘珊閑荷花消息

節又觀蓮近應開十丈船詞先吟白雪花好問青蓮準
備排瓜李招邀奏管絃憑欄待君子同侑介眉筵

子嘉見和前作疊韻奉答并約小集

歸話三巴雨君眷屬尚僑寓蜀中將乘萬里船樓曾吹玉笛炬憶
撤金蓮惜別愁傾琖聽歌誤拂絃高軒期不速陶寫一
開筵

季夏荷花生日銘珊太守移贈新蓮二盆賸以秋
海棠二種爰招同人稱觴介壽循往年例也即
席呈諸君子三疊子嘉觀察詩韻

游醼南皮慕昔年碧筩頻醉晚涼天騷人慣為花神壽

誕

畫本還憑綵筆傳擬乞子嘉繪圖紀事座對紅粧歌緩緩風搖翠
蓋影田田秋藕預借添清供仙品移來好並肩

子嘉觀察因疾不赴約疊韻見示亦四疊酬之

馬齒多慚長十年君以壬申生予誕於壬戌宦途同滯日南天抗塵
互覺鬚眉老謝俗聊將翰墨傳舊夢湖山蘇玉局新詞
風月柳屯田何當把臂入林去笑與洪崖共拍肩

七夕後一日子嘉以自繪玻璃餅供紅蓮畫幀惠
贈五疊前韻志謝

不礙黃楊厄閏年瓶荷補寫碧羅天虛邀裙屐良宵會
果羨丹青老手傳樂府曾題王儉幕瓜時須及邵平田

用孟襄陽句居引疾求去不果披圖乞得天孫錦一水盈盈詠比肩

新秋上澣閣視貢院號舍不日工成亦疊前韻

風檐回首卅三年道光戊子秋賦獲雋予倖博微名造牓天自昔文章憎命達于今衣鉢愧相傳予癸巳倖捷春闈出文達公門下師相時方總制滇黔越丁卯予亦忝權督篆虛堂待秉衡才鑑廣廈誰營養士田僂指攀香蟾窟近雲梯登處看摩肩

子嘉枉過問疾並承貺人蓡賦此申謝七疊前韻

同病相憐各暮年愁魔難遣泬寥天涼風波起河魚患予適遘腹疾舊雨詩憑浦雁傳近得何青士觀察杭州詩札性癖烟霞成痼疾謀艱耕稼問原田養疴小我延齡品皤髮欣欣也

駕肩（見劉筠大酺賦）

子嘉觀察見示銘珊太守移贈白海棠繪圖并系二律因次元韻兼柬銘珊

曾伴芙蓉曉日初（觀蓮節銘珊先以此花見貽）又移幽卉子雲居清宜蘭露涼生後靜對茶烟午睡餘久謝鉛華圖粉本獨標雅韻爍瑤琚長空雁帶新秋到一片冰心自淡如

竹素纔揮美蔡倫（昨觀察以新造卷紙寫詩相貺）更描仙子出凡塵鏡中白髮愁相照窗下青燈筆有神金屋嬌嬈粧不俗玉堂品格寫來真期君共結閒鷗社蘋岸蘆汀飽鱠蓴

子嘉觀察招陪同人瓜棚小酌先呈一首

茶瓜有約屢愆期已過銀河碧落時（君前約七夕賞秋因彼此抱恙未果）風露飽嘗方耐久壺觴盡醉不嫌遲朋來競寫圖中句（時新裝餅荷海棠二圖倩諸君各書題詠於上）病起重添鏡裏絲準備東籬花事近還看晚節賦新詩

七月下澣陪同僚再閱貢院落成子翁疊和前韻見示因再疊奉答

老愛逢場恐後期又來壁上縱觀時賓興桂苑三秋早周道輶軒四牡遲（時兩主司尚無入闈信息）好待銜枚排鵠立試聽下筆吐蠶絲文衡迭掌推宗匠見獵重吟矮屋詩（君曾屢膺典試視學分校之命）

子翁茶瓜雅集分賦一字至七字詩得園字二首

仿香山體

園獨樂忘言桃李盛橘柚繁日涉成趣不窺避喧華林曾賦射金谷憶開罇洛下叢春最著坡翁買夏先論松菊猶存陶令宅桔槔歸守茂陵村

園開徑欵門亭納岫圃編樊瓜壺垂架蘭竹繚垣曲沼觀魚樂踈林聽鳥喧公退閒扶短杖客來偶駐高軒結構好臨新畫本栖遲還認舊巢痕

中秋夜對月述懷四首用杜集月夜元韻並傚其體

今夜滇池月冰銜好共看光知千里徧影正一輪安絃
管吹良夕霓裳詠廣寒南樓興不淺莫惜酒杯乾
今夜章門月應從子舍看桂華齊皎潔竹報各平安白
髮親闈遠青燈晚課寒團欒孫早弄繡褓乳初乾
今夜燕臺月頻年嬌女看冰清慚老拙玉潤隔長安策
馬從戎久趨朝待漏寒蟾輝同兩地雁帛寄桑乾
今夜長沙月阿咸幾度看宦游三楚熟巢借一枝安賢
娩阮林聚情憐姜被寒舊書紈扇在指點墨痕乾

庚午重九奉迓靜臣制府檀浦學使用和康訪子
嘉蘋洲兩觀察廨園讌集休沐登高張燈賞菊

用杜詩九日原韻疊賦二章紀事

曾記東華逢九日登高歲歲古窑臺京師城南黑窑臺為都人士登高之地屢吹烏帽衰顏改又對黃花笑口開枉駕偶占星共聚傳杯慣愛客頻來紅燈四座輝旌節無邪驪歌馬上催學使新擢大京兆時將北上

棘闈此日誇文戰多士如雲集將臺滇省秋試展期九月舉行試院方煎茶火活風檐競鬥筆花開自慚老手題餻拙誰羨高標奪錦來想見重簾秋月好新詩待向考官催疊

重陽後三日招幕中同人再集厲園賞菊仍疊前韻

節過重陽少風雨莫教辜負好樓臺酒樽待客番番送籬菊經秋緩緩開筆陣尚盤雕鶚健（文闈方試二場）笛聲遥度雁鴻來却憐矮屋人辛苦燭盡三條藻思催（謂銘珊吉人紫萊少軒諸君）

闈事將竣放榜有日約秋賦諸君子小集先此申賀四疊前韻

依然冠冕通南極喜爾文章列上臺三捷功成燈穗卜九還丹熟榜花開漫嫌鹿野聽歌晚會見龍門燒尾來老我奇觀從壁上千門走馬漏聲催

秋闈揭曉多知名士再賦志喜并呈子嘉觀察五

疊前韻

十五年來逢盛會滇省自乙卯鄉科後至今歲甫舉秋賦三千多士陟强臺虛名忝竊科名早觀察和詩有科名先達文名重之句文運從占天運開桃李競誇門下滿英雄齊入彀中來還期紫陌看花去蹀躞春驄得意催

子嘉觀察為寫梅蘭竹菊巨幅并系四言詩於上即用元韻口占二絕答謝

官閣秋稔用平康共看黃華晚節香難得同心聯臭味清芬小谷憶篔簹先人里居遂園有小篔簹谷

自愛家風鐵石腸新圖三友歲寒香頓教四壁陽春滿

畫手端推顧長康

庚午十月生日述懷紀事四首

自笑將成七十翁平生駒隙太怱怱卌年飽歷名場味
萬里誇乘宦海風餘事優游詩卷裏閒愁消遣酒杯中
香山老去淵明隱白首徒嗟兩鬢蓬

舊游過眼付烟雲足蹟難忘意所欣雪擁焦山梅萼豔
晴烘珠海荔支芬道光己丑春正計偕北上偕友人大雪渡揚子游焦山探梅又甲午乙巳兩游羊城皆值夏日遍攬荔支灣之勝前塵聚散渾如夢舉室悲歡久失
羣泥爪巢痕留幾許天涯此日戀斜曛

一辭

北闕入南滇戎馬書生近暮年征旆從軍嫻講武節樓
借鎮愧籌邊紛紛何幸重圍解岌岌頻將鉅任肩無那
桑榆催晚景駑庸莫答
主恩偏
問年絳縣紀添籌婪尾觴稱春復秋桂籍標名無俗士
時秋闈甫
經揭曉
菊籬聯詠有同舟南歸鴻雁鄉音達兒輩尚僑居里
門
西望欃槍霧氣收先為稀齡增韻事早梅香裡杖
扶鳩

9467
23

養福齋續存稿卷十三

奉新 宋延春 引龢

贈典試王一梧太史即送乞假旋湘中省親

彩見南雲天運開相招仙侶下蓬萊三秋重喜文星朗六詔爭迎使節來䋄遍珊瑚誇藻鑑門盈桃李羨翹才黃華晚放香逾好蘂啟苹笙許共陪時因軍事道阻展期九月舉行鄉試

瀛島同游話夙因輶軒萬里結交親秦關攬轡留題舊太史去歲曾作秦蜀之游滇海乘槎得句新歸看梅花湘岸雪歡承護草錦堂春倘逢小阮勞傳語垂老籌邊兩鬢塵家姪雲孫時作宰湘南

孟冬下澣八日祝子嘉觀察初度即次貺予生辰詩扇四章元韻

宦游萬里快追尋砥礪真如百鍊金自是君身有仙骨天教我輩結同心冬温愛比趙衰日夏澤頻施傅說霖捧到瑶華倍矜寵奉揚情比惠風深

憶踏紅塵錦繡堆迴翔芸館又蘭臺九霄曳履賡宸翰三晉乘軺貢異才望峻龍門爭御李光騰劍氣早知雷文章壽世兼經濟更喜雙旌六詔來

冰銜同作詠花人梅信先回綵筆春見賜扇面自畫梅花玉局豪

游吟共健陳思密座誼逾親後先並試調和手彼此曾叨獻納臣一樣巢痕留傳舍孰為賢主孰為賓君與予先後皆官鹾使

天末鄉愁繞故山都將白髮換朱顏頹齡自笑同蒲柳佳卉君猶惜草菅猿鶴山中久招隱鵷鸞隊裏暫投閒十年馬齒慚虛長巴曲難隨郢曲攀

閏十月上旬八日諸同人招陪子嘉觀察重游黑龍潭探梅並為兩人再作生日先賦二律志謝

仙潭不到經三載自丁卯上巳春禊于此迄今已三年矣又被閒雲引客來泥爪幾番尋野寺劫灰何處問唐梅壁間遺墨花千古

堆

阮文達師詩刻尚存亭外殘香玉一堆瞥眼滄桑無限感澆愁且覆掌中杯

百年生日難逢閏東閣居然兩度來子翁前贈詩有東閣還應兩度來之句笛裏怕聽朝雨曲篷前還索小春梅采芝笑挹浮邱袖題石忙揮落葉堆先後添籌重紀亥頹顏互勸介眉杯

子嘉以兩人重作生日再賦一首見示依韻奉答

重華復旦久書名吉日欣同先後庚是日庚午誰信歸奇還有耦應須極貴又長生雙清西掖鵷行侶再疉南飛鶴奏聲笑演連珠鼗擨斷宦情原不似人詩情放翁句

閏月生朝龍泉觀玉照堂讌集席間呈子嘉觀察并柬謝同人再疊前韻

偶從休沐城東去籃轝爭看逐隊來介壽公添籛老竿稱觴我賦廣平梅鱗原罷戰餘荒壘雁戶崇墉聚穀堆好把幽圖閒點綴輸他曲水共流杯

高會羣仙逢暇日金尊檀板各攜來沙鷗見慣隨流水樓鶴相招聽落梅觀察家居武昌儘許酒痕襟上涴漫誇蠟淚席前堆席散甚早尚未秉燭歡場聚散尋常事預借離筵進一杯時觀察將展覲入都

小寒後一日廖曉樓觀察招陪諸僚友蕭園賞梅

千

即席賦謝二首

城東佳處有名園，賢主迎賓笑款門。掃徑忽來新履蹟，巡檐還覓舊巢痕。考亭餘韻何人繼，潁士清芬幾樹存。園乃蕭譜梅太守舊居，嗣又為朱丹木方伯別業，觀察近復假館于此。漫向花前獨惆悵，且拚今夕醉芳罇。

好花不厭百回看，劇喜詩盟共歲寒。玉蕊競開三九候，璚筵同盡萬千歡。遥憐古豔仙潭滿，曾耐香魂劫火殘。時黑龍潭唐梅正放，惜未及一往遊賞。老我心腸如鐵石，先教春色染毫端。

曉樓見示賞梅二律次韻奉答

重

官閒卜築愛林泉獨占壺中小有天休暇偶然聯勝侶
招攜渾不讓前賢迴思隨宦湖山久細數游踪歲月遷
予少時隨侍先君桂林鹺使任廨後有借園最占湖山之勝距今已五十餘年矣新雨同舟話
鄉社賞花重締舊因緣觀察籍隸臨桂
高詠逋仙費翦裁瑤緘捧到朶雲開揮毫妙寫橫斜影
折簡曾叨瀲灩杯自顧桑榆催景去常縈松菊賦歸來
多君春信先持贈摘豔熏香大雅才

臘月十九日重舉壽蘇會約同人小集梅清鶴瘦
之軒為東坡先生設祀即席先成二律奉柬諸
君子

痾及

五日春迎綵仗中瓣香又喜祝髯翁一尊樂玉年年供
千古奎光處處同座上箏琶非俗客圖中笠屐自仙風
玉堂天上追前輩清夢依稀鶴奏通
少小嘉陽拜老坡讀書樓畔望峨嵋趨庭曾載淩雲酒
吹笛誰工赤壁歌幸解烏臺詩案厄難逃蝎運命宮磨
籛鏗咫尺休文遠（子嘉觀察近日養痾朗山觀察于役在蜀皆不及與會）頭上花
枝奈老何（用蘇句）
是日席間分韻得拜字成五古三十韻傚柏梁體
嘉平休沐退官廨仰止眉山壽同介寫真舊倩司馬畫
年年生日壁間挂溯公置酒赤鼻隘披圖彷彿驚澎湃

笛聲吟聲針與芥孤鶴南飛闡下界前身了了和尚戒
仙耶佛耶弄狡獪公應星精本光怪我望後塵下風拜
衆賓雜沓高軒屆爭獻瑤華共金薤狂歌四座逞豪邁
酣飲更番誰勝敗知公對此發長喟後生小子何痛快
笑予年少誇衛玠曾向凌雲投沆瀣西江敢詡追詩派
匠門諒無棄菅蒯執耳騷壇老夫憊火急催詩如索債
街頭方聽癡獃賣叩户傳牋忙走价為山肯虧功一簣
寸鐵不持長柄械春朝柏斝揚秕稗勝會蕪詞通謦欬

元旦試筆 辛未

又值新正第七旬 用樂天句 辛盤初薦日逢辛 是日辛卯

瀫

四朝雨露身猶健，半月陽和氣早春（客臘望日立春）。杖國敢稱前輩老，籌邊忝作古稀臣。倘容歸遂懸車願，願效康衢擊壤民。

元日即事疊用前韻

三年薇省詠來旬，綵筆從頭寫受辛。家遠兒孫同獻歲，官閑賓友共熙春。捷音預卜崑崙讞，宣力誰如櫛沐臣。（彥卿中丞尚督師瀫江）金甲肯銷農事近，早安耕鑿太平民。

人日喜雨穀日喜雪再疊前韻

為盼甘膏過十旬，連朝沛澤正祈辛（年一日次辛行祈穀禮）。祥霙普兆三邊稔，嘉穀先滋萬彙春。

句仿吟蘇追禁體功佯入蔡羨亘臣登臺滿目添生意
遍聽聲歡四野民

花朝牡丹正開為子嘉觀察祖餞並約同人雅集
話別疊用去春觀察雪後賞花贈詩元韻

長征休悵隔年遲又到春風折柳時次第看花留畫本（子嘉近歲每遇賞花皆為繪圖紀事）從容行色理鞭絲朝簪謝却非遷客
詩軸裝成是我師漫聽陽關三弄笛離筵更勸一杯持
花朝春日正遲遲坐對名花惜別時鏡裏容顏愁顧影
樽前情緒亂如絲淺斟低唱皆良友熟路輕車有導師
此後相思共天末騷壇風雅強扶持

百花生日雨後喜晴賞花即事再疊前韻

春光未許負衰遲好趁新晴賞及時富貴花迎風翦翦
清明節近雨絲絲品高領袖羣芳主句耐推敲一字師
莫笑偷閒學年少追歡渾忘短筇持

仲春望日子嘉觀察成行再賦一律志別用銘珊

太守贈詩韻

廿年香火悟前因蓬島蘭臺尺五春同宦幾番成老輩
送行今日盡詩人匆匆鴻雪標題遍款款鶯花載道新
君去我留增繾綣歸途先為指迷津

連夕喜雨三疊詠花元韻

宵

春色平分澤下遲連宵甘澍恰知時雷聲乍醒鷗邊夢
雨脚濃霑燕外絲百里金鐃歌洗甲三農玉粒德稱師
老夫何敢貪天力花柳桑麻好護持

趙沅鷸觀察賜和讌賞牡丹諸什疊用前韻奉酬
時觀察引疾歸養并以贈別

三世論交把袂遲迴思京國秖揚時東華履接鵷班跡
南徼輝聯廌繡絲君與予先後同官詞館諫垣近復巡察迤西若合符節誼篤蘭
芬昆與仲神傷棣萼友兼師謂令兄堯農槐廳聽齋蘭生諸君而堯農昔年曾聘
來滇署司記室並為兒輩課讀今已下世無端解組登車去誰共籌邊大局
持

幾載塵氛祿養遲慈顏歸奉北堂時歡承馨潔樹萱色
味飽清閒蓴鱠絲宦海收帆耽吏隱名山擁座羨經師
翠屏他日尋泥爪攬勝同將蠟屐持

銘珊太守生日賦詩志祝四疊前韻

花晨纔賞景舒遲更喜弧南衍罕時紫綬新添腰際彩
朱顏漸改鬢邊絲仙緣我笑竊桃叟詩味君尋煨芋師謂岩栖上人
池草竹林遙疊唱吟牋慣向袖中持時令棣姪皆在都門

仲春下澣奉陪大府襄校武闈書事五疊前韻

場開肄武不妨遲闈試本應去冬舉行因軍事展期春仲正是英雄入彀
時射鵠呈能誇貫蝨穿楊習技斷垂絲神傳百中先儲

將力舉千鈞自得師壁上縱觀仍局外據鞍矍鑠笑誰
持

次韻曉樓觀察同游大觀樓三首

出郭屏塵事登樓聳巨觀依然臨上界曾此挽狂瀾地
濶海門影天空雲際翰雁鴻經浩刼仍許故巢安
勝境殊今昔渾忘歲月遷朋簪新祓禊香火舊因緣休
暇重三候紆籌萬里邊何當買蓑笠去泛五湖船
廊迴幽徑曲策杖叩禪關籠壁殘詩句爐灰老衲顔俊
游誇逸少吟興媿香山歸棹斜陽外聊偷半日閒

蔡芥舟觀察見示送别沅鵠觀察長律二章依韻

奉贈

仙侶欣同李郭舟陽關忽奏寫離憂風塵誰賞無雙士宦海難爭第一流調古焦桐彈爨下吟高長笛倚樓頭伯勞飛燕東西去子嘉先歸漢上元青亦返蜀中獨羨騎鯨汗漫游新詩好倩碧紗籠雅有輕裘緩帶風帷幄十年勳早著湖山千里目俱窮君曾兩權九江關部苕萊葭誼攀嵇友梓社棠陰頌召公何幸衰遲聯韻事休閒聊學信天翁

講院課士題擬作四首立夏後一日

隔轍雨

轉磨年光又夏初甘霖隔轍聽新譽阿香頻喚雷推轂

庚珠

織女先隨雨洗車曲巷衝泥愁脫輻高軒張蓋羨題輿
笑他薄笨攀轅者下澤淋漓樂有餘

壬癸符

莫道炎方氣候殊也從壬癸服靈符辟兵借卻三庚暑
調水疑披六甲圖吞篆胸中如沃雪招涼座上不懸珠
丁簾丙穴同銷夏一片冰心在玉壺用句

駐色酒

仙根李實小園攀美汁調和酒色殷迎夏恰逢浮白墮
買春爭飲駐朱顏何須仙草茹三島可似神丹吸九還
老我頹齡難轉少慵斟婪尾別腸孱

立夏茶

穀雨纔過品物奢新泉初試雨前茶廚傳櫻筍餐佳味
火改榆槐瀹嫩芽藻夏詩懷宜處處梅炎珍果送家家
阿誰石銚爐烟畔消受風涼七椀誇

首夏上旬四姪祖焯謁選入都假道歸里省親賦
此志勗即以送別六首

憶汝懸弧日余方强仕年祖庭繩武望子舍弄璋先
褓占頭角階除譽芷荃忽忽俄卅載回首轉凄然
少小曾隨宦荊門鄂渚閒阿翁已遲暮有子並辛艱投
老干戈避相依杖履還父書期可讀聊爾博歡顏

弊廬歸侍後烽火又江鄉家難流離共時危學業荒田
園久寥落風木劇悲傷蔗境何從覓綢繆母氏將
壯游辭故壘蘊足為飢驅萬里遠勞爾重闈差慰吾請
纓向戎幕投筆贊兵符涓滴功何補頻叨
雨露濡
弓冶承家舊驊騮得路新肯教負師友何計答
君親老矣慚癡叔欽哉勵藎臣慈烏欣返哺祿養志須
伸
此去浮湘水重歌蜀道難清和宜驛堠迢遞數征鞍好
夢池邊草閒吟澤畔蘭歸途子季話林竹報平安

夜

作家書寄紳兒偶成一律并示三四姪
八年膝下分離久萬里天涯望遠情伏案磋磨憐弱弟連鑣蹀躞讓難兄綿綿世澤箕裘業鼎鼎家風閥閱聲但願春華齊努力頻揩老眼盼雲程

春夏以來米價騰貴賦此志慨
漫從米價問江東菽粟渾教玉粒同入夏經時聞趣扈有秋何計飽呰鴻愁飢枵腹嗟臣朔書帖垂涎乞魯公愧我素餐空竊祿憫農含哺祝年豐

夏夜大雨不寐偶成疊用前韻
中宵檐溜響丁東隔轍翻盆四野同一枕乍驚莊夢蝶

千山遥灑驛程鴻四姪時方在塗雨人澤沛思賢佐志喜亭成記長公老愛黑甜先慰滿預聽衢叟卜綏豐

四月十九日約同人小集為張小伊觀察伊琴史太守周明軒大令餞別再疊前韻

廚傳櫻筍小園東花浣遨頭勝集同是日成都謂之浣花遨頭醼集子美草堂滄浪亭游人盛於往時鄉路飛飛偕社燕小伊奉使江南琴史明軒于役浙西皆歸故里也征塵歷歷認泥鴻賞音陶寫欣來客退食委蛇詠自公賦別更尋銷夏法茶瓜閒話稻粱豐時方種瓜結棚

小伊觀察賜和餞別之作三疊前韻答之

攬轡爭看馬首東仙舟李郭此番同雲屯邊戍仍追鹿

風順層霄正漸鴻江上題詩誇手筆關中轉饟奏膚公
歸程況敘庭闈樂枌社稱觴近沛豐

端陽景物雜詠十六首

角黍

遺風沿五日佳品重三湘九子粘蒲美千筒裹黍香形
休圭角露名笑秤鎚當益智慚子老頻教果腹嘗

粉團

天寶逢端午宮嬪射粉團張弓先玉纖脫手向金盤圓
轉皆如意調和比彈丸驪珠探得後好共荔支餐

綵縷

荊楚傳朱索天中繫綵絲千條長命續五色辟兵宜壽縷同遼俗香羅娩杜詩腰纏無束縛臂使任天隨

玳釵

寵並宮衣賜齊簪玳瑁釵幞頭貂珥共棲影燕梁皆璀璨金魚佩輝煌翠鳳牌承恩符許戴令節早安排

艾虎

采艾看盈掬懸門翦虎形假威誇作勢禳毒詎無靈繡異雕龍巧薰隨剝藾馨耽耽誰懼汝兒戲滿中庭

蒲劍

辟邪還造劍刻畫取菖蒲不藉千磨鍊爭鑴九節符肖

形袪魍魎依樣製葫蘆拜竹虛能受揮鞭漫與俱

靈符

壬癸纔書罷朱符效稚川吞來丹篆夢著向赤心懸桃剖逢年換瓜分趁節傳精靈同解厄兵祲散如烟

花扇

都人爭造扇銀樣羨花花製比蒲葵異名齊粉黛誇揚清貽客座飛白賜宫紗別有尚方品風摇寶九華

蠅豆

蠅營偏畏虎杵豆爲驅蠅止棘嵎空負燃萁焰莫騰撒疑兵力用擊向案頭應逐利原堪鄙無妨小物懲

龍

蟾酥

古法良醫擅瓊酥競刺蟾針穿從葉面乳射透眉尖月窟銀光吐天漿玉彩粘醍醐相似否滑膩勝攻砭

安榴

佳種來安石新開五月榴火環明照眼萱草映忘憂色任紅晨妬簪應白髮羞珊瑚排絳樹多子願封侯

蜀葵

西蜀花如錦名葩數夏葵凌霄開一丈向日挺千枝誠比傾心切能輸衛足奇日南旌節盛點綴入風詩

鑄龍鏡

寶鑑傳仙鑄盤旋早隱龍江心爐火造鏡背水雲從變化天工巧吹嘘雨氣濃佳徵呈相宇神物並陶鎔

奪錦標

競渡喧湘水中流看奪標彩旗排錦繡畫鼓雜笙簫拔幟先登勇扶輪大雅超果然符瑞兆歸路快揚鑣

張天師像

漢代垂名久江鄉異蹟多山垂龍虎擁像示鬼神呵鬱壘門齊繪丹青狀不磨仙真留秘籙鐵柱共巍峩

鍾進士圖

新圖何狡獪畫手寫終終南柳汁曾彈綠袍痕尚染藍降

魔矜有膽下第本無慙羣醜休輕覷饕飢待飽貪

感

養福齋續存稿卷十四

奉新 宋延春 引穌

銘珊太守惠贈椶藤杖二枝走筆報謝

古稀宜策杖杖國拜
殊恩鳩拙欣扶老虬蟠笑引孫用行惟爾我安步共晨
昏多感維持力先生撰敢論

芥舟觀察投贈四絕依韻奉答

天涯喜締蔦蘿姻來作同舟共濟人好雨新岑添繾綣
三年縞紵十分親
半壁東南早策勳江鄉父老久傳聞駕輕就熟資良策

又領蠻荒鵝鸛軍

故人當日歲寒姿宿草難酬再見期幸有深情慰泉下

萼樓林竹素心知此首弔夏石珊太史同年並懷令弟石祿觀察令姪蘭莊給諫

德門騏驥孰能過砆石何堪比玉磨但願清聲振雛鳳

桑榆樂事兩家多

友

端陽後五日偕諸僚友奉陪靜臣制府彥卿中丞

蓉洲學使游海心亭醼賞新荷芥舟觀察見示

紀遊二律次韻賦答

旌節重陪翠海誇春初曾集于此綺筵新賞妙蓮花占星正仰

三台聚銷夏還添兩鬢華客比草堂同枉駕僧從蘭若

擎

慣籠紗鄉園遙憶東湖畔萬柄紅蕖映落霞予家豫章東湖之濱百花洲上蓮花最盛
去任渾如不繫舟宦游何日片帆收花間鴛夢徐徐覺
柳外鷗波拍拍浮閒對雨雲看變態老來蓑笠願歸休
瑤華快覩留題早枯管難將錦句酬

銘珊以雨中蓮花白菜見餉并惠新詩依韻報謝

雨足新蔬美如擎出水蓮花方歌采采葉比摘田田白
坼園丁潔紅開菜甲鮮輖飢欣逞味咀嚼聳詩肩
清白傳家久仙根薦玉盤韭春雙翦早菘晚一畦寒細
把門生供香炊野老餐故鄉蓴屢憶社甕醉吟安

前詩意有未盡再賦一絶並柬銘珊
閉户英雄閒種老虀鹽風味笑儒酸祇愁踏破荒園後賣去方知求益難
得子嘉觀察戎州寓書并賜和贈行之什仍用前韻寄懷
尺書重話去來因猶記離筵共賞春菊徑快尋彭澤宰桃源先避武陵人脚韡手版拋何早紈扇紗巾詠又新準擬歸颿問樓鶴班荆道故樂津津
讀阮文達師揅經室詩續集多詠滇南風景并督署宜園花木之勝敬用集中原韻奉題一首

節府園林宰相家留題四壁久籠紗一春競賞梅香雪（園中香雪盈古梅極多）三壽同耽竹隱茶（師每年正月生日皆避客昔在滇廨時偕劉王二叟竹林茶隱稱為三壽）杖履閒來忘宦味禽魚樂處散天花多慚卅載傳衣鉢〔鉢〕沆瀣曾鐫石墨華（師有丁亥黑龍潭看唐梅之作延為勒石壁間并步韻附刊碑末）

長夏放假數〔數〕日小園對雨書懷敬用文達師東園夏日四律原韻

宦游萬里入滇池師範遥遥學步遲憂國難消胸次塊疑年屢認鬢邊絲巖疊坐鎮懷前哲風月平章紀盛時積雨園丁須料理肯教竹墮與花欹

休沐無勞客款扉焚香退食自忘機靜觀物態雲思返
鬧䆓鄉愁鳥倦飛水漲千畦偕箬笠夏涼六月尚棉衣
關心米價更番問多稼連雲雁鶩肥用句
運籌篤拙笑量沙駒隙匆匆感歲華惜别頻斟花下酒
談詩細啜雨前茶泥穿苔徑扶筇穩陰轉瓜棚步屧斜
又計觀蓮佳節近晶餅猶憶繪荷遮
憫農心事課陰晴一榻爐烟午夢清戰壘詎忘圍岌岌
征車還聽賦行行簿書了却案塵累鈴鐸和將檐溜聲
願息邊烽除世網歸耕差慰老人情

程伯歧刺史惠寄藏香賦此答謝

妙香來自烏斯藏鼻觀徐參上乘禪百和早誇凝燕寢
一爐今喜爇龍涎重簾不捲常留座清夜宜焚欲告天
多感栴檀分佛國解除煩惱勝蘭荃

季夏初旬滇垣紀災感賦四章再用文達師東園
夏日詩韻

狂瀾驀地起昆池十日淫霖補漏遲當厄無端爭灑淚
禦災何計理棼絲陽侯滾滾軒波處澤國紛紛避難時
瞬息哀鴻來四野忍看蔀屋盡傾攲
兵銷纔幸掩千扉浩刼難逃寓化機險被胥中魚腹葬
危如幕上燕巢飛啼飢滿耳先推食拯溺關心重解衣

最是三農咨怨切田疇空望稻粱肥
錙銖遍地委泥沙閱歷滄桑又五華逝水流年增感慨
觀河老眼歎麻茶產蛙沈竈荒村苦泛宅浮家陋巷斜
翠海洋洋花事減芙蕖零落葉留遮
閣雨癡雲盼放晴敢誇激濁與揚清心同止水靈源活
手仗迴瀾大化行疏鑿功宜籌利濟祈禳願早動歡聲
濡毫難寫流民狀聊代監門鄭俠情
曉樓觀察見示水災書懷二律依韻答之
歷刼仍邊徼逢災況暮年望洋嗟泛梗當暑詫披綿敢
向蒼穹問徒深赤子憐障川誰著力滄海變桑田

計
民有為魚患天心欲沼吳時艱兵燹後生計蓋藏無撫
字勞長策流離徧具區衰遲慚補救敏政在蒲盧
志
六月既望得春闈榜信孫生吉人獲雋詩以志喜
仍用去秋闈捷元韻
一紙泥金馳萬里欣聞八駿市燕臺滇中上科新貴聯捷者八人桂
輪舊染天香在吉人曾繪有月桂圖見贈杏苑新游御宴開走馬爭
看春色遍登瀛更盼好音來老夫頻拭無花眼衣鉢相
傳藥思催
得朗山觀察成都來書戒行有日先寄一律走迓
疊用舊歲贈別元韻

萬里橋邊錦水西年來紙醉與金迷傳餞每悵蠶叢遠
攬轡重迎馬首低未許北山尋鶴伴又從南徼羨鸞栖
知君霖雨蒼生切入境先勞問夏畦

寄懷王雁峰太守 時權東川巧家郡丞

一從馬首東瞻後契濶經年問訊稀柳憶王恭常濯濯
梅吟宋璟慣依依防邊羨子籌頻借投老憐予翼倦飛
盼到瓜期重把袂衡陽漫逐早鴻歸 聞君交替後仍有引退之意

約同

觀蓮節約同人小集再賦二章紀事呈諸君子并
寄懷子嘉觀察蜀中仍用去夏題畫詩韻

看花不覺古稀年又值觀蓮介壽天政暇偶教觴詠敘

風流端借畫圖傳卅瓶滿插香圍幕四座新粧玉種田老我豪情貪豔福碧筒醉倒作詩肩

繪事匆匆已隔年涼風初起望青天花開曾許鷗盟共書去還勞雁足傳霜菊露蘭猶挂壁烟蓑雨笠早歸田報君一語君應笑擿取園瓜也壓肩

荷花生日席間分韻得自字五古一章

百花生春朝三友壽冬至九夏銷炎威千秋續韻事官休一日閑園敞數弓地籬落垂豆瓜水亭採荷芰初日迎靚粧臨風拜嘉賜三十六宮春百千萬朶穗魚鱗合偶然鴛鴦不獨自衆生祝天葩羣仙耀霞帔言追南皮

道　隔海心寺何如添花籌聊

游雅盡東道意遠湖澤畔遨近隔海心寺何如添花籌聊
爾答賓戲樓薇爍嫣紅窗蕉展濃翠芙蕖列娉婷鐵石
增娬媚豪吟撚斷髭奇芬撲盈鼻法曲歌長生瓊枝兆
靈瑞巨觥蟻競浮華燈蝶驚睡嬌羞避郎顏酩酊留髡
醉老眼誇猶明饞涎愁欲墜琳瑯譜無雙藻采美具四
好將花月詞補入歲時記

馬培芝總戎賜示觀蓮節雅集七古一首依韻奉
答昆海陽

聞君小築昆海陽名園花塢兼柳塘陽侯見妒避城市
枉駕颸館招新涼瑤罇移共介華壽花為四壁齊搴芳

復

雅歌投壺興不淺陶情一詠還一觴碧筩傳杯勝拇戰
紅牋分韻拈鬮藏夜游秉燭娛桃李清音繞屋調笙簧
千金難買一宵醉滿座尚留三日香拋瓢笑我花管禿
引來珠玉言之長爭羨將軍不好武枯腸再索慚報章

祝芥舟觀察初度疊和夏日海心亭公讌惠詩元韻

同庚坡老紀年誇雲錦天孫正散花君生於嘉慶丙子與東坡相同又生辰為七夕後三日壽世勳名重鄉國籌邊勇略復昆華
新恩楓宸宣丹綍近以徽江奏捷蒙賞清字勇號舊澤棠湖拜絳紗君昔兩權九江關部重修考棚講院多士至今感頌手把靈芝添鶴筭羣瞻碧漢

菡萏

絢朱霞

十年兩泛海南舟曾到蓬瀛景物收（予甲午乙巳兩游嶺南）荔子
神羊餐學秀梅花仙蝶夢羅浮羨君德里歸猶待笑我
麤官老未休聊效巴歈侑康爵璚筵應讓巨觥酬

新秋籬菊初開喜賦一律

幾番長養幾滋培不待重陽菊已開老圃先教娛晚節
奇花最好是初胎恰宜架上瓜壺伴尚喜窗前菡萏陪
似此東籬秋色早衰翁扶杖日徘徊

朗山觀察重涖昆垣喜晤之餘惠貺珍品口占答
謝時新擢鹽法道

多情蜀客解輕裝投我瓊瑤又滿筐衮職功疎絲可補
雲章手扶錦為裳珠藏記事明衰目茶熟餐英誦古香
笑把蠻牋書十樣助來肥匙好傳觴

寄和子嘉觀察戍郡見懷二律元韻

涼風天末雁來遲雲朵開緘慰我思鴻爪雪泥留舊迹
葭蒼露白寄新詩畫圖韻事經三載裠屐風流又一時
小阮萍逢多繾綣老懷棖觸更何辭
著述甘為閉户人種松皆老作龍鱗用句上書曾草三千
牘守墨猶耽十二神絕少荒園陶徑冷了無清俸阮囊
貧于今把釣烟波客誰識當年侍從臣

奉賀朗山觀察新葺官廨落成移居上事一首

君是新巢我舊巢喜遷傳舍比分茅一庭尚記題薇豔三徑還宜詠竹苞調鼎羹勞中饋助放衙詩任小胥鈔而今衡宇相望近密座重論尊酒交

朗山觀察見示移居官廨即事四律依韻奉酬并以述懷

卅年錦里久為家君游宦蜀中最久全眷僑寓成都邊徼重迎使者車賀厦詩纔前度送移居興又一番加婦藏自酌蘭陵酒客至新烹顧渚茶補屋牽蘿添韻事香凝燕寢鬥燈花

舊日園林子細看笑予扶老步槃跚調和好仗鹽梅手

廣、
衮﹅

獻納曾叨耳目官荒徑尋來塵盡掃良宵翫待月如盤
何當水調高歌處玉宇瓊樓近廣寒
計拙持籌括智囊度支難覓饋貧糧鴻嗸竟苦匏無葉
蟹腹還欣稻有芒握槧勞勞空嘯咏登臺衮衮孰擔當
木樨芬吐蘿排菊且賞中秋好景光
從來識字笑耕夫前輩風流得似無小技閒吟嗟白鬢
大篇有味勝清醐（用周益公句）誰誇雅量南樓庾願繼豪游
赤壁蘇醉墨淋漓三五夜羨君彩筆架珊瑚

中秋夜書懷

良宵十二度昆華舊緒新歡逐歲加月影慣驚催白髮

齊

秋容先喜賞黃花地暎南北憐兒女候異炎涼雜絮紗
莫笑老夫渾好事又開近局醉流霞

仲秋下澣培芝軍門招陪朗山楚卿兩觀察雅集
張燈賞菊歸後賦謝一章再疊中秋元韻

節近重陽鞠有華安排盆盎影交加觀蓮曾寫介眉句夏閏荷花生日小集擬齋培芝曾以長古見貽對酒還迷老眼花儒將多情
憐白首詩人半醉落烏紗謂朗山燈光照出秋光豔三徑
齊堆五色霞

今秋園桂作花甚遲適蘇小山太守以郡廨新開
者折贈供之膽瓶芬馥滿座走筆答謝三疊前

寒

韻

秋來遲放桂之華每盼芳叢爽氣加連夕冷溥庭下露
一枝新折月中花餅添金粟停爐篆袖拂天香繞扇紗
道淮南賦
聞道淮南賦招隱待尋仙實飽餐霞太守時方乞假養痾

重陽官廨紫薇樓登高約幕中同人小集賞菊書
事四首用杜詩九日諸作韻

霜稻登場野色寬放翁句暫拋塵牘且追歡倚樓穩拄青
藜杖對景愁吹紫綺冠秋暮閒情娛晚節老來瘦骨怯
新寒黃華絢爛今年早漫繞東籬一再看
遠山晴出疎林外積水秋澄碧海濱鴻雁漸欣中澤集

茱萸又插者番新愛邀嘉客題餻字慣作他鄉采菊人
簾捲無妨開笑口西風已障庾公塵
禪關舊日尋幽侶雲影天光般若臺昔年與銘珊太守岩栖上人曾有九日之會
登高顧我衰齡猶步健讀君好句每懷開鵑紅有女
拈花放衣白何人送酒來佳節思親知萬里蓴鱸歸興
夕陽催
聞道南征畫角哀捷書夜報首頻迴風前鬢影嗟顏改
邊外砧聲聒耳來一序曾誇滕閣會千秋空感杜陵臺
預儲桑落酬重九痛飲傳杯不放杯用工部句

和朗山觀察重陽感舊二律並以述懷

街 晴

君住街南我街北每尋樂事慣同行登高獨避催租客眺遠欣當曬穀晴子美悲秋增舊感維摩示疾遣吟情別從插菊簪萸外又寫新愁付管城

老眼羞看霧裏花鄉書迢遞雁行斜劇憐鶴髮支離叟怕聽鴣啼懊惱家官閣清香凝畫戟山樓粉堞隱悲笳（用句）哦詩判牒倚閑甚異鵲雙棲伴坐衙

祝沈朗山觀察初度二律

齒長我慚先廿歲生朝君喜占初旬（君生辰為十月朔日）本居風月湖山地同作東西南北人萬里蘭舟欣共濟一官萍聚悟前因黑頭盛事誇調鼎高閣梅開報早春

甎

彼此弧辰詠小陽老來詩筆笑頹唐偶談勳業羞看鏡
為惜年華勸舉觴行樂怕教兒輩覺銷寒待與友朋商
心交屏卻添籌語聊爾拋甎哲匠傍

養福齋續存稿卷十五

奉新　宋延春　引穌

七十生辰述懷紀事三十首 用上下平韻并引

同治辛未十月八日余春秋已七十矣溯自少而壯壯而老歲月駸駸馬齒加長每念生平所涉之境歷歷如在目前爰舉束髮受書侍親請業洎乎通籍後服官中外南北馳征其閒家庭聚順之歡骨肉乖離之感與夫　恩遇師資游蹤宦蹟諸事實隱括大凡一一形之歌詠用以就正吟壇聊作年譜日記觀而已詩詞云乎哉

歷都留

全

荏苒流光類轉蓬問年竟作古稀翁天留餘力誇身健
帝許頹齡贊治隆宦隱閒情耽硯北寒香晚節賞籬東
拈毫自寫優游趣履道平泉詎敢同
兒時文史足三冬郡閣趨庭萬戶封泌水曾陪觴詠會
凌雲每記釣遊蹤前塵歷歷都留爪結習營營尚滿胸
深悔父書多未讀虛名忝竊到衰庸
岷江東去又灘江隨宦同浮下水艭巫峽千尋瀉珠玉
湘帆九面採蘭茳歡承潔膳吟初試句補循陔筆乍扛
迴憶連牀風雨夕元龍意氣未全降
歸舟安穩侍親慈少壯鄉園勉下帷校藝詞場逢哲匠

冠軍文陣愧雄師春華努力期無倦秋蕊搴芳喜不支
博得微名添色笑膝前嬌女樂含飴
客程上計隔庭闈香爇南豐甥館依開路驊騮方展足
摩霄鴻鵠暫停飛一江雪擁探紅萼百道泉奔坐翠微
半世豪吟從此始湖山踏遍倦游歸
守拙經時息敝廬辦裝又理舊琴書黃塵烏帽重來後
紫陌青雲得意初拾芥題名羞鹿鹿看花逐隊笑魚魚
甲科僥倖承三葉好寄泥金慰倚閭
身到蓬瀛履九衢花甎學步效歌虞家聲愧說天荒破
館職還愁世業蕪列綴鵷鸞聯勝侶私縈烏鳥乞歸途

江

宮衣試把萊衣換戲綵欣瞻耄耋圖
壯遊何處訪幽棲挂席風乘庾嶺西珠海探驪光競吐
花田舞蝶目俱迷曲江風度千秋仰吏部文章百粵齊
景物收羅滿行橐濃花野館遍留題
勞勞足蹟半天涯返棹剛逢秋菊佳祖澤焚黃思水木
親顏垂白戀庭階爵書多畏王程限定省難寬游子懷
再別高堂還制淚扁舟又見汎江淮
熟路輕車次第來攜家得得上金臺入時漫學新花樣
歸院曾燃舊炬灰尚許分曹依禁籞何妨小謫下蓬萊
紫藤廳畔持冰鑑廿稔頻叨啟事陪

東華蹀躞輭紅塵遊遍城南尺五春攬勝細尋鴻印舊
卜居頻換燕巢新公評月旦追裴楷餘事風流效季真
回首春明渾似夢觚稜猶自憶昏晨
親舍迢迢望白雲驚心風木兩番聞星奔痛灑鵑啼血
露宿悲封馬鬣墳寸草未遑謀祿養尺書難寫表阡文
鄉山長抱松楸慕景對桑榆戀晚曛
讀禮頻年在故園硯田生計許重論風開絳帳慚登座
雪滿青衿願立門藝稻鵞湖留畫本傳經鹿洞溯淵源
扶輪畢竟推賢尹遺愛碑刊媿士元
宦游重到古長安旅食經營索米難移帳粗完婚嫁累

斷炊遽愴枕衾單神傷奉倩嗟時蹇疾示維摩耐歲寒
差幸側生添荔子聾書聊寫遣憂端
迴翔臺閣陟清班午夜焚香諫草删戴鷹當思喉舌寄
乘驄漸覺鬢毛斑名登上考慚虛奬患起中原歎險艱
末效馳驅蒙際遇空隨立仗五雲間
一麾典郡指南滇戎馬書生替守邊服政每慚紆策後
從軍甘讓著鞭先秦關蜀棧循前軌椿蔭棠香憶昔年
勉誦清芬繼清白故應琴鶴是家傳
彩雲現處驛程遥到及春分二月朝城繞蓮峰開瓣瓣
路迎竹馬共蕭蕭撞花犵鳥登臺樂蠻語蝸爭息市囂

畫戟香清凝燕寢簿書堆裏挂詩瓢
莫笑鳩居占鵲巢從來傳舍遞相交一池菡萏鴛棲夢
千个琅玕鳳采苞罇有舊醅留客飲盤無兼味供山肴
邊隅薄宦粗安拙閒課兒書略解嘲
忽聽移官
寵眷褒欃槍西望擁旌旄時危按部肩擔重老去談兵
膽氣豪烽燧傳來爭告警崎嶇歷處竟忘勞腐儒謬領
巡方任擘畫徒將短髮搔
自古花門隱患多紛紛同室競操戈名區頓改羅施國
壯士誰當曳落河厄運逢時難解脫刼灰揚處盡銷磨

天心厭亂知何日為盼金鐃奏凱歌
流離八口屢移家欲避妖氛勢轉加身化貞筠完節操
城亡香骨委泥沙鵑音驀送烟塵阻鶴唳驚聞涕泗斜
太息鰥魚難作達那堪心緒亂如麻
眼前人事感滄桑收拾殘棋易夕陽引咎尚容寬譴責
養疴聊自慰淒涼弱雛離膝經三稔老淚枯流賸幾行
報道明珠還合浦翻教悲喜繞中腸
散樗何幸契臺評借箸更番竭悃誠柏翠棲遲慚讀律
梅鹽調燮試和羹須諳執法如山重差信盟心似水清
金甲肯銷農事亟相期比户免呼庚

懼

建策和戎告　大廷安危此舉費調停老成特畀嚴疆
任小醜無端跋扈形末議勉參憐舊雨孤忠慘見隕台
星茫茫空冀狂瀾挽浩氣長留汗簡青
絳節重迎宿望憑蠻荒治理待蒸蒸籌邊勝算方操握
盡瘁鞠躬竟拊膺
心簡優頒權重寄頭銜強假懼難勝節樓越俎懷者碩
朝士寥寥舊友朋
驀地烽烟接素秋又看金碧起戈矛登陴孰解重圍厄
列壘俄驚逆燄遒踴躍何人談戰守傍徨中夜省愆尤
駑駘愧乏騰驤力南顧頻頻

祭　謙﹅

宵旰憂
福曜欣聞棨戟臨潢池羣盜敢相侵三軍令肅兼寬猛
百戰功成善縱擒紅旆捷傳裴帳雪蒼生歡被傅巖霖
慚予勉躡追風後藉釋仔肩感幸深
連歲春韶
錫命三遷階稠疊拜
恩覃畺圻暫領新屏翰衣鉢相傳舊笏簪忝紹薇芬思
詠烈聞尋蔗境漸回甘涓埃莫補酬
高厚願頌澄清傍斗南
鶴髮盈顛雪滿髯退公養福自謙謙

四朝閱歷星霜換萬里栽培
雨露霑聊學獻酬歌有酒敢勞刻畫肖無鹽竹林梓舍
成遙憶更盼孫枝繞膝添
名場世味別酸鹹卅載遭逢歎不凡齒屆懸車應解組
船當到岸早收帆歸裝待筴藤藜杖初服宜還蘿薜衫
倘遂躬耕仍戀
闕歡隨衢叟和韶咸
十月生朝承諸僚友惠貺詩文畫幀稱祝愧弗能
當謹賦答謝敬用先外舅曾賓谷先生集中七
十自壽詩首句衍成二律

七十之年何所成翻勞吉語頌長庚立身敢作千秋想游宦徒爲萬里行此日滇池娛杖履他年洛社媿耆英琳瑯四壁堪矜寵蒲柳欣欣亦向榮

七十之年何所成少慚失學老虛名棊多勝敗終收局圃有肥磽自課耕過眼雲烟嗟白首濟時霖雨愧蒼生菟裘早語兒孫築歸向田間詠太平

謝

巖棲禪師以無量壽經冊致祝并系新詩次韻報

緊予初誕時摩頂皈三寶吾母禮佛虔香焚金字表護持襁褓中珠光垂纓緲幼誇頭角奇壯笑眉目皎歲月

嗟蹉跎宦游竟忘老喜結方外交新詩賦永好經傳無
量圖持以壽瘦島世界本花花菩提非草草如滿與香
山法華互參考

月谷上人賜詩稱祝并以峩眉山圖見贈和韻酬
之

一昨峩眉去曾瞻佛頂光歸來携畫卷為我爇爐香行
腳蠶叢遠遊踪鳥道長投詩感紉佩余老尚情芳
久厭世塵紅言尋退院翁謂岩栖耽吟同矍鑠吐氣自蘢
葱壽相三生現禪心一點通何時醒鹿夢窗外捲蕉筒

仲冬朔日喜雪奉簡朗山觀察一首

夜靜風嚴凍積霾朝來快雪滿庭階四山螺髻聳銀勝萬瓦魚鱗綴玉釵水潑寒衾須熨貼爐添暖閣急安排災荒三白先占瑞試賦尖叉韻鬥牌

雪後夜坐有懷疊用前韻

南征尚未掃塵霾病鶴鐘鐻不舞階時予體中小極座上新添扶老杖軍中安得辟寒釵壇高詩伯申歐禁陣冷邊兵入蔡排凍聳玉樓誇白戰漫持寸鐵博功牌

嘉平朔日復得大雪即事志喜敬用阮文達師集中滇垣冬至後連得大雪二首原韻

陡將室暖換衾寒變化天工頃刻間三九霙飛蟲閉蟄

畫

萬千竈冷鬫爭蠻（臨安軍事未竣）晨遊似訪吟情戴（是日早詣海心亭行香）雪景誰摹畫手關策蹇皤翁疑灞岸迷離昆海與華山

臘初春意動南枝呵凍閒臨小硯池展帖快逢新雪後負暄晴愛午窗時低徊花信裁牋待清淺潭痕拄杖隨（時有龍潭探梅之約因雪阻改期）準備衝寒披鶴氅相邀勝侶共尋詩

臘八日食粥偶成二律疊用前韻

荒衙無計會消寒臘鼓聲催村社閒法水滌除方灌佛邊烽淨埽已平蠻千軍奏凱歌三箭（適聞東溝克捷）百福修齋禮八關自笑殘年尋樂事分司投老慕香山

醍醐願乞灑楊枝造粥曾傳七寶池鉢供饘酏餔臘味
囊吟梅柳探春時堂堂歲月嗟難挽草草功名意所隨
莫怪旁觀譏伏獵南飛且詠壽蘇詩後十日將為坡翁生辰設祀小集

紳兒由部郎以軍功保薦蒙
恩擢用知府賦詩恭紀示勗二十韻

子舍懸弧日春明爆直時筵開湯餅會客贈錦綳詩襁
負誇頭角髫齡解戲嬉授書初了了驂篠亦怡怡膝下
歡顏繞天涯薄宦隨庭闈方聚順烽火忽乖離縱慰還
珠願毋忘陟屺悲歸尋徐孺宅勉下董生帷投筆纓重
請從戎馬試馳微勞奚足錄優獎已先施手牘陳三捷

頭銜煥一麾分曹猶有待典郡豈能資祖澤箕裘遠家
風琴鶴宜構堂期早肯門戶恐難支弱燕將雛意疲牛
舐犢私棣華偕砥礪林竹笑愚癡老矣天憐我佳哉衆
譽兒升沈由命定得失問心知累世貽清白他年慎守
爲
君親何以報努力答
恩慈

祝韓紫東觀察初度四首

東華早歲識荆州芸館蘭臺並轡游日下聲名喧鼎鼎
秋曹政蹟羨優優春生鷹節回丹筆澤溥蠶叢正黑頭

聞道新衔煥調燮蓉城棠蔭至今留
羣瞻謝傅起東山出為蒼生濟世艱曳履
九霄重簡畀褰帷萬里歷閭閻從容聚米紓籌暇談笑
臨戎判牘閒幾載蘭舟頻話舊相看都訝鬢毛斑
君居海島我江潭兩度游蹤憶嶺南予於道光甲午乙巳兩遊東粤夢
寐各縈桑梓遠色香曾啖荔支甜從來利器多盤錯彼
此勞薪共苦甘畢竟
酬庸頒異數珊冠翠羽拜　恩覃
同官糠粃愧先揚餘事追陪及老蒼修禊梅潭偕蠟屐
招涼蓮刹競飛觴歲寒雅約聯三友寵貺新篇誦十行

十月戊辰蒙以大著十章賜祝採藥怕休家法美他年盤谷壽而康

贈硯歌寄答阮孝通大令恩光并簡尊甫賜卿太守福並序

硯為座主阮文達公舊物同治辛未九秋令孫孝通大令時官湖北巴東邑宰寄贈來滇拜領之下敬觀硯背刻有撥文奮武之硯廣陵張肇岑鐫吾師自跋數行云予於嘉慶己未道光癸巳丙科主試禮闈嘉慶庚申丁卯先後撫浙勦海寇者累年常以此硯自隨蘭坡鐫此為硯幸抑為予幸耶道光癸卯頤性老人識時年八十

延自道光癸巳春闈倖雋出 公門下迨通籍詞
館授秩銓曹服官京邸時師亦奉 詔由滇還
朝迴翔中禁得侍教函丈者數年師旋因 予
告歸里延於癸卯丙午兩過維揚謁師里第仰
見精神矍鑠歲月方長期頤可卜迺己酉冬師
遽騎箕天上不勝山頹之感茲者文孫馳書萬
里承以祖硯相貽尤見通家誼篤撫今追昔倍
覺愴然延自顧耄荒久辜識拔備員邊徼恐玷
門牆竊幸以白髮老門生猶獲於師相總制兼
圻四十餘年後勉效步趨忝權節篆又得與此

硯重尋泥爪快續香火因緣是非獨為硯幸更當為延幸且傳之異日豈不又增師生文字一段佳話耶歌成爰敘其顛末如此云

萬里飛來一品石開匣光芒吐千尺數行細讀大令書始識吾師舊手澤此硯製自乾嘉年當時寶貴如良田揆文奮武特標識晚歲乃倩張君鐫憶昔常隨公左右携伴文房南北走鎖闈兩度鑾鳳蟠滄溟萬頃蛟龍吼想見持衡秉鉞初文經武緯交相須磨礱點筆英才出蕩滌飛章膽氣麤佐公敭歷徧寰宇策勳早已銘銅柱還朝仍侍几杖旁怡志林泉久摩撫一從吾師歸道山

器

斯硯常留天地間詒謀俾與文孫用捧硯那禁淚雨潛

賤子及門荷培植曾結因緣濡翰墨感公陶冶方出藍

愧我衰頹仍守黑忽枉寶器投巴東祖硯分貽羨嗣宗

何幸斧柯相假借似傳衣鉢比登庸阿翁昨遠頒楹帖

譽我節旄慚履接道範同將沅澨參師資竊喜淵源協

太守前年寄贈隸書聯句云勳名繼秉滇黔節沅澨同參天地心天涯拜賜逾奇珍甥

館曾窺詠綠春師曩歲曾以端溪綠春硯贈先外舅曾賓谷先生見詩集中敢詡冰

清能玉潤豈徒輝墨更浮津君不見前朝卷石玉帶生

千秋正氣垂崢嶸又不見遺硯土花存賁卜百折忠肝

流馥郁硯兮幸逢全盛時都官樣式依皋夔漫擬未央

銅雀瓦曾寫清廟明堂詩師年八十第七十白首回思嘗負笈摩挲故物認留痕景仰先型重什襲由來至寶遍流傳趙璧康珠去復還卌載拳拳師弟契一門濟濟子孫賢世間凡物必有偶春正賜硯宴千叟片雲捲落到臣家壽石吉金同葆守予近得溧陽史抑堂少司馬乾隆五十年正月千叟宴賜硯一方時年七十四歲惟公調鼎贊唐堯古硯珍藏歷五朝我祝瓣香爾繩武長歌權當報瓊瑤

奉新　宋延春　引龢

嘉平月十九日約同人小集再舉壽蘇會爲東坡先生設祀即席先賦二章用張船山前輩集中原作韻

良辰歲歲祝髯蘇展拜重懸赤壁圖酒琖玉舡浮座客詩囊古錦負奚奴春生東閣梅芬早曲奏南飛鶴影孤先後玉堂回首憶肯教勝會古今殊

少年游釣傍峩岷曾向凌雲見化身笠屐風流遺海嶠神仙星彩仰天人我慚七秩鬚眉老公壽千秋面目真

醉寫新詞將餞臘又看祭竈請比鄰

芥舟觀察寄示近作十章因次通海戎幕即事四首原韻用以奉懷

懷人每在暮雲中魚雁更番尺素通隱隱坐看山色倦迢迢行到水痕窮紆籌草檄行間略緩帶輕裘幕下風似此臨戎多整暇奇謀自古出江東

橫看成嶺側成峯（用句）恍挹匡廬翠幾重（君曾權九江關部）征騎偶停遊騎緩墨華爭染露華濃弓刀隊入郊坰畫展屐吟敲野寺鐘閒憩山樓杯共把寒銷忘却是嚴冬（君與戎幕諸公有同遊秀山唱和之什）

雪來柳往好風光踏碎瓊瑶引興長鶴怨莫嗔招隱仕
鴻嗸難覓饋貧糧無邊岸向迷津問不繫舟同宦海航
借箸頻煩惟幄重綢羅何日脱名場
勞勞垂白惜年光羽獵回思早賦楊歸計綢繆營老圃
詩懷冷淡愛寒香傳牋互寄郵筒遠攬轡翻愁驛路長
指顧膺公馳露布漫教鞅掌感星霜

東坡先生生日席間分韻得流字賦七言排律二

十韻

漢嘉昔載凌雲酒滇徼今傳赤壁游曾寫新圖經七稔
重吟生日播千秋西川世仰三蘇望東去公如萬古流

忠孝平生惟自喻文章曠代有誰傳一頭放出欽歐老
四海相知屬子由禁籞牋誇中使賜山門帶許老僧收
笛聲鶴曲良工奏詩卷烏臺舊案搜幡勝笑簪窺白髮
羽衣夢枕覺黄州命宮歷歷難逃蝎步跡團團似磨牛
投老蠻荒歎奇絶買田陽羨願歸休風波患息聊安遇
山水情牽藉解愁出處樂天羞與並和歌元亮恰相侔
先生杖履春常在我輩壺觴醉共酬自顧衰齡同退鷁
强隨勝侶又扶鳩祭詩島佛襟懷淡饋歲坡仙韻事幽
座列追歡爭射覆題拈循例慣分鬮籤揚敢媲宋開府
提倡還推沈隱侯燈畔清謳餘酩酊花前好句費綢繆

遺蹤恍近鵲巢俯盛會頻教鴻爪留但奉瓣香長致祝
更添佳話遍遐陬

重題望岫倦飛圖小照再疊甲寅舊作元韻二首
并引

咸豐甲寅官京邸時曾集名手合繪此圖自賦
二律並徵同人題詠佳什甚多彙成長卷携至
滇南因在鹿郡行館遭變遺失悵惜久之同治
甲子長夏倩友人續作橫看子追次前韻紀事
迨乙丑秋仲許慧卿司馬又爲寫照補圖筆墨
工雅不讓當日都下舊幀一時觀者皆歎其妙

息

連歲軍書旁午置之高閣比來堆案稍閒爰取
此幅重付裝池再疊前韻用誌顛末距作畫之
日倏又七周並以見鴻雪留痕今昔同慨耳

畫手同摹返岫雲冰甌雪硯滌塵氛神傳阿堵談何易
句續歸來思不羣梅菊香時娛晚節桑榆影裏惜斜曛
青衫司馬嗟淪落作賦成都自賣文慧卿時尚客游蜀中

鄉園半畝傍東湖欲繪烟波把釣圖添壽偶然同壽相
寫真何必定真吾風塵力倦行藏穩泉石情耽意氣孤
退息果容償宿願好培世業理庭蕪

立春日即事一律十二月二十六日

濡　先

土牛又報東風信有脚歡迎滿室春餅裏花光透珠玉

巖栖開士以山茶玉蘭折贈 座間寶氣識金銀紅旗疊送鐃歌喜白

髮重簪綵勝新料理祭詩祝如願俸錢壓歲不憂貧

除夕偶成疊用前韻

年華七十匆匆過臘盡先回五日春屢盼軍中銷甲鐵

曾隨天上賜幡銀屠蘇後飲休辭老竿木逢場待換新

懶賣癡獃濡醉筆詩囊富笑宦囊貧

元旦試筆 壬申

祥霙甘澍遞迎年六詔同霑

雨露先齒序鵷班慚列首冠垂鶴髮笑盈顛春來景物

多餘潤老去光陰衹自憐座供盆蘭茁佳卉孫枝預兆
吐新妍

歲朝即景感懷疊用前韻

閲歷名場四十年遲迴每讓祖鞭先衰顔攬鏡嗟非舊
婪尾浮罇醉欲顛梁畔泥融來燕睇林間澤膩想花憐
却嗤老眼曹騰甚一任羣芳各騁妍

人日大雪書事再疊前韻并柬朗山觀察

歲是新韶人暮年尚矜藻思發花先連宵冰鐵堆衾底
片刻瓊瑶綴樹顛味啜菜根須細領寒號蔀屋更誰憐
題詩欲寄草堂客韻險尖叉互鬥妍

年

入春以來花事漸盛喜賦三疊前韻

小庭春色趁新年花木紛紛得氣先梅雪已耽逋叟癖
海棠初試放翁顛數竿窗竹綠將唾滿盎山茶紅可憐
回憶長安燈市近金錢買夜早爭妍

元夜觀燈對月有感敬次阮文達師上元登西臺
望月原韻

春燈今夕盛明月逐人來用句白鶴已陳迹碧雞非舊臺
風光前度詠絃管復誰催暮景娛衰目摩挲又幾回

上元後一夕約幕友賞燈小集疊前韻

快展元宵會芳園秉燭來壺樽傳座客燈月樂春臺官

閣星重聚詩壇鉢慣催崑崙欣早奪讌罷凱歌回曲江軍事不日告竣

閱近科館選錄感賦一律

四十年中二十科予自道光癸巳通籍倖入詞館迄今辛未已卅載廿科矣翰林聲價舊鑾坡白頭遠宦題金馬滇垣有金馬山清夜因風想玉珂昔年曾忝廁諫垣老戀觚稜常北望夢醒蕉鹿又南柯一編同輩分前後耆宿凋零新進多

仲春朔日餞送朗山觀察治軍興義即席賦贈并以志別

十年幕府久知兵慷慨籌邊壯此行喜見羽旄新壁壘

酒　旛

依然戎馬舊書生春風細柳詩遥寄小別香棠酒共傾

執手臨歧互珍重預揩老眼盼紅旌

花朝銘珊觀察移贈新開牡丹二盆媵以絳桃二盆約偕諸僚友小集讌賞因用舊句衍成二首

紀事志謝

二分春色到花朝（用句）又賞名花折簡招金谷恍迎朱紫貴玉樓（花名）爭蕊燕鶯嬌狂吟白雪思前度（庚午花朝雪後曾賞牡丹）醉寫青蓮更此宵拄杖風光娱老眼絳桃穠伴綠窗蕉

（此首戲倣五色字體）

二分春色到花朝風信花旛次第招洛浦淩波驚絕豔

華清出浴笑扶嬌屢貪萬里三春景難買千金一刻宵
妙手傳神留畫本快鋪新紙共題蕉予近藏白陽山人所繪五色牡丹畫
卷

朗山觀察于役黔中瀕行承賜題望岫倦飛小照
卷額書籤並見和佳什別後賦謝二律即以寄
懷三疊舊作原韻

標題五朶羨郇雲滿卷淋漓淨洗氛招隱自耽麋鹿性
忘機誰狎鷺鷗羣軍中草檄馳朝露馬上行吟趁暮曛
渭北江東無限思何時尊酒再論文
叔度汪汪千頃湖時艱夢想聘良圖萍浮斷梗今猶昔

蘭臭同心爾與吾風日正催花信美關山遥盼月輪孤
懸知攬轡征途迥踏遍青青一片蕪

次朗山寄示長坡嶺道上作原韻

别來千里隔音塵極目遥天草色勻卻寄詩筒折楊柳
翻勞籌筆翦荊榛倦飛我比投林鳥利濟君為作楫人（君近於宣威境內捐貲設立義渡）賞徧牡丹開芍藥無端空負幾番春

仲春下澣銘珊觀察生日仍用前朝字韻奉祝二
首

年年覽揆及春朝喜為添籌韻事饒禪榻留賓排酒餞
花廚索句挂詩瓢肯教白雪催青鬢爭羨朱霞絢絳霄

絢

我已古稀君未艾服官還望早登朝

燕寢聯吟暮復朝每逢近局慣相邀燈張月下偕蓑屐

壽介花前聽管簫桑柘醉扶鄉社散棣棠歸計客程遥

鼠姑爛漫重開讌笑對衰顔春尚韶

王露露軒大令復移贈牡丹一本四花含苞未吐花

朝後始盛開作詩美之并以報謝重邀同人過

賞再疊前韻

春光未老展花朝香露還將蜂蝶招金帶圍同四朶豔

瑶臺粧倚十分嬌移根本出河陽種遊賞休辜太白宵

富貴不妨遲更好重扶酩酊引杯蕉

後

上巳後盆中芍藥盛開亦銘珊所贈者三疊前韻

奉東

春深花事鬧連朝花放將離客待招殿後最誇婁尾媚
簪來爭羨幞頭嬌翻階舊句留當日罷草新詞憶昨宵
佳節又經修禊會觴流竹葉箑揮蕉

穀雨前三日銘珊又移送新開芍藥一盆佐以朱
櫻滿盤因邀同人再賞四疊前韻

賣花聲裏過明朝異卉何勞舉手招捧到玉盤坡老愛
藏宜金屋美人嬌迎春絃管將迎夏卜晝壺樽更卜宵
官閣初開櫻筍讌綠槐風早透衫蕉用香山詩意

遠

壬申初夏滇垣重修江右新館奉祀許真君禮成賦詩紀事敬和先大夫集中壬辰西山謁廟元韻呈同鄉諸君子

仙蹤傳里鄁神力助畺場錫福功垂遠宜民位嚮陽精誠通
上帝感格仰
今皇
宸翰標楹桷恩輝庇梓桑（咸豐初年粵逆圍困江省八閱月仰邀神庇瀕危獲安疊荷 加封賜匾同治戊辰西寇竄省滇垣戒嚴延時權護督篆虔禱於神默叨垂佑次年解圍入 告蒙 頒御書昆池保障匾額敬懸廟中）威靈消劫運妙濟協時暘捍患曾多應

凤　棟

蒙庥詎敢忘鼎新肇衆舉豫悅議偕臧競羨良工集羣將凤顧償逍遙西山名如咫尺輪奐豈尋常枌社聯邊徼苔岑媲故鄉枝培根本茂流溯水源長祈報惟崇德憑依自降康莪莪瞻棟宇濟濟拜宮牆昆海符綏靖滇氓樂富穰卅年追手澤萬里荷身強道氣全家在虔焚一瓣香

江右新館西偏添葺逍遙別業落成約同人小集即即席再賦二律

纔新華構奉仙龕小築經營意匠諳金馬碧雞交左右珠簾畫棟美東南香山會比圖聯九栗里園曾徑闢三

難得萍蹤聚榆社鄉音滿屋助清談

百花洲上夢烟波願買扁舟理釣蓑佳想偶容寄濠濮舊游常自戀槃阿天涯泥爪重留迹晚歲風懷慣放歌回首家山同萬里樽前莫恡醉顏酡

長夏既雨復晴書懷遣興二首疊前韻

閒從傳舍結詩龕諫果回甘味久諳梅雨瀟瀟迎戶北槐風習習引窗南羊求友愛居鄰二瓜李筵宜伏暑三紗帽隱囊銷夏樂麈揮還效晉人談

天際烏雲漾水波安排耕笠共漁蓑烟霞託興緣成癖泉石怡情好不阿扶老頹然依杖履遣懷聊爾聽絃歌

遥　蒼

關心米價憂農事止酒經時頗尚酡用放翁詩意

蔡霽麃刺史由新平令移權鎮雄牧涖治後寄示迭次諸作因次原韻二章寄答

雄才端合領方州借寇多慚作塞修喜見邊陲安雁鶩還從芒部息蛟虬政成三異曾留澤詩寄連珠快紀游遙聽來廉頌何暮兒童竹馬迓前騶

野館盤飧具菽雞褰帷芳甸麥初齊庭呼一葉清標朗座擁羣峰翠黛低棣萼吾思前守蹟桃源君占武陵溪君籍隸常德先少梅兄昔年曾守此郡蒼生有幸逢神父花滿河陽稻滿畦

是日聞朗山觀察克復興義郡城捷音賦此寄賀

仍用前韻而不疊韻

傳

捷書果喜報端陽君春閒出師瀕行時云午節定有好音露布飛傳勝算

良銅鼓山君駐營地名誇銅柱立錦衣軍奪錦標忙策勳保

艾聽鐃奏飲至斟蒲醉羽觴淨掃鄰氛邀

異數

温綸稠疊下天閶

竹醉日朗山觀察寄示滇師攻克興義府城紀事

四首即次元韻奉酬再以申賀

闒奪崑崙列炬紅么麼無計脫牢籠須知將勇軍纔勇

賞

頓使山窮水亦窮兵甲早羅胸次久韜鈐多寓笑談中
書生戎馬堪酬　國
天語曾褒命世雄君前以軍功蒙賞清宇勇號
衰遲每想太平年閱遍興亡倍黯然剛寄凱歌梅笛候
昨甫寄詩道賀快吟捷唱竹廚邊扇揮卻暑塵污障花對忘憂
積忿蠲多少殘黎齊感戴從今滄海變桑田
笳鼓聲喧盼止戈治安長策理棼多運籌穩保金甌固
草檄頻煩鐵硯磨西笑白衣隨地滅迆西捷音迭至近已偪取榆關東
來紫氣望雲和中宵漫效聞雞舞老去猶將劍佩摩
濟時霖雨慰蒼生蜃幻全消跋浪鯨顧我七旬慚退舍

羨君萬里峙長城鄰災共恤何分域農事相關屢課晴
烽靖夜郎苗格化
兩階干羽頌休明

寄懷王雁峰太守即送其移疾歸長沙

廿年曾占鳳凰池萬里籌邊羨一麾棠蔭新留丹徼外
華資舊重白雲司玉雖藏匵難求價琴善操音罕見知
莫便烟霞成痼疾蒼生待拯望良醫
先後蓬瀛憶共游更從滇海詠同舟征途攬轡忘炎暑
歸棹浮湘及早秋千顆驪珠揄暮景予去冬七秩生辰君以大什百韻稱祝
數行雁帛寫離愁他時得踐蒓鱸約扶杖來尋嶽麓樓

株　莫

樓前紫薇盛開詩以美之
高樓久倚雙株種老眼重看四度花積雨晴舒雲錦麗
新涼晚上月鉤斜堂開虛白香山詠詩賜黃昏玉局誇
坐對笑吾誰是伴聊將皓首映朱霞
讀阮文達師和香山知非篇敬次原韻用申追慕
并述鄙懷
香山和知非莫若醉與禪公去斯二者自樂全其天奇
勳立銅柱遺墨留𢈔楞我來景模範忝效衣鉢傳卌年
一瞬耳先後同籌邊夫子牆數仞靈光仰巋然梅柏尚
古茂蘭翠相新鮮文孫睨祖硯珍弆勤磨研䩄䩄讀鉅

烽

製彷彿窺平泉石渠昔載筆曾撤彩炬蓮辭榮謝爵㓕
歸向東山眠優游勝緣野怡志當車懸後塵勉學步前
哲希古滇閱歷徧滄桑亂定銷烽煙此邦多浩劫氣象
變萬千利器別盤錯善葆晚節堅遥遥湖山斗瞻之如
在前絳帷嗟久渺白髮嗌盈顛七十不踰矩捫心還省
愆古今兩白傅相望皆神仙師正月生辰與白香山同日見集中

聲清

養福齋續存稿卷十七

奉新　宋延春　引龢

季夏上澣四日得紳兒家書知長孫生賦詩志喜即以示賀孫生於四月十一日

七十過頭笑弄孫剛逢子舍拜新恩兒適蒙恩旨加銜賜翎祥麟兆喜蘭芽茁予元日試筆詩有座供盆蘭茁佳卉孫枝預兆吐新妍之句雛鳳聲清翠羽騫漫詡他年繩祖武還期宅相大吾門孫為程晴峯制府蘊岩刺史外孫老夫差遂含飴樂萬里遙開湯餅樽

六月六日銘珊觀察惠贈新開早桂五枝供之甆

餅約偕幕僚小酌同賞疊韻奉謝

靈椿已老桂生孫新送天香地主恩花吐蟾輝先馥郁信傳雁足快騰騫昨得家言來足甚捷閑吟薇省羣芳譜時官廨紫薇盛開好悟樨禪眾妙門寫罷麐書勞燕賀餅添金粟醉壺樽

六月觀蓮節約諸同人荷觴小集即席賦呈二律

老去襟懷每自寬閒從消夏覓奇觀花宜君子稱眉壽天許衰翁博笑歡紅粉舊圖還細認壁間尚懸子嘉觀察所繪餅荷畫幀碧筒新本又橫看夢湘茂才近寫碧筒滌暑橫幅見贈讌游屢續南皮會執耳年年愧主壇

瑞兆欣符玉井蓮庭陔蘭馥更瓜綿獻醻聊爾陳湯餅
休沐何妨奏管絃十刹海京師地名邊千頃麗百花洲江右地名
畔萬枝妍回思往事如鴛夢依舊華燈醉綺筵指去夏節日插三十六瓶荷花事

初秋寄懷周春農觀察成都二律

尚書清節重西川祖澤流長溯七賢岡名為文恭公封塋繩武才
名原鼎鼎趨庭半度早翩翩簪纓冑衍傳京洛琴鶴聲
高頌古滇回憶蓮城瓜代日秋揚麾蓋愧居前予於咸豐丁巳由廣南守忝擢任西巡君即接權郡篆
蘭舟宦海共鷗盟四世通家孔李情先伯父登乾隆庚子會榜出文恭公

門下梓里頻煩領令甲君連歲襄事川局橒材老幸附同庚予與君同生於嘉慶壬戌關中轉餉鴻籌遠

闕下宣綸豸繡榮天末涼風懷舊雨吟牋遙寄錦官城

七夕聽雨不寐枕上口占

一雨迎秋三日涼前三日立秋遙憐此夕好風光星河隱隱橫空見兒女紛紛乞巧忙怕聽洗車離有恨良慵欹枕睡為鄉却從詠桂觀蓮後又盼疎籬晚節香

昆明阮大令呈獻雙穗新穀詩以志喜用香山戊申大有年觀稼盛事元韻並傚其體

賢宰呈嘉穀農祥頌里閭九登占歲早雙穗獻秋初穎

踈

合涼風異歧連霽雨踈交柯珊樹詠並蒂瑞蓮書稼納
千倉積糧餘萬石儲老臣慚素食鼓腹樂皤如
秋節前五日同鄉諸君子招陪幕中僚友逍遥別
館雅集賦謝二章再疊別業落成元韻
預賞中秋彌勒龕相招褰履老僧諳月輪未滿懸天半
星彩齊輝聚斗南菊部陽關音疊四桂筵觴政雅巡三
雪鴻又見添新印高會留為異日談
来家畫舫動簾波彷彿清湘映綠蓑此地依然共桑梓
他鄉偶爾話巖阿閒吟杜老雲鬟句愛聽蘇仙水調歌
笑我衰顏忘酩酊玉山頹倒臉常酡

劉芴堂觀察屬題兩尊人琴莧圖

藜輝枌社仰清門老共籌邊識後昆式里久欽鄉望重
披圖猶見古風存陶公韻託無絃趣歐母芬留有菜根
高節苦心終食報顯揚　芝檢荷
殊恩

九秋朔日銘珊體齋萃亭諸君移贈新菊數十盆
因課園丁堆疊成山以待重陽讌賞先賦一首
報謝

秋深風雨怯新寒花賞重陽肯放閒壓擔香來欣滿屋
登高節近笑移山安排盆盎疎籬畔粧點峰巒老圃閒

晚景莫嫌容冷淡芳尊待與醉衰顔

積雨初晴菊山花事方盛喜用前韻

暘好朝晴換夜寒埽除虛室有餘閒尋詩偶爾三义徑入畫居然數疊山簾捲怕吹烏帽下壺携恍到翠微間漫愁人比黄花瘦老健年年鏡影顔

王公亮太守賜和近什並以盆菊分貺再疊前韻

奉酬

評量島瘦與郊寒忽枉新篇豈等閒人淡交情渾似菊詩清筆力穩如山羡君吟興烟霞外娱我風光几杖閒自笑衰慵餘結習倡酬敢詡孔陶顔

紀笭

重陽前三日周蘭評學博初度賦此致祝三疊原韻

清秋幕府井梧寒（用句）榆社優游歲月閒笠屐圖爭誇王局者英句好續香山詩（樂天有詠六十六詩君今歲數相符）逃禪偶示維摩後（君近以微恙止酒）紀笭重添絳老閒乞取甘泉斟菊釀延齡長願駐童顏

九日城西拓邊樓登高即景四疊前韻

城上風吹畫角寒吏人來學野人閒登高久作他鄉客對景常懷故里山歲事熙和秋稼裏詩情徙倚晚霞閒清商一曲花千本好把新歡改舊顏（是日約同人賞菊小集）

耳 解

重九約諸僚友雅集張燈賞菊即席再賦二章五

六疊原韻

纔聽玉宇奏高寒秋節會會於此又假題餻一日閒陶令未容歸栗里桓公且許會龍山筵開插菊簪萸處客憶郵亭野寺閒閒道秀峰多勝境登臨此際豁塵顏時銘珊仲衡偕作通海之游閩邑中秀山最稱佳勝

颸館詩盟訂歲寒題襟儔侶自閒閒春葩猶記觴金谷秋色何妨醉玉山耳雜管絃盈座上目迷燈炬耀花間觥籌卜夜休辭倦笑口齊開共解顏

銘珊觀察于役通海寄示九日友人招遊秀山登

咫

高二律依韻奉酬

仙侶招擕結俊游停車咫尺故園秋君占籍河西相距甚近擬由彼歸里奈（歸）登臨果踐名山約予重九詩有憶君登秀峰之句嘯傲重將韻事留佳節社聯桑梓樂豐年家足稻粱謀隨風珠玉遙相寄多少奚囊錦句收

邊城景物感蒼涼洄溯蒹葭水一方茂宰新交傾蓋合謂呂式如大令竹林雅詠引杯長謂令姪立堂孝廉詩題紅葉疎烟晚容愛黃花老圃香莫悵分襟為異客依然兩地作重陽

仲衡觀察亦以通海紀遊諸作見示因次來詩二首原韻寄答

之子賦行役山程又水村稻塍黃徧野樹色綠侵門烽火尚明滅煙雲誰吐吞倦游塵鞅息蕉夢靜無言蠟屐吟懷遣攜壺笑口開顏舒餐菊去髻重插萸回添笇鶴初度（君生辰適在途次）傳箋鴻正來淋漓揮大筆一任海鷗猜

展重陽日寄祝朗山觀察小春之朔五十初度并以奉懷（時尚治軍興義）

曾

月良覽揆今猶昨別久分攜春復秋舊句小陽曾疊詠（去冬彼此皆有稱祝之什）新圖大衍又添籌衰顏愧比宋開府豪氣誰如沈隱侯再插茱萸對屏菊索居無計遣離愁

閩道南籠興義舊郡名巳解兵雄師指顧下新城
御衣早賜鵞黃染康爵還將蟻綠傾緩帶輕裘君整暇
詩壇酒陣我縱橫嶺梅難覓春先贈聊寫巴歈寄遠情

菊山花事將闌適友人又以晚菊而多種移贈因再
命園丁分留舊本重疊新峯喜而賦此七疊前
韻

秋老方愁骨相寒傲霜枝助宦情閒重新位置留殘客
依舊蕭疎見夕山高士風姿遲暮後短籬花影淺深間
護持為惜延齡品預醖泉香酹鶴顏

十月生朝銘珊觀察復惠贈新什四章稱祝次韻

奉酬即以自壽

之無初識憶嘉州虛度光陰七十秋嬉戲難忘髫穉樂
釣游尚認爪泥留多君歲歲貽鴻唱笑我年年數鶴籌
近聽澄清奏南服巢安慵拙類藏鳩時曲江軍事告蕆
閱遍滄桑老眼強蠻荒花草逐年芳臣心似水隨流止
世局如棋費審詳朋輩漸看存碩果子孫都願紹書香
何時息影東湖畔重理吾廬舊縹緗
先登闈已取蝥弧中澤嗸鴻喜哺雛多稼連雲人語樂
餘糧棲畝宦情娛毫端咳唾霏珠玉胸次光芒吐瑾瑜
香火緣從文字結敢誇沆瀣說同符

襟分相望感星辰（君尚于役通海未歸）遥寄清言務去陳詩詠介眉顏屢改酒斟婪尾酋彌臻閒耽老圃黄華節忝作邊陲白髮臣分得禪門無量壽淋漓妙染畫圖新（去冬岩栖上人曾以無量壽經致祝今歲又承貺山水畫幀并題長古為壽）

銘珊以予初度既惠詩章又貽珍品多種再賦長律十二韻申謝

耄齒笑懸弧頌珍禮數殊峩冠羨貂珥繡枕媲羅襦仙子壓生轍神工篋展圖歡聲聽爆竹佳釀競提壺介爵勞羣季添籌譽老夫淋漓誇染翰咳唾妙穿珠席帽頭顱稱芒鞵暖熱俱名華賞泉石清夢繞江湖日許平安

報年將矍鑠娛春風迎杖履晚景對桑榆拜賜叨青眼
酬詩撚白鬚吟成百廿字相約醉醍醐

得朗山觀察自興義寓書幷以新詩寄祝次韻報
謝

飽繫深慚無當卮開緘又誦介糜詩橙黃橘綠添新景
露白葭蒼慰遠思座上玉壺歌雅日陣前金甲受降時用向時新城已報收復何當歸老湖山去笠屐隨身唱竹枝

銘珊以留滯通海未歸又寄長律代祝依韻酬之
梅信先傳把袂遲吟牋兩地寫相思欣聞露布宵馳後
尚滯星言夙駕時笛裏剛聽飛鶴奏花前補醉介糜卮

望

題襟勝事休嫌晚待詠消寒九九詩

冬日四姪焯由西川郡丞于役來滇留廨匝月仍送其旋蜀臨行賦詩志別并以示晶用坡翁姪安節遠來夜坐韻

新硎初試便崢嶸（姪今夏甫筮仕西川）千里家駒譽有聲捧檄纔諳宦裏事團爐細話故鄉情致身望汝青雲早衰鬢憐予白雪生臣叔雖癡餘結習老來猶戀讀書檠

竹林小聚重言別人語中含樂歲聲（用句今年川滇皆大熟）手線冬衣慈母意夢吟春草弟兄情梅開驛堠香先寄葭動蠶叢暖漸生此去磨礲須努力良弓端自賴排檠（句見荀子）

戰醝吹

長至後一日朗山觀察自興義凱撤旋省賦贈一首用前韻

一片紅旗得得來新詩早寄隴頭梅口碑路聽千村喜笳鼓聲傳百戰回離緒幾番勞我訴頹顏一笑為君開消寒韻事從今始飲至先斟瀲灩杯

朗山觀察見示旋醝任即事新什二章次韻奉酬

襟抱恢恢濟世才輕車熟路去還來詩於杜律工求細政比韓文力起衰奏凱三軍衣換錦歛豳四野稻盈堆道人為報春消息策蹇同尋古觀梅時有龍泉觀探梅之約

老乞分司羡樂天留賓密坐語纏綿閒情易了催詩債

街

攤

清俸難償買醉錢徼外邊烽仍轉戰街頭臘鼓又迎年
壽蘇準備重開讌笠屐風流萬古傳計期又將為坡翁作生日

臘八日再疊長至即事元韻

春信潛隨臘信來花逢三九玉交梅纔添東閣吟詩興
又報西師奏捷回佳想預期晴雪快衰眸欣盼陣雲開
饘飥啜罷攤書坐新月當窗對舉杯

嘉平十九日再舉壽蘇會約諸僚友小集設祀三
疊前韻

天際南飛鶴影來高齋重賦廣平梅公留生日垂千古
我祝奎星第八回自乙丑繪圖展拜于今已八年矣江上鬚眉何處認

圖中笠屐逐年開又吹下界龜茲笛真一同稱介壽杯

東坡先生生日席間分韻得先字成五律二首

歡侶爲公壽遥遥八百年梅花開正好椒酒薦誰先西笑狼烟淨南飛鶴奏翩追隨前後輩愧説玉堂仙領袖騷壇者才高不讓先是日分韻朗山觀察詩先成湖山曾蠟屐嶺海記停船丹荔連番啖香棠舊夢牽予昔年迭次來往西泠兩至東粵幼時隨宦嘉州古名海棠香國皆坡翁舊游之地也游蹤屢回首韻事又留滇

除夕祭詩作

祭竈纔完又祭詩一年清課報功時酒澆潎帚呼如願筆掃閒愁喜上眉身後千秋名豈易箇中三昧問誰知

老夫酩酊酬今夕待寫新韶絶妙詞

元日試筆書事 癸酉

一官耄齒忝旬宣竊位寬容
帝澤偏十八年華荒徼外萬千氣象彩雲邊榆關猶幸
衰眸見去臘大理已報克捷椒斝誰爭婪尾先從此澂清頌南詔
弄孫課子賦歸田

人日立春簡朗山觀察疊用前韻

恩綸天上聽三宣上年秋冬及今春疊頒慶詔有腳陽春信不偏氣
送土牛宜置閏筴紓金馬共籌邊草堂詩寄緘題舊君前歲在成都予曾有人日寄懷之作梅閣花吟思發先剛喜今年逢酉熟須

管　偏

期靈雨稅桑田

元夕有懷榆城奏凱諸將士再疊前韻

崑崙夜奪早威宣制勝雄師善用偏簫管聲隨鼗鼓後
魚龍戲衍洱蒼邊衢燈尚懍金吾禁詩鉢頻催玉漏先
遥羨封侯多異相擲盧安得面如田

上元後二夕約諸幕僚賞燈小集三疊前韻

觴政重將酒令宣元宵會展僻東偏安排火樹銀花樣
點染燈光畫意邊明月何妨輝吐晚番風細數信來先
老夫預卜豐登兆花滿春城稻滿田

仲春廿五日展花朝盆中牡丹初開招同人讌賞

日喜

即席賦呈並寄懷銘珊

今年番信展花朝花為開遲分外嬌閏歲休嫌擎小朵爾雅翼牡丹遇閏歲花輙小春風仍許占高標唐宮豔奪三千隊邗月粧憐廿四橋老憶清平舊詞客芳樽莫共聽吹簫花乃銘珊移贈時方于役河西未及與會

展花朝後一日喜雨疊前韻

知時好雨沛崇朝溼重園林燕語嬌竹潰新篁初婀娜桃含宿潤倍丰標沽春屐踏泥衝巷耕野犂扶漲柏橋頭上片雲催覓句晴開又送賣餳簫是日冒雨游東城登眺

清明後五日銘珊觀察自河西寄示五十自壽及

依　毫　前

難民歸業二律依韻奉酬並以補祝

小別經時隔暮朝獨因王事借賢勞籌添歲月蓮壺永爵盍耆英洛社豪細讀鱗牋詞款款免教雁戶歎嗷嗷輸君胸有千間厦壽世還揮五色毫

文字平生慕史遷評花醉月樂陶然山中尚佐綏邊策朝右爭推服政年花豔詩廊移並美（君於花朝曾以牡丹二盆移贈）荷新翠海疊初圖鐠翁管禿慚摛藻聊補璠筵介爵篇（前月君初度僅撰楹帖介壽并有補祝之語）

銘珊又自河西旅次遠貺謝章次韻再答

生日年年作甯因老健忘身猶滯林壑名已播旂常詩

法蘇和仲圖傳顧長康雞豚聯社樂桑柘話農祥養邃
胸無累交深道益彰鶯花晨嘯詠燈火夕熒煌愧乏棗
梨獻翻閬蘭茝香投牋情繾綣欹枕夢徊徨竹經扶節
待槐階引領望會須杯重把仙曲聽琅琅

養福齋續存稿卷十八

奉新　宋延春　引龢

清和中澣七日長孫恩麟週歲敬用先大夫集中棠孫試週日作元韻寄示紳兒

緊汝兩姊生紀年午與卯命名媿雙珠掌上擎珍巧元日卜蘭徵新葩吐香裊鄉信喜燈花孫枝弄襁褓初願幸已償官事猶未了汝方在孩提吾慚臻壽考渥洼産家駒飛黃騁騕褭遠道寄麞書欣傳異姿表晬盤瞬試週狀比槫桑曉啼處聽呱呱膺中誇矯矯但期愚魯常毋恃聰明早戈印他日雄瑜珥連城寶世守清白門庭

種科名草詠德詒先芬興宗望少小汝祖竊素餐徒笑侏儒飽籌邊及廿年近喜除羣狡倚閭念汝爺下帷理緗縹筵分洗兒錢利市競相賜況聞汝母賢閨箴久稱道培養慎初基長成進竿杪當羨手笏存敢希腰玉遶宅相冀增輝家聲還善禱跨竈待汝能含飴樂吾老閒誦放翁詩占歸憑瓦兆倘娛杖履游重翫林泉好晚景共團圞春光休懊惱躍躍效傳呼森森看膝繞百祿受自天長宜子孫保

內弟曾星巢觀察自粵西郵示昭州罷郡留別詩六章即次元韻寄懷

自笑頹唐老步兵古稀已過未歸耕十年獨處忘家累
萬里何時報宦成難得平安傳竹信轉勞繾綣話榕城
書生小試籌邊略舉筆從容重若輕
蘿蔦緣深姻婭聯持家回憶女嬃賢空梁各失雙棲侶
負郭都無二頃田差許箕裘傳子弟漫云眷屬儗神仙
結鄰咫尺臣居近招隱重尋廉讓泉
牀上書連酒過牆當年緣野記開堂東廂下榻留齋贅
西岫扶筇侍孔光偶得津梁裁錦什敢誇冰玉出崑岡
衰遲無限西州感忍説莪莪舊寶章君家堂名
傃直蘭臺先後同分馳宦轍互從戎風規尚賴詩書化

不

煩

雪鬢遑論竹帛功薪爨勞勞終棄物櫟材咄咄慣書空
蠻荒幸奏西平捷銘勒天山早挂弓

桂筦前游六十秋匆匆歲月歎如流趨庭尚賸鴻泥跡
繼武深慚肉食謀慈惠人應思召杜英雄世肯讓曹劉
登臺衮衮多時彥避舍休嗟廣不侯

立朝風骨久棱棱艱鉅頻投豈易勝栗里田園懷故宰
輞川圖畫慕家丞行藏願效歌衢叟邂逅將呼退院僧
底似蜀茶煩遠寄詩筒往復道吾曾

臧

朗山觀察見示端午醉中即事三絕次韻戲答

年年綵縷笑蟠如好雨分秧過夏初底事靈符佩壬癸

先生自有辟兵書
壯士征西換錦衣老夫早息漢陰機每逢佳節聊休沐
琴縱無絃試一揮
思親萬里家山遠堪哂癡兒也作爺猶記都人當此日
街頭巧扇賣花花
榆關凱歌用吳梅村先生滇池鐃吹韻四章
百戰勳名掌握中捷書頻奏未央宮邊功昔懍唐賢戒
鼓吹今傳漢代通二十年來勞畫策八千里外竟櫜弓
老夫快拭曹騰眼猶覩桑榆夕照紅
點蒼高處望呂蕘洱海波疑江漢朝將略尋常誇見紇

荒

天威咫尺喜平苗知音漫鼓齊門瑟乞食誰憐吳市簫
一局殘棊收拾盡紛紛勝敗歎煙消
莫言聲教阻遐荒烱烱層霄捧日黃善後預籌蠲賦稅
綏邊何計拯流亡摩挲金碧銘勛柱檢點松喬辟穀方
兒女停悲笳鼓競白頭空笑紫薇郎
壯士長歌入玉關元戎依舊定天山攻心久已操擒縱
草面從看靖觸蠻躤柳軍中分隊舞斟蒲座上奪標還
酬庸指顧圖麟閣禿管曾依柱史班
六月朔日朗山觀察以雨中至蓮花寺坐海心亭
遠眺四絕見示走筆答和

翠海風光畫不如采蓮時節插秧初老農蓑笠非容易
又卜今年大有書
詩情慘淡宦情孤難覓高陽舊酒徒聞道星軺舉珊網
何人領下得驪珠
閑官退食似安單郊島聯吟瘦共寒一任天花爭説法
翻嫌饒舌學豐干
雨氣連朝石硯昏淋漓筆寫水雲村飛觴屈指觀蓮近
笑折新筩漬酒痕

題文信國謝文節二公琴硯圖墨搨合幀為笏堂
觀察作

合

文山遺硯疊山古琴元精耿耿至德愔愔千秋正氣一片丹心松筠比節桑梓知音聯珠合璧樂石吉金崢嶸座右鄉望同欽

長夏罽樓今年薇開尤盛賦此欣賞

紫薇堂後紫薇樓歲歲花開月上鈎每到黃昏常伴坐閑凭朱檻豁衰眸根深愈羨雙株茂宦久渾忘萬里遊

翠海新蓮歌采采依紅泛綠佐觥籌時擬招同人作觀蓮之會

荷花生日朗山芥舟雨觀察見過與諸僚友讌賞

雨後席間再用開字韻賦呈二章

蓮門今始為君開用句休沐壺觴一再陪雲氣偶隨花氣

聚雷聲忽送雨聲來薇蕉環繞般般豔瓜李浮沈句句
催好借箏琶頻洗耳淋漓竟欲醉千回

伏暑初臨飈館開（前一日初伏）清風有約納涼來娉婷曾寫
鴛樓扇塊壘齊澆犀角杯樂事最難心迹共衰年無奈
鬢毛催玉山頹倒扶歸晚燈火沿街笑客回

仲衡觀察見示賞荷新什次韻走答

有客携長笛清歌解語蓮（君精於音律）珊瑚爭點染翡翠互
新鮮擊節高難和銜杯樂避賢盈盈秋水畔花好受人
憐

題周蓉帆太常小照為喆嗣小蓉太守作

玉面方瞳壽相高當年揮塵擁旌旄班躋卿月三台朗政溥甘霖九陛褒君由邑令游膺方伯內轉京卿解組就養杖履耆英推老輩箕裘事業付兒曹披圖重挹芝眉采鶴筭新添頰上毫君來年八秩

閏夏講院課士題擬作

井桐添葉

閏候都教物候兼桐垂金井恰符占涼歸早報三秋信露落先看一葉添深院烟籠陰淡淡小窗月透影纖纖清標未許黃楊厄閒坐題詩筆慣拈

池藕益節

蓮藕

藕生象闈有誰知求益來尋九曲池詎比盤根還錯節
偏從掛肋自歸奇一彎品共菖蒲美七竅香添菡萏宜
悟得箇中甘苦味納涼片片雪銀絲

曇花多瓣

別有優曇種潤阿產從西域媲娑羅花如蓮萼曹溪潔
瓣似蓂英閏月多繞樹菩提參色相添籌蓍算問頭陀
彩雲糺縵欣南現世界花花一剎那

鳳尾增翎

丹鳳來巢性最靈閏餘應候展修翎鵷班池上揮珠翰
鸞掖雲中列錦屏片羽新添儀彩舞么絃好共尾聲聽

覽輝喜拜頭銜寵畫諾須防類鶩形

乞朗山觀察校勘詩稾奉簡一律

少耽吟癖老癡頑七十年華瞬息間敢詡詩名壓元白

欲求畫訣問荆關殘膏胠篋心猶惜㪚帚藏珍手自删

一字千秋勞品定願超凡界入仙寰

芥舟觀察移權糧篆重葺官廨望華樓詩以落

之

官新遷傳舍更上一層樓用句近喜鶴巢共園中舊有雙鶴重看

鴻印留五華欣在望六月早迎秋高座開樽日檐花當

酒籌

七夕後三日芥舟觀察初度仍用前韻衍成長律即以申祝

連歲戎帷遲介爵今年稱慶望華樓扶筇松下賓先至掃徑花前主合留裠屐遊山懷舊詠君近年生日皆在軍中與同人雅集山寺紀遊賦詩稻粱栖畝祝新秋韓康沈約皆鄰友呼取同添海屋籌謂紫東朗山兩君

韓紫東觀察展　覲入都次芥舟觀察贈別詩韻送行

曾向東華仰盛名滇池共楫又班荆八年戎馬籌邊久舊雨新岑無限情

驪歌忽聽唱行行驛柳秋高管送迎策騎長征添好句
耳邊早息鼓鼙聲
宦味何如鄉味濃臨歧莫惜酒千鍾青天蜀道尋鴻爪
遥指巫山十二峯
羅浮風雨合還離萬里河梁賦別時此日登朝同輩少
天顏有喜近臣知（用句）

紫東觀察見和前詩留別再用元韻奉酬

卌載名場浪得名何時歸卧舊柴荊軟紅十丈重游處
夢繞觚稜繫我情
花驄先後九衢行蹀躞争誇赤棒迎老驥頹唐嗟伏櫪

九

夕陽波影動嘶聲
白雪陽春古調濃賞音難覓子期鍾廣陵散已人間少
數疊青青江上峰
荻花瑟瑟草離離渾似潯陽送客時叢桂小山賦招隱
翻勞猿鶴寄吾知

癸酉新秋蒙
恩賞給頭品頂戴恭紀一章
懋賞酬庸豈等閒頹齡何幸陟崇班頭銜有耀先鸞寵
言出如絲荷匪頒衣愧鶴章披一品
恩深鼇戴重三山天南舉首觚稜近日繞龍鱗識

聖顏用杜句時擬將請覲入都

和朗山觀察八月初十夜闈中即事韻

曾向金鼇頂上行（謂兩主司）問誰璧價重連城鼎開官燭三條焰鐘度風檐五夜聲摩壘雄才爭勝負觀場老眼尚分明輸君管領重簾下鳳咮新霏玉屑清

中秋夕約諸幕僚賞月小集用前韻

雲梯高處客偕行玉宇同游不夜城（文闈時届三場）勝踐座聯羃屐侶良宵吹徹管絃聲秋登綠野華筵樂月映朱衣藻鑑明自笑髯翁耽韻事樨香鞠色喜雙清

是日熊蓉塘太守以郡廨新開桂花折枝見贈走

釣

筆答謝再疊前韻

琴鶴遥攜萬里行看花先到古滇城（君以臨安守權雲南郡篆）碧雞臺畔才無敵金粟叢中政有聲分節新儀誇朗潤（近以軍功加道銜錫翎）犀禪妙諦悟空明相期多士攀雲早分得天香太守清

次韻朗山觀察十三夜至公堂對月

夙夜委蛇詠在公沈沈鎖院月將中游僊曲奏霓裳譜選佛場開霹靂弓節懍寅清當局重丹成辛苦昔年同奎光朗照珊瑚網探得驪珠羨釣翁

八月二十日朗山觀察生子疊韻奉賀

菊

桂子新添報乃公欣逢香滿一輪中年來璧合雙孳掌
户外弧懸兩石弓誼篤鴒原宜似續聲清鳳噦喜攸同
會看湯餅筵開處醉舉先招鶴髮翁

又次朗山觀察贈內監試劉采九太守韻

濟濟英雄入彀難願開廣厦庇孤寒掄才眼炬操文枋
脫手詩新擊彈丸（太守庚午科曾分校秋闈）筆陣龍蛇誇沈約仙家
雞犬問劉安棘闈榜出題糕近執耳還勞共主壇

重九前一日招幕中同人賞菊小集即席奉簡

纔從桂蘂聽笙簧又繞東籬嗅菊英風雨重陽堪預借
主賓雅約慣相迎開樽莫笑黃華瘦攬鏡頻添白髮生

來日題餻游翠海奎光聚處德星明

九日海心亭公讌兩主司學使賦詩紀事疊用前韻

茶煎試院響瓶笙珊網齊收萃俊英月旦三迆人並仰
星軺九日客歡迎登高作賦豪吟健插菊簪萸醉態生
此會龍山渾不讓歸鞍燈月滿隄明

寄輓王秋卿太守前輩親家四律

燕市論交卅五年輭塵縹緲似雲煙藤廳畫鶴同晨夕
柏府乘驄互後先誼重苣蘭懷舊譜情深蘿蔦證前緣
尺書久濶天南北驀聽鴞音涕泗漣憶自道光己丑與君訂交都下嗣即

晨　比　蹐　耳

同官銓部諫垣遂聯姻
婭距今已四十五年矣
旌麾猶記守畿疆寸草春暉報北堂纔羡棠甘歌蔽芾
倏驚萱隕歎淒涼麻衣積雪依蕭寺素旐臨風送去航
一別潞河遂千古晨星回首感茫茫咸豐乙卯君由廣平郡守奉諱入都
重晤旋扶櫬南歸予適出守赴滇送別通潞竟成永訣思之黯然
祥琴御罷謝朝班杖履優游歲月閒養潔官齋來北冀
歡承子舍比東山最難衣鉢傳開府共紹箕裘解暮顏
福備平生蹐耄耋九京含笑別塵寰君服闋後不復出山先後就養北畿
山左兩令嗣官廨丁穉璜中丞為門下士聘主濟南講
席數年年近八秩神明弗衰更以見文字因緣非偶然
耳

鍼

長安西望劇悲秋雁信中涂玉潤愁徼外鵑啼奔隴坂雲邊鶴影吊揚州君占籍廣陵君如返駕尋仙室我老招魂賦傳郵薄宦頽唐羈萬里椒漿何日酹林邱君於去臘仙逝令郎銜齋時叔琴壻作宰關中今夏訃來始聞噩耗不知涕之何從也

謝朗翁點定拙稿再疊賞菊元韻

詩人高唱玉樓笙君詩為玉笙樓稿久領騷壇壓衆英鑄鐵幾會經鍛鍊籠紗未許易逢迎箇中甘苦傳三昧筆底榮枯笑一生非分棗梨何敢望金鍼暗度目光明

李漱泉明經秋捷志喜即送計偕北上

蟠根久羨謫仙才果見攀香月窟來九轉工夫丹鼎熟

難

一門次第榜花開令姪立堂庚午登賢書蕚樓快副難兄望謂喆兄銘珊觀察杏苑還期小阮陪美濟箕裘繩祖武再揩老眼盼春魁

賀張南邨明經鄉舉並送公車入都

蚤向渭陽誇宅相今逢伯樂喜空羣家傳祖硯能承業世種書田勉誦芬錦水魚牋通款款令舅氏次民觀察時服官西蜀桂林雁信送欣欣尊甫雨田刺史今秋襄事粵西文闈瞻翁尚憶瀛洲蹟願子同銘翰墨勳

周訓堂廣文登賢書賦此奉賀亦送其北行

廿年舊業守氊寒入幕翩翩書記看剛幸榆關傳竹報

君占籍太和去　旋誇桂窟摘華團曲江待赴櫻桃讌冷
冬甫經收復
署曾嘗苜蓿盤從此雲程先發軔看花一路到長安

9467

養福齋續存稿卷十九

奉新　宋延春　引龢

小陽上澣四日得紳兒家書知次孫生詩以志喜仍用去歲舉長孫韻寄示孫生於七月十九日

鄉書又報竹添孫家慶由來是
國恩老驥暮年思奮勵新雛他日望聯騫玉梅笑共吟
官閣繡褓光生憶里門桐閏嘉占符再索祖庭歡侑介
眉樽後四日為予誕辰

十月八日生朝述懷二律

駸駸耄齒逐年增貪戀

瓊玖
蒼

君恩退未能（用蘇句）游宦恐教成贅叟被人强喚作聾丞
香山詩卷藏猶待玉局風流愧見稱鶴髮飄蕭糜鶴俸
何時歸學坐禪僧
閒尋絳老問添籌過隙駒光去不留身受
四朝新雨露家縈萬里舊松楸漫勞賓友貽瓊玖常勉
兒孫紹冶裘菊釀延齡梅萼早又拈彩筆詠從頭

劉釆九太守由元江刺史移權大理郡篆賦此送
別

清時物望楚材多萬里同舟宦海波露冕歡迎新郡守
簪毫共憶舊鑾坡洱蒼借寇雙旌彩琴鶴來賡五袴歌

珠

此後寄書憑驛使遥聽政美與人和

邊城幾載坐荒衙撫字紆籌静不譁月旦文衡推品藻太守庚午襄校秋闈今科復充内簾監試風流試院詠煎茶稀齡愧贈千珠什予辛未七旬生辰太守惠詩百韻稱祝晚節留看三徑花攬轡西行問鴻爪惜無山寺句籠紗予昔官池西道數年舊日題詠因遭兵燹皆已湮滅矣

冬日詠物四律

晚菊園中留植至冬猶開

凡物逢時貴其華晚節香餐英偏及夕傲骨慣經霜老圃掀髯白疎籬返照黄甘泉新釀熟同醉紫霞觴

早梅齋頭盆種初放時送 公車北行

尚

欲問春消息盆山列古梅今年三白早昨夜一枝開索笑頻拈韻探花預占魁心腸原鐵石嫵媚向誰來

幽蘭 閨內僚友移贈足供清賞

幽人在空谷底事入重簾容許同心賞花應帶笑拈分貽憐共臭多取不傷廉三友偕紉佩歲寒清供添

寒菜 衙圃隙地多種此菜風味絕佳

家風本儒素種菜滿寒畦抱甕初開甲堆盤尚帶泥英雄知苦味高士咬柔莫旨蓄冬春美新蓴伴冷虀

蔡芥舟觀察展 覲北上見示留別二律次韻奉答即以送行

久從里鄰慕交親快識廬山面目真九派遍流廉鎮澤君曾權九江關部三迤同作宦游人常懷舊部梓桑蔭更洽新岑蘿蔦姻此日趨朝占利見
天顏有喜繞龍鱗
玉樹佳音動笑顏高秋折桂報鄉闈適聞五令嗣秋捷之喜波平洱海銘勳著花滿羅浮衣錦還時擬取道嶺南入都
寵命君承丹詔渥新銜我愧白頭頒臨岐惜別持樽酒祖帳行轅羡眾攀

嘉平月十八日甲戌立春偶成一首

恩光萬里靖邊塵兩度先迎隔歲春纔喜書年倉熟酉
又逢餞臘斗旋寅耳邊土鼓青陽早頭上銀幡白髮新
明日壽蘇循舊例安排藥玉酒千巡次辰又為坡翁作生日

立春後一日東坡先生生朝約諸僚友設祀小集

疊用前韻呈同人

玉堂前輩拜音塵杖履重生四座春八九年華添丙子
三千世界降庚寅遙遙鶴影雲端見歷歷鴻泥畫裏新
一曲南飛仍短笛梅花索笑向檐巡

二十日封篆即事再疊前韻奉柬朗山觀察

印牀淨埽牘無塵一紙封題彩筆春氣潤甘膏欣坼甲

詠

連日喜沾時雨香焚清夜念惟寅枯腸笑我抽思澀生面輸君

琢句新壽蘇會分詠君詩先成門外催詩如火急債臺早避漫逡

巡

壽蘇會席間分詠得一字賦五古十六韻

昨夜來春風今晨敞虛室緬懷玉局翁年年作生日數

見恐不鮮摛詞必已出寫圖將十周紀年逾七秩蔣徑

重開三蘇齋薦真一傳座列笙簧分韻拈橙橘幸逃磨

蝎宮誰擅淩雲筆歲熟免癸庚詩新評甲乙羣、公盡賢

豪賤子仍坦率同乞坡仙靈聲名借洋溢南飛鶴奏高

東軒鶴巢逸歷歷介鴻留團團磨牛疾前輩、公莫攀舊

游我能述自笑老蠻荒籌邊愧無術白戰寸鐵持奎光燿蓬蓽再拜祝眉山子孫其逢吉

除夕疊用樂天元韻寄示兒輩

年華荏苒堂堂去暮景蹉跎碌碌身又賣癡獃向除夜未完詩債待來春坡仙守歲閒愁遣島佛耽吟腹罰貧此夕兒孫簪紱勝團欒同憶白頭人

元旦試筆 甲戌

一出承明二十年 予自咸豐乙卯出都迄今歲已廿稔矣 花驄銀燭記朝天南荒喜奏澂清後北闕恩敷浩蕩邊爆竹聲中迎歲樂寒梅香裏占春先

老夫甘讓屠蘇飲重把吟毫試彩牋

元日書懷疊用前韻並簡朗山觀察

正朔欣符絳老年絳縣老人生於正月甲子朔師曠曰七十三年矣今予適當其歲桑榆愛惜晚霞天官情罷舞聞雞夜鄉夢遲歸落雁邊當局經營思善後望塵躑躅敢爭先休衙預想草堂客得句何妨便寄牋

人日即事再疊前韻

郊壇此日正祈年是日上辛行祈穀禮宸翰虔誠仰九天新歲恭讀御製冬至南郊大祀詩敦勸農功因守上綢繆國計在防邊詩筒互遞吟逾健花信新催思發

箋　華

先聲譽誰誇名下士臨池莫負剡谿箋

上元後一夕約諸僚友賞燈小集三疊前韻

春燈點綴自年年檀板金樽不夜天歌舞太平欣有象
娛游風景更無邊銀花錠吐蠶叢遠（是夕放花礮乃蜀友所贈）玉漏
催停羯鼓先老愛韶光頻拄杖伸懷又展浣著牋

春夜雨後書事

喜入燈花欲鬥妍（用句）春宵讌罷樂陶然（昨夕逍遙仙館同鄉公讌歸解）
（適案頭燈花大放）光生芝朶眉間映蕊燦蘭釭分外鮮小雨沾
泥將種菊餘寒透體又裝棉試揩老眼占鄉信高燭紅
粧梟篆煙（庭中海棠盛開）

欄

花朝遲銘珊許惠牡丹不至詩以詢之

春深花事漸闌珊盼到花朝獨倚欄自古紅顏歎遲暮而今白首耐盤桓任誇國色遭時妬博得君王帶笑看準備十千金谷酒瑤臺月下兩相歡

花朝後三日銘珊以新開盆種牡丹移贈疊前韻答謝

迎來環珮影珊珊劇喜移春近畫欄仙種蟠根原屬李芳筵弄笛待呼桓清平誰續千秋調穠豔何妨百遍看好借新粧娛老眼憐他解恨且追歡

銘珊觀察生日再疊前韻二章申祝

芝醼

彩霞天半舞盤珊樂奏瑤華七寶欄用李長吉瑤華樂句意座對
紅粧媿姚魏君前數日移覗牡丹初開身曆朱紱羨張桓德門世業
竹林繼上苑春光棣蕚看喆弟令姪時偕赴試春官君喜添籌吾尚
健犖芝長接盛年歡
庭蔭交柯種玉珊森森佳樹繞雕欄清吟垂露堪追庾
豪氣凌雲競壓桓桃醼客仍今日避君每於生日避客郊外尋春梓
鄉花憶去年看客春初度于役河西展期有約招屐介爵重尋
合醼歡時擬約同人為君補祝

展花朝盆中牡丹盛開招同人小集讌賞並為銘
珊補祝三疊前韻

三花齊現海中珊風滿疎簾露滿欄羣玉山頭誰矯矯
雅歌席上有桓桓謂王興圖總戎休皐旦夕容顏好肯作尋常
富貴看一醉千愁渾易解夜遊聊學古人歡

春杪因病乞假次樂天喜罷郡詩韻

堂堂暮景漫興嗟瞬息光陰過眼花倦影有時頻望岫
養疴無日不思家人閒似鶴尋幽徑官退如蜂散晚衙
風信更番春已減謀歡老去笑蒸沙用范石湖詩句意

暮春因病請告將歸里門述懷紀事六首先呈諸
同人即以留別

閱歷名場四十年平生出處總由天

累朝雨露

君恩渥極品

絲綸世澤綿竊位屏藩慚繼武先族祖前明曾官雲南右布政虛聲節

鉞勉籌邊篤駘無計酬

高厚垂老歸耕負郭田

一麾猶記隔京華回首觚稜夢想賒蜀棧秦關曾攬轡

昆池洱海遍浮家免圖南徼流民狀常抱西征失路嗟

同穴歌殘盟久負忍教委蛻在天涯予繼室王夫人庚申在楚雄行館殉難迄今遺骸難覓每一思及黯然神傷

公餘謬許擅風流裠屐連番紀勝游萬朵紅雲太華寺

濂好

千層碧浪大觀樓古香玉照無雙品遺墨紗籠最上頭黑龍潭唐梅舊有阮文達師相題句予為勒石玉照堂中到處芳蹤盡堪戀未能拋得且勾留

幕府翩翩萃異才琴書韻事數追陪丹砂勾漏無煩乞謂葛子鑑太守白袷濂溪不速來謂周南評學博買夏蓮觀吟杜什銷寒梅醉壽蘇杯多情仙李殷勤甚歲歲花時好句催謂李銘珊觀察

萍飄宦海歎茫茫耄齒蹉跎自忖量棋罷一枰分黑白帆收九面轉瀟湘賢多僚友難言別老戀兒孫急返鄉今日懸車雖悔晚尚留餘力課農桑

鷗　疾

遠岫雲還鳥倦飛枌榆社侶寄當歸閒鷗待逐陶元亮
化鶴將疑丁令威龍繞松楸懷故土園栽杞菊趁斜暉
此行差遂含飴樂稱子歡迎早款扉

三月望日引疾解組偶成二律奉簡沈朗山方伯
並賀新權藩篆之喜

朝衫乍脫便身輕待向中流自在行敢謂烟霞成痼疾
須知軒冕是浮榮官符有主欣交替衙鼓從今免送迎
鷗退聊爲六月息思量鱸膾與蒓羹

隨班久已笑龍鍾宦興何如歸興濃綬煥新輝勞擘畫
書留舊闕仗彌縫祇慚傳舍容鳩占猶許閒庭伴鶴蹤

公暇不妨頻枉過聯吟花底緩扶筇

江右吳筠軒觀察寄示滕王閣落成登眺近作四首依韻和答並以奉懷

傑閣重新峙碧空登高作賦筆璁瓏波生章浦三春綠箋寄郇雲五朶紅列座豪吟懷舊雨扶輪大雅挹清風遥聞梓里數棠蔭都在千間廣廈中

一序曾將萬景收子安才調冠南州揮毫氣壓陳驚座横笛音傳趙倚樓霞落鶩飛千古句天長水遠卅回秋（予自丙午由里入都近今幾三十年矣）鄉關少壯留泥爪老去難忘是釣游

舊館新題更美哉羣公珠玉仰崔巍笙歌恍聽仙人集蛺蝶疑招帝子來此日賡酬朱鷺曲有人徙倚碧雞臺回頭無限滄桑感怪底風前鬢雪催

時平海宇奏澄清簾捲西山雨乍晴寫韻鸞軒遺藻翰（西山有吳綵鸞寫韻軒）掄材麗醼叶笙（適居秋闈放榜）天涯宦轍千巖迴江上歸帆一葉輕好待扶鳩趨仗下追陪攬勝話離情（時子已引疾將返里門）

巖棲閒士過訪賦詩留別並以為壽

歗侶來方外論詩又十年爾閒先退院吾老亦逃禪笑比同龕佛將乘大願船何時登彼岸去住各隨緣

壽相菩提現耆齡已古稀一燈傳舊鉢百衲遂初衣説法猿偷聽拈花鶴亂飛待尋歡喜地蓮社倦游歸

立夏日邀同人小飲疊用樂天罷郡元韻

櫻筍廚新辦咄嗟餞春休負滿庭花論園暫買聊迎夏歸計將成倍憶家杯映酒痕傾款款枝啼鳥語聽衙衙閒中細話惟風月底事貪金更揀沙

荆州彭子嘉觀察寄示見懷二律依韻奉酬

春暖長江楚客豪河豚初上滿蔞蒿天涯自昔留鴻爪池上于今有鳳毛謂文郎寄我箋紅雲五朶懷人草碧水三篙經年契濶書遲答愧説籌邊鞅掌勞

癡　鏗

杖履優游老不癡閒居粗給稻粱資時主講荆南書院千回夢繞雨風夜三絕才誇書畫詩徵外黄筌思舊友書來索夢湘諸君畫幅郢中白雪寫新詞此情未免成辜負偏是淵明歸去時

再次前韻寄懷二章

一官消盡少年豪閱罷滄桑目久蒿怳挹座間眉宇色愁添鏡裏鬢霜毛漁翁懶結青絲網舟子停撐白木篙傳語草堂猿鶴伴故人今已息薪勞

黄粱半熟醒猶癡遍索瑤篇贈別資祖帳臨歧雖有酒行裝壓擔可無詩好憑柱史彭鏗筆重和荒臺宋玉詞

預約湘帆歸隱日訪君秋朗月圓時

自題湘帆歸隱圖二首

安舟隨侍轉衡湘六十年來憶景光予自乙亥侍奉先大夫由湘南赴粵西鹽道任迄今已周甲紀矣萬里重尋泥雪印一帆歸隱水雲鄉珠簾畫棟懷高閣雁陣漁歌愛夕陽此夜孤篷清夢穩新攜圖卷壓輕裝

宦海迴颿趁急流遥天預寫洞庭秋蕭疎行色催蒲柳浩蕩閒情問鷺鷗好景不妨遲到眼歸程無恙話從頭笠檐蓑袂償初願老向煙波覓舊游

養福齋續存稿卷二十

奉新　宋延春　引龢

四月朔日朗山方伯見示移居薇廨四律次韻答之

寶墨光浮石硯蟾遷喬句染筆纖纖印牀堆案如相識
書局隨身不礙廉一室肯教門户別兩家互笑主賓兼
素心最好同晨夕從此吟篇日日添
鄗屋齊歌有腳春懽顔厦庇萬間新君推當代調元手
我愧中宵罷舞人櫻筍偶然開小讌衡茅何幸接芳鄰
青燈回憶兒時味自疊烏絲寫受辛

塵網纔拋早倦游鵷鸞尚許涸閒鷗爭先有著誰操勝
善後無方合退休三徑猶存黃菊圃七年遍賞紫薇樓
眼前景物牽離緒莫恡傳杯迭送鬮

一院松高伴鶴眠底須擇木費盤旋杼空待效量沙粲
羅閉難呼續命田恰好盈疇添麥餌安能踰尺盡禾券
韓魏公詩聞道禾券盡踰尺 秋風僂指歸期近烟滿清湘月滿船

留別廨園花木八詠

庭柏

雙柏蒼顏古多年耐歲寒不教真性改能葆後彫難溜
雨滋培久參天被蔭寬冰霜堅晚節護惜待人看

階竹

不可居無竹平安報此君主人何必問佳士本同羣坐
月容清嘯凌霄謝俗氛孫枝頻引鳳左右悵襟分

老梅

斯豈仙潭種移栽傍柳衙養成冰玉品開遍鐵心花細
索顏爭笑閒吟手慣叉江南歸去早春寄一枝斜

山茶

風暖平臺畔纍纍燦寶珠垂來金絡索捧出玉盤盂寞
錦華亭絢陀羅古寺敷何如鄉社裏穠豔與茲殊

海棠

漢嘉稱貼梗京洛羨垂絲來自衆香國吟成絶妙詞粧
新春睡足燭照夜眠遲笑比甘棠蔭常留蔽芾思

紫薇

官貴中書省花開虛白堂樓前雙本麗庭外四圍芳鈎
掛朱欄月簪抽白髮郎歸田誰是伴佳卉想昏黄

新菊

雅有東籬癖年年執菊苗園丁多灌溉菜甲共肥饒宦
味秋容淡酩香老圃澆陶家三徑在幽賞任逍遥

叢蕉

綠天宜過夏鳳尾滿牆東窗暗常聽雨垣低慣引風卷

舒心自便得失夢皆空衫製還初服題詩寫碧筒

次朗山方伯久晴忽雨即事韻

熟梅天氣幻陰晴涼意新添暑轉輕判牘催詩如雨急閉門䡾睡似雷鳴（詩來子適假寐）紫薇被澤苞將吐綠野分秧畔不爭一卷淋漓燈下讀恍從巫峽放舟行（時借觀吳仲昀制府花宜館集多詠蜀都風景）

重五日口占一律

鸛骨支離笑病翁閒身贏得又天中蒲觴獨醉衰顏赤榴火偏爭晚照紅畫鷁隨波成退鷁羅鴻翔宇逐歸鴻紛紛熱客還投刺忙煞應門五尺童

應

端陽後一日銘珊觀察約陪同人銷夏小集先以
話別即席疊韻奉酬
佳招不厭白頭翁陶寫深情絲竹中纔見蒲青兼艾碧
依然酒綠並燈紅三春塔勢名題雁時正盼令弟姪春榜捷音廿載
巢痕爪印鴻今夕離筵從此始難忘父老與兒童
夏至日雨中書事
空檐溜急雨如繩夏至陰生信有徵滌暑招涼差快意
前雷後電每相應南皮高會傳杯餞是日彥卿中丞招陪用和廉訪祖席
東道層巒攬轡登畢竟天心憫農事分秧時節水千塍
程用和廉訪因事左遷歸里賦此送別疊用解組

元韻康訪皖省人

忽聽辭官去就輕翻從客裏贈君行八千里路分先後
十二年中並悴榮宦境花明還柳暗郵程水送與山迎
入林把臂欣同調風味依然啜菜羹
江北江南靈秀鍾歸游黃嶽翠烟濃焦桐難遇知音賞
美錦當求巧手縫舊雨寥寥存碩果晨星落落感浮蹤
買山且喜芳鄰近訪勝來支七尺笻

題劉仲鴻太守紅樹山莊詩草後並以志別

當日趨庭早學詩藜光照夜騁妍詞胸藏珠玉傾千斛
筆架珊瑚掃一枝白傅情豪聞結社杜陵律細老憂時

箇中三昧非容易古錦奚囊好護持

才名耳食已頻年傾蓋論心倍藹然東岱光騰貽墨寶昨以諸城劉文清公手書横卷見贈南飛曲奏展吟箋去臘壽蘇會約君同集分韻賦詩匡時侍播鶴琴譽惜別還留蘭茝緣君又分貺家園盆蘭笑我打包今退院尺書望寄彩雲篇

李信古軍門招集逍遥仙館餞别席間賦謝二首

一從鼙鼓事西征戎馬堆邊識俊英梓里論功稱大樹金甌固守倚長城飽嘗憂患心俱瘁憶共艱危夢尚驚此日烽銷纔痛定對持樽酒話餘生戊辰己巳間西寇下竄省垣戒嚴賴君協同防勦得解城圍

家　欣

籌邊銅柱早銘勳懋賞頻叨異數聞罷戰難求新猛士遭呵誰識故將軍君時家居讀禮交忘後輩蘭同臭往歲與兒輩訂忘年交別悵臨岐踐易醺為盼八州來作督戟門長揖老彌欣

仲鴻太守又以家藏新城王文簡公抱琴洗桐圖小照橫卷贈行口占二截句答謝

纔披海岱琳瑯美太守去臘曾貺諸城劉文清公墨蹟手卷又識漁洋面目真琴是無絃桐有韻更從畫本悟前因

大筆流傳二百年淋漓滿紙盡雲烟圖作於康熙初年卷中題詠皆當時諸老歸裝助我生行色與子重添翰墨緣

長夏閒居補書望岫倦飛圖小照舊題諸作再賦

二律四疊前韻仍附卷尾

萬里真為返岫雲況經廿載息邊氛（自甲寅初作此圖距今已二十年矣）將辭座上簪裾客去訪田閒耕釣羣菊徑餐英宜晚節茅檐炙背近牖曛（杜句）登臺衮衮諸公事投老甘同鄭廣文

挂席遥凌八月湖（時將取道湘中歸里）横看此是第三圖菩提慧業終成佛芥子須彌任寄吾江水分明秋月淨鄉雲迢遞暮山孤（指鄱陽大小孤山）摩挲舊卷重題句留賞青松與綠蕪

後

六月初旬奉
旨准其開缺紀
恩感賦並與同人告别再疊解組元韻
詔許投閒弛擔輕簡書無畏賦行行衰庸已悔抽簪晚
退息非誇衣錦榮好借歸途遊屐便漫勞津吏下車迎
家園芋栗全收後常飽坡翁玉糝羹
東門悵飲酒千鍾交味如醇分外濃故壘依稀枌社認
初衣熨貼芰裳縫還鄉自結漁樵侶戀
闕難追鵷鷺蹤願葆餘年歌
帝力孫枝笑倚當攜笻

朗山方伯賜題留别解組諸作次韻奉酬

六年傾蓋碧雞臺蚤仰槃槃幕府才濟世期君懷抱大籌邊老我鬢毛衰千秋敢作名山想萬里歸疑遠客來自笑鄉音猶未改兒童相見漫相猜

傳舍栖遲竹徑通巢痕先後託泥鴻閑門索句同銷夏退舍焚香每自公競讓驊騮開道路欣如鷃雀謝樊籠報章還乞淋漓筆行看湘烟欵乃中時以湘帆歸隱圖卷奉求書額題句

大暑前一日朗山方伯見示喜詠官廨紫薇盛開新什次韻答之

末秋天氣已蕭疎幾許閒愁筆掃除爛熳争傳花事詠

衰遲懶答故人書歸裝檢點期猶待畫卷評量意自如急雨催詩還侑酒一樽同醉晚涼初是日雨後偕赴筱江觀察之約

中伏日崔筱江觀察招陪同人小集讌賞紫薇即席賦謝

論園買夏息勞薪折簡看花過比鄰白髮不嫌娛我老紫薇翻愛別家新頭銜畫省雙行豔時朗山方伯與予同居藩廨後樓外有花二株亦大放眼福虛堂六月春歡飲玉鈎簾影上休辭酩酊吐車茵

次子鑑太守六月十三夜雨後對月偶成元韻

冰輪圓缺歲頻更未許微雲滓太清座對涼蟾添客思

身隨旅雁計郵程眼前變幻渾如戲局外升沈了不驚
倘假天緣重邂逅舉杯邀月話平生

劉采九太守由榆城惠寄大理石屏及古蹟碑搨
各種走筆答謝

片石雲飛自太和邑名洱蒼佳品得來多千秋皎潔峯留
雪萬里澄清海不波屏畫一題蒼山積雪一題洱海澄清迴憶翠屏餘爪
印更勞蘚碣細摩挲歸裝大好生行色袖帶烟霞向蘚
蘿

觀蓮節同鄉諸君子設餞於逍遙仙館席間賦謝
並以志別仍用庚午荷花生日讌集舊作元韻

觀蓮佳節自年年今歲樽開又一天觴詠憶曾前度共畫圖留與後人傳紅蕖待賞花洲景吾鄉百花洲夏蓮最盛白首仍耕潁上田榆社他鄉重惜別洪崖遥指拍雙肩

立秋後二日王耀南太翁招集華山別業餞飲即席賦謝

高風久羨古瑯琊十五年中兩鬢華予自庚申由迤西調省即與君款洽至今善譽一鄉敦梓誼清芬四葉茁蘭芽君近有曾孫之喜滄桑共歷欣銷刼騏驥方騰老競誇謂喆嗣子範比部絃管離聲催祖道新涼天氣醉流霞

欣銷刼

七月上澣四日同鄉僚友復於逍遥仙館梨園祖

餞賦謝錄別再疊觀蓮舊作元韻

同里同舟不計年德星快聚日南天歌驪又感芳筵設
展驥當期治譜傳遙聽諸公碑載道自慚老子硯為田
銜杯莫問官家事竿木收場笑息肩

戒行有期連日同人投詩餞別攀留不已口占志
感

代謝及瓜逾百日料量行李趁三秋征途景色紛題贈
排日壺觴遞勸酬衰病漸教歸客減歡場多為故人留
離亭風笛增惆悵酒綠燈紅且遣愁

朗山方伯既賜題圖卷及留別諸作以前詩意未

畫者復成長律二章見示次韻奉酬

離情何處寫都在畫詩中畫筆恐難盡還將詩句通代飛隨燕雁歸去老蒿蓬各有烟霞想遑争竹帛功

夜郎多異境此去覽征鞍八月愁猿嘯千山勒馬看前塵餘壁壘學步笑邯鄲君前歲曾治軍黔中劇喜浮湘近心如井底瀾

巖棲開士復以長律二章送行次韻再答

精舍論交白首頒相看非復舊時顔洗心早悟禪宗妙行腳渾忘世路艱果證菩提窺月淨詩尋湖海袖雲還上人往歲曾作吳越江楚之游杜門坐夏皈依久笑比枯僧退院閒予近

日亦解組養疴

梧落雁飛秋又到忽聞林鳥喚催歸本來無隱難參諦敢道因時善見幾刼火殘灰方共歎上人所主廟宇近遭回祿芒鞋竹杖遽相違別君便往探蓮社長許空山猿鶴依

月谷上人亦惠詩四章送別因次元韻二首酬之

老衲新詞尚色絲已涼天氣未寒時用句傳燈競羨閒敲句酌水多慚共餞離難得詩禪方外侶常縈吏隱夢中思遊蹤記踏峩眉雪草屨曾尋野寺碑上人昔年往遊兩峩携圖見贈寄情濠濮淡忘機塵鞅纔抛緩轡歸託鉢願隨齋粥供聞鐘宜著水田衣漫從題葉嗟黃落準擬誅茅傍翠微

他日虎溪來訪勝支笻遥望彩雲飛

朗山方伯又賜題拙集續稿長律和韻再謝

團扇家家畫放翁用句爲箕愧不肖良弓胎從峨岫千層出予誕生於嘉陽郡署穀本潯陽九派通天澹雲閒隨野鶴手揮目送笑歸鴻別君馬上添新句寫寄霜林落葉紅

孝廉

養福齋續存稿卷二十一

奉新　宋延春　引穌

七月十八日自滇垣啟程歸里口占一律

投老辭邊徼秋晴出郭門（雨後新霽）廿年如夢境萬里賸巢痕車騎歸程色壺漿地主恩甘棠憩何許愧說去思存

是日李銘珊觀察送至板橋驛見示途中贈行之作次韻答謝

遠送又勞陪東瞻馬首催風光禾隴畔月色板橋隈分手言難盡多情望再來長安共遥憶雁侶幾時迴（謂令棣瀓泉孝廉將次南歸）

馬龍道上寄懷沈朗山方伯疊前韻

百日快追陪驪歌驀地催別經三宿後路入萬峰隈景物今非昔（予自丙辰來滇過此迄今已十九年矣）征人往復來（聞韓紫東觀察不日入境）勞勞歎行役舊雨首重迴

霑益旅館寄謝賈振之觀察汪次雲太守各一首

君昔趨藤省予方廁柏臺朝班前後接宦轍邇遐陪話別來三岔（南寧驛名振之與次雲同餞于此）臨歧進一杯他時復相見各笑鬢毛衰（振之時權迤東道篆）

京國論交日匆匆已卅年同舟又滇海歷劫共蠻烟久播鶴琴譽慚稱香火緣湖山期後會皓首展吟牋（次雲時權

曲靖郡守

平彝途次重晤韓紫東觀察自都展　覲回滇別後卻寄

灰

我已抽簪去君猶攬轡來衰顏復相見笑口為重開退老憐同病登場志亦灰（君途中抱恙初愈將有乞歸之意）客窗宵話雨翦燭漏聲催

八月初旬道出郎岱廳景晴嵐太守款留官廨郎山草堂別後寄謝

令

昂昂戎馬一書生快向巖關識俊英（時權廳篆）隴右昔曾誇戰績黔西今又播循聲（君往歲從軍甘肅近年又檄調來黔營）雙峰奇秀

惠 君縣

培才富地有郎岱二山五袴歌謠酌水清頌以重修兩講院碑文見示士民感頌

妙墨奉揚團扇惠郫筒話別酒還傾君籍隸蜀中郫縣瀕行承貺自書紈扇

行次安順府喜晤汪仙譜太守賦贈並以志別

聞道當年此被兵一麾出守到巖城勞心定亂紓籌策隻手扶危仗老成刼運全銷思尚痛恩綸疊迓寵彌驚居以軍功保薦晉秩加銜幸過棠舍瞻韓範更喜庭陔雛鳳清謂小文郎

連日見輿夫曳繂戲作

指點飛猱最上層危崖曲磴引長繩輿隨蟻磨千回轉

泰

徑繞羊腸百折升笑我頹齡猶冒險讓他捷足慣先登
幾番搔首青天近奇句驚人得未曾

仲秋上澣道過黔陽晉謁中丞曾樞元宮保名猷
節廨西園拄笏軒餞别賦呈二章用以申謝

鈴轅秋爽候留客敞高軒座許摳衣侍楹題拄笏存庚軒額為先
籌傳酒令甲紀認泥痕幸挹同宗範如瞻泰岳尊外舅曾賓谷先生嘉慶乙亥撫黔時題書迄今已六十年矣
漢嘉譚往事京國憶前塵萬里烽烟靜三公節鉞新華
珉鐫大筆蔀屋頌陽春待作八州督重尋未了因中丞占籍蜀中洪雅為先大夫守嘉郡時舊治予昔官京邸與中丞過從最密臨行蒙以自書墨刻搨本見贈

黔垣甲秀樓登眺觀鄂文端勒文襄兩節相先後置立平苗紀功鐵柱二座詠詩留壁敬用阮文達師相舊題翠微閣原韻

峩峩雙柱當樓立，甲秀標題永勿忘。兩相勳名垂不朽，千秋日月並爭光。伏波而後斯為美，邊徼于今澤孔長。更仰翠微遺墨寶，溪山勝處詠黔陽。文達師集中云：貴州省城水南新構小閣，正對溪山，余名之曰翠微閣，並書扁。

許慧卿太守過訪廨館，因出其舊繪望岫倦飛圖并小照相示，率成一律，并以留別，疊用前韻

妙手寫生經十稔，神傳阿堵詎能忘。披圖重認鬚眉老

返岫常留翰墨光旅館班荊情愈密秋宵翦燭話彌長新詩滿卷爭鈔去紙價還應貴洛陽圖作於乙丑秋日慧卿出滇時尚未付裝池今則卷中題詠已滿矣

中秋前二日滇南舊友宦游黔省諸君子招集九華宮江南會館祖餞別後途次賦謝二章再疊前韻

金筑停驂留五日悤悤節序客中忘筵招舊雨還今雨樓對山光又水光桑梓交深維縶切諸子以予官滇最久依戀殷殷攀留再四情不可卻改期就道壺樽興引管絃長是日演劇重闉咫尺催魚鑰人影紛紛散夕陽

更　今

佳麗堂東來借榻席散後予即假廣館中詰朝首塗江南游蹟最難忘
蟲吟四壁添秋意蟾魄三更隱夜光夜間小雨無月微霰偶當
詩夢覺老人無睡漏聲長蘇句枕邊索句天將曙重據征
鞍向潕陽

中秋夕貴定縣行館雨中偶成一律用查初白先
生集中八月十四夜洞庭舟中風雨詩韻
征途八月驟生涼萬壑千岩度夜郎積雨連宵仍載道
中秋今歲又他鄉昆池回憶前題句章浦遙憐好景光
佳節山城多旅思燈窗閒記客程長

八月十五夜貴定旅中無月有雨戲成一絶

飛来四

不信陰晴萬里同良宵無月只黔東嫦娥似妬詩人筆故遣淋漓惱庽公

十六夜平越途次月色甚佳喜賦即用前韻

昨夕今宵景不同清光仍見暮山東從來月色隨處好畢竟天心本至公

過黃平飛雲巖登眺敬和阮文達師相用壺中九華韻

西南踏遍萬千峰奇境天開倚碧空疑是飛來從海上惜乡残刻化雲中岩洞舊有吾師留題石碑詢之寺僧因遭兵燹毀失其餘碑刻半皆剝落惟楊誠村果勇侯所書海上飛來四大字斷碣僅存其二亦残闕不全矣烽銷尚覺邊

防肅脚健還登峭壁通好句香山堪借詠巖泉滴久石
玲瓏白句 臺

宿鎮遠行臺感懷敬用阮文達師題上元亭詩韻
山環潕水勝丹青面對長虹背倚屏作客自編程日日
臨風徒笑鬢星星碧幢學步前型在絳帳追尋此地經
師昔節制滇黔十年往來鎮陽數次無限西州今昔感徘徊不見舊題亭
原亭亦以亂後圮毀

鎮陽途次寄懷銘珊觀察再疊板橋送別元韻
舊侶昨招陪謂滇南舊友黔垣讌餞近事郵籤暫緩催桂觴朱履
共萍聚翠微偎鷄首堂堂去鴻音陣陣來懷君屬

秋夜用句夢遠更腸迴

八月二十五日鎮遠登舟解纜書事並謝別吳成齋觀察 時權貴東道篆

扁舟初發鎮陽城，水郭江村第一程。長路勞辭征轡倦，新流穩挂片帆輕。前一夕大雷雨，河水添漲。此身合向烟波老，滿載惟攜書畫行。飯熟茶香娛客況，秋風歸棹故人情。成齋時以安舟贈行

滇黔道中紀程雜詠三十二首

一鞭初指驛程遥，客舍青青宿板橋。朝雨輕塵同惜別，陽關不唱也魂銷。昆垣首塗，諸同人送別至板橋驛

程

秋高氣爽度楊林戰火餘灰迹尚尋閒向殘黎談往事頗安隴畝慰初心往歲楊林驛被兵最久故壘猶存

層岩疊嶂樹葱蘢易古纔過又馬龍莫問通泉花木勝一枝早桂插輿中馬龍州廨舊有通泉池館今已蕪没

平疇秋稼望如雲預卜豐登樂歲聞從此邊氓安作息永銷金甲事耕耘沿途田稼將熟景象尚佳

曲陽咫尺近巖疆送我情深賈與汪更有殷勤賢令尹種桃滿縣羨劉郎過曲郡振之觀察次雲太守璞堂大令偕至三岔驛餞行

花門浩劫感尋霑飲水今誇刺史廉過客偶然成小憇翻勞津吏報郵籤尋甸霑益兩州回患甚鉅近日大府飭有司會同委員安插妥帖

終朝趺坐慣乘籃笑與彌陀共一龕除却行吟無別事詩禪好向靜中參長日輿中惟以吟詠消遣

驅車又到古平巒雨勢淋漓尚據鞍何幸故人重邂逅開樽下榻主賓歡冒雨達平彝邑宰陳淡庵款留適韓紫東觀察亦自京旋同宿話舊詰朝別去

滇南勝景舊題坊來自他鄉返故鄉遥望郵煙炊晚頓阿誰夢醒熟黃粱滇南勝境坊距平邑十五里過此即入黔境矣

牂牁東去路崎嶇况瘁堪憐是僕夫一線長繩引天半移山何處見公愚滇黔山坡極多乘輿皆用牽纜若行舟然

雨雨風風入普安泥深沒骭道瀰漫曾經蜀棧秦關險

建

又賦黔西行路難 自平彝至亦資孔達普安廳沿途連日遇雨行旅較苦

授餐適館有居停小駐征驂避建瓴難得新岑如舊雨

人生聚合等浮萍 普安孫雨峯司馬款留避雨信宿而別

雲梯矗立老鷹崖預借登高亦快哉衰叟尚誇腰脚健

振衣千仞上蓬萊 過老鷹崖地勢險峻且喜石路皆有梯級升降坦然藉免況瘁

荒涼風景阿都田茅口河邊喚渡船白露已交秋八月

脫巾揮扇勝炎天 茅口渡河旅次湫隘氣候酷熱過於伏暑

郎山高並岱山高鎖鑰巖關此地牢愛客幸逢賢太守

草堂燕寢息塵勞 郎岱廳景晴嵐太守留寓官廨郎山草堂款洽甚殷人亦風雅

籌防扁擔山扼崔嵬百道奔泉響似雷聽說頑苗齊格

巇

漢民

而歯

化從今不敢出巢來劉玉田觀察留駐防兵於扁擔山諸苗斂跡居民安堵

險巇歷遍履康莊邊郡曾經舊戰場不是賢侯資保障安能此日固苞桑過安順郡晤汪仙譜太守細談當日守城禦寇事瀕危獲安

行行普定復安平轉笑閒身費送迎永夕茅檐愁聽雨攪人旅夢到三更普定安平兩邑途次仍冒雨而行俱荷有司供帳

石齒凌霄徧築垣避兵彷彿是桃源桑麻雞犬今無恙烽火餘生返故園黔中漢民每遇苗患皆築石壘於百丈崖巔即堅壁清野遺意近已漸次歸業而歯址尚存

衰年僕僕尚風塵月店霜橋倏兩旬僂計郵程到金筑許多故舊話從新黔垣予向未到而當道及舊友甚多諒有一番暢敘耳

銘勳

攘往熙來遍市廛此邦景物勝南滇蠻花犵鳥皆生意四野黃雲大有年黔中省會雖遭兵燹多年較之滇會似勝一籌近日民俗安熙商賈雲集且歲事告豐殊可羨也

游釣董時記漢嘉每逢蜀友比還家中丞念舊猶忘分餞飲軍門夜漏賒予生長蜀中交游最廣黔撫曾楹元宮保亦為舊識時兼權提篆留餞節廨

桓尉當年此建幢心香手澤奉盱江南山拄笏軒留額敢詡門楣健筆扛先外舅曾賓谷先生嘉慶乙亥撫黔時題書節廨西園之拄笏軒及悠然見南山處兩楹額至今尚存予因中丞招飲藉申瞻仰焉

小閣溪山對翠微楹題遺筆仰親揮籌邊雙節銘勳久銅柱何如鐵柱威黔會水南舊有阮文達師相所題翠微閣扁并詩刻又甲秀樓前置立鄂

境內

文端勒文襄兩節相平苗紀功鐵柱二座皆得游觀

浙水洪都別業誇枌榆鄉社鬥家家樓臺烟雨江南美爭羨壺中列九華浙西江右會館皆有結搆而江南東墅在九華宮尤稱佳麗諸同人招餞于此讌罷予即下榻館中

禪栖南郭有山莊曾中丞題額萬佛齊輝七寶裝避却塵囂覓幽境迴環水榭與風廊寺在甲秀樓側內供萬佛云自滇銅鑄就移來地極幽靜面對溪山別饒勝概楹帖題扁亦佳惜未及錄記

朋簪異地忽相逢宦轍迴翔似轉蓬信宿讌譚分袂去伯勞飛燕各西東新任滇臬倉少屏廉訪先期到黔連日晤敘承以滇事下問略述大概即日別去

且作平原一半留今年虛度此中秋西江南徼同相憶
那識皤翁旅舍愁小住黔垣五日天俱晴霽迨啟行後復雨桂節適至貴定雨勢更濃近歲在滇垣皆有賞月雅集今則辜負良宵矣

黔壘跬步盡登山鎮日籃輿杳靄間多少亂雲生馬足
點頭何處石非頑黔中山路與滇相埒而險峭過之並無樹木蒼翠之色殊乏生趣

數家臨水自成邨用句穲稏登場穀滿屯賣劍買牛還打
稻留賓處處足雞豚黔省上下游留防兵丁皆令分田耕種倣古屯田之制法良意美洵堪則倣

清平迆邐度黃平送客連朝駐路晴假館主人何必問
茶煙一榻夢俱清過黃平州適權刺史江昶宇大令因公晉省未晤亦遣使迎至官廨留宿

牟珠空過眺飛雲攬勝蠻荒淨埽氛來日鎮陽卸征騎篷窗息影向湘濱昨過牟珠洞未及登覽至飛雲巖瞻眺久之因遭兵火岩間碑刻多已毀失可為悵惜

青溪玉屏舟次喜晴即景

柔櫓雙搖下綠漣秋晴安坐米家船朝朝山色移篷底夜夜灘聲落枕邊行旅不驚村犬吠稻粱齊穫岸牛眠停舟滿耳鄉音近快汲清湘入楚煙過此即達湘南境與吾鄉密邇矣

九月朔日舟達沅州府有感

撇却千重險來乘一葦杭多年困蠻觸今日泛沅湘舊績留棠蔭先少梅伯兄曩歲仕湘最久歷官劇邑州郡沅守亦曾綰篆前程問梓

鄉詩情兼畫意客裏近重陽

沅湘舟中偶詠敬用阮文達師集中湘江村舍韻

一舸浮湘來蘭芷媲珠玉茗銚與廚烟聊以船為屋羨彼巖居人家家環水竹難尋籬菊黃但倚喬松綠我自謝塵纓游踪歷滇筑飽飲三篙流淨澆滿腔俗歸去剛小陽茅檐欣獻曝

黔陽夜泊

江上晚霞烘舟行遇順風秋波平似鏡新月小於弓鷺侶眠沙白漁燈隔浦紅停橈貪暮景遲睡向孤蓬

下灘行敬用文達師清浪灘原韻

沅江灘多小兼大往往客舟遭困坷奔流亂石喧砰訇
挾山者誰超海過安得鬼斧施神工或仗巨靈劈使破
良由搏躍舁筒車巧借轆轤舂碓磨譬如文行下水舡
到此何妨稍頓挫老夫笑比羈樊籠跬步猶攜木上坐
平生宦海涉風濤忠信堪憑尚非懦遷低榻矮灘已平
圖仿少文游許卧

重九前一日辰谿道中雨後書事用查初白先生
九日飲南莊二首詩韻

重陽風雨近山城夜滴踈蓬響到明佳節惜從江上過
歸舟如在畫中行峰奇塔湧孤高勢波濶烟消款乃聲

一笑黃花何處覓，白衣酒負倚樓情。邑城遍買菊花不得，適值趙健庵大令以酒肴相餉

夾峙人家水竹莊，幽棲欲借作重陽。舊游歷歷多陳跡，近歲在滇皆有登高雅集
獨客忽忽又異鄉。回首雲巒千萬疊，寄懷詩草兩三行。時擬寄彭子嘉沈朗山兩觀察荆滇詩札
風前漫把茱萸插，落帽新添滿鬢霜。

九日舟次小酌口占　食今朝

昆華歲歲記登高，菊滿燈屏醉蟹螯。旅食今朝風味別，筍香魚美當去聲題餻。

瀘溪即景

開頭纔浦市弭楫又瀘溪漲退沙痕漬雲收雨腳低艇
艇漁網曬岩穴鳥巢棲莫悞良辰景篷窗信筆題

舟中遣興憶家

浮生天地一蘧廬小舫頻移少定居拂几安排新筆硯
開艙檢點舊琴書閒吟自課誰相和老福能消我不如
料得兒曹計歸日望雲正切倚門閭

夜船聽雨不寐疊用前韻

江天雲氣重暮雨復山溪點密敲篷急聲高落枕低新
寒頻擁被旅夢警安棲曉起裝棉暖餘音聽續題

昨過黔陽遂遇廖筱樓觀察展　覲回滇匆匆一

興

晤别後賦寄

三年滇海隔萍蹤退鷁翻教楚水逢京洛輭塵纔展步湖山佳景尚羅胸時由浙西携眷航海而來征途分袂離懷促仙眷同舟宦興濃多感新圖壯行色携歸長護嵗寒松承以浙友所繪長松合璧畫幀贈行

養福齋續存稿卷二十二

奉新　宋延春　引龢

重陽後一日舟泊辰州府感懷先少梅伯兄即寄

示諸姪輩

布颿東下指沅陵長仲居官昔日曾沅陵為辰郡首邑兄於道光初調繁于此距今已四十餘年矣卌稔流光嗟過隙三峿沅邑古名清節懔銜冰尚聞父老談遺愛還望兒孫勉繼繩此去朗州更湘浦口碑留遍到今稱昨道出沅州遲日又將過常德善化亦皆兄舊治也

早發辰州

銅鉦曉擊發辰陽不辨天光與水光滚滚河流添數尺

船

濛濛霧氣溼千檣秋深樹染霜痕赤午霽雲開日色黄百里川途來瞬息前灘已報近清浪連宵積雨河水暴漲晨起大霧嚮午方晴順流而下計半日得程已百餘里矣

清浪灘和初白先生原詩韻

何年頑石五丁開迸入洪流吼怒雷捍禦今猶崇廟貌澄清誰是濟川才鵝兵破浪船如駛羊坂騰空屽欲頹老我蠻荒經百險此番又過險灘來

桃源道中寓目

朗江行漸近何處問仙源漁闊朝晴市雞啼午晌村前津横略彴小築繞籬樊避世原非計耕桑戀故園

常德冒雨移舟書事再疊瀘溪即景元韻二首

連夜瀟瀟雨移舟漲滿溪湘帆迷遠近楚竹擁高低烟水秋江景雲山故國栖老憐蓑笠客蓬底換新題

桃源阻僊洞來訪武陵谿檣列千鱗密城圍百雉低魚蝦欣入饌楓荻話歸栖買醉思蝵菊無餻不敢題

阻雨未發再賦一絕

兩月征塵又暮秋一天涼雨滯歸舟惜無妙手荆關筆補寫瀟湘笠屐游

舟發阻風半日復行口占

昨日因停雨今朝又避風天心無順逆人事有窮通小

釣　沙　守

泊依音挨蘆港安居稱去聲箬篷前途占利涉際遇比飛鴻

過龍陽縣入小河

水勢隨湘轉沿洄曲曲通窗貪三面景帆駛兩來風得意誇舟子忘機羨釣翁老夫甘退舍否泰聽天公

渡洞庭湖西汊晚泊沅江縣

滿湖秋水洞庭西挂席乘風路不迷九派遙連平楚濶千颿高出遠天低洲迴孤塔沙痕淺城倚通闤市語齊恰好晚晴來檥棹忽忽歸客認鴻泥予昔年隨宦赴粵西曾過洞庭東湖

湘江舟中寄懷滇南幕賓葛子鑑太守周蘭評學博各一首疊韻

堪

別來踪跡等沙鷗日日隨萍水上浮九月歸帆紅葉岸
十年幕府碧梧秋惜無菊醆堪娛節尚憶萸簪共倚樓
舊雨遥遥隔天末湖山後約續前游 子鑑
昆池傾蓋久盟鷗高會題襟大白浮搖筆堂堂推老宿
添籌歲歲醼清秋思君夢遠三湘月有子才誇五鳳樓
倘遂栽花先試手好迎杖屨侍優游 蘭評

武陵舟次對景成吟再寄彭子嘉觀察荆南二律

仍疊和春間見懷元韻

誰信長征白首豪蓴鄉風味飽秋蒿朅來南國多芳草
曾記西師入不毛樂歲雁鴻場納稼空江煙雨漲添篙

白負良　師

布帆無恙歸程近行旅渾忘跋涉勞
短篷攤卷笑書癡老去耽吟結習貲風利難停游客榜
秋光莫踐訪君詩皋比座感綢繆雅魚素牋傳洄溯詞
一水盈盈慳咫尺葭蒼露白負良時予春杪寄懷有預約湘帆歸隱日訪君秋朗月圓時之句頃因取道長沙返里不及繞赴荊南踐諾奉訪深為悵然

星沙重謁館師黃仙嶠先生召餞賜詩謹次原韻申謝志別

湘颿小泊住游蹤何幸龍門客裏逢宦轍追隨曾學步師昔年歷官滇南府道板輿安奉不携鈐時就養令嗣次圭大令旅館八旬鶴髮精神健世稔鴻儀沆瀣濃予癸巳倖選庶常蒙師教習白首師生

聊
重話舊深杯千頃仰涵容

湘垣王夔石中丞招飲賞菊餞別賦謝一章

嶽麓峰高正九秋瑯琊開府靜湘流登龍幸托歡顏厦
退鷁聊停逆櫂舟四座黃花欣鬥艷一尊白墮許同浮
連朝過客生行色不負歸帆是楚游

長沙舟次重晤督糧夏芝岑觀察連日招集官廨
西園菊樽讌餞別後賦詩紀事成排律二十二
韻即以寄酬

憶昔金臺連轡日春花秋月醉歡場遥分宦轍音塵隔
每向邊陲引領望笑我鷁飛停萬里羨君豸采耀三湘

粧

名園新構初開徑寵餞欣招疊舉觴步步引人皆入勝
層層列菊盡明粧平臺尚吐芙蓉豔曲沼曾迎菡萏涼
老圃經時勞灌溉秋容晚節競芬芳座聯舊雨兼今雨
屏爍花光又鏡光話別正逢休暇候登高恰好屆重陽
紅燈照處精神出綠蟻浮來興味長賢主題餻增繾綣
嘉賓作賦任徜徉自慚吹帽盈顛白卻喜抽簪滿鬢黃
幕府翩翩羅眾彥庭陔濟濟立諸郎鴻泥南國尋蘅芷
鶴俸東籬足稻粱識曲還教歌鞠部分襟更許佩萸囊
回思薇省餘陳迹忽聚萍蹤在異鄉藥玉遞斟遲夜漏
盆甆移贈到歸航短篷頓覺詩添料清供爭誇客助裝

急

書畫載宜同米舫琴樽趣合問柴桑深情縞紵潭千尺
別緒蒹葭水一方寄傲謳吟猶結習餐英齒頰尚留香
茲游快壯征途色急把離懷寫報章

十月朔朝長沙解纜午達湘潭

扁舟過岳麓迤邐向湘潭巨邑喧繁闠晴暉帶遠嵐望
衡隨面九覽候送秋三咫尺家山近鄉音次第諳

淥口再移舟對菊小飲口占

淥江東去衆灘高欲利行程上小舠賴有故人移晚菊
右傾杯酒左持螯

小陽上澣八日湘東道中初度偶成

宦海餘生一葉萍扶衰猶汎客中舲歸來絳老符滄笇絳縣老人問年正七十三今予適逢其歲載得黃華詠耄齡計日耆英聯洛社更番屐別湘靈昨過長沙諸戚友款洽備至遥知子舍忙稱慶鵲報頻傳側耳聽

自湘東遵陸至萍鄉縣用前韻

鄉水重尋楚賓萍籃輿又上緩揚舲暫停浪迹辭三老難詡風裁媿九齡沿路兒童羣惹笑此邦碩彥舊鍾靈前輩劉金門先生及舊友彭冠山胡典坐喻鳳岡諸君皆本邑人欣逢壽寓天開日巷祝衢歌滿邑聽時邑中正舉行祝釐盛典

過山口號六首

水驛初辭阡陌通又携襆被過湘東場功已畢糧栖畝
處處豚蹄賽歲豐
四圍紅樹與青山籬落人家綠水灣鎮日乘籃行得得
此身疑在畫圖間
萬竹參天繞短垣此中想像有桃源歸田準備誅茅計
雞犬桑麻別一村
萍邑朝程日漸西市聲喧處近蘆溪我來好共田間老
擊壤臚歡一例齊
小車隊隊走通塵時泰錙銖競貿遷自笑征塵隨大賈
可能騎鶴比腰纏

篷

水陸程兼道阻長閒僧庶事打包忙今宵重買烏篷舫
小泊張家認舊坊

蘆溪買舟逕達章門再疊前韻

浮世身如聚散萍小陽果返故鄉舲滇黔遍歷八千路
章貢相離三十齡燕覓舊巢欣主識鶴歸華表訝仙靈
衰年穩向東山卧絲竹陶情子細聽

袁州府即景

古郡東來大峩峩峙秀江長橋横列雁夾岸互喧龙熙
皞登臺樂咿啞鼓枻腔宜春首邑名天暖早梅信問篷窗

分宜縣夜泊感事

憑弔可勝今昔感
欷
擾

晴巒層疊繞鈐岡客路忩忩又夕陽灘石水枯舡穩下
冰山勢敗燄空張權奸簿錄遺喬梓茂宰風流愛黍棠
憑弔可勝今昔感故人宿草歎茫茫舊友楊立之大令曾宰此邑多年物故已久為之悵然

新喻道中阻風排悶

天暖小陽春冬晴已兩旬風威來獵獵水勢起粼粼家
近程偏緩舟停酒耐巡流行隨坎止明發向前津

連日風雪寒甚舟滯於行走筆遣興

老去猶歌行路難鄉園咫尺阻江干巖風徹夜擾清夢
密霰漫空憎驟寒篷罅頻敲珠顆碎被池陡覺布衾單

免

眼前閱盡炎涼幻（前數日天晴和暖）裘敝何來十丈寬

雨雪未已再賦長歌紀事用蘇詩聚星堂雪禁體元韻

客子歸航乘一葉征途忽遘寒江雪馬足遥馳萬里來鳥飛近訝千山絕舟師賈勇忍瘃皴手駕長篙愁欲折城荒夜冷柝響稀篷漏風穿燈燼滅身歷關河三月餘瞬息流光同電掣停橈暫免邪許呼堆岍俄驚璀璨纈老夫行役忘告勞呵凍拈毫强霏屑猶記昆池賞花朝此景蒼茫去飄瞥（曩歲在滇廨花朝讌賞牡丹適遇大雪）瑞兆先宜父老古離懷侍向兒孫說倚舫展帖書時晴勉賦家聲廣平

鐵

夜雪復甚晨起喜晴疊用前韻

快雪時晴果不難（昨詠雪長歌有時晴展帖之句）朝來銀海眩闌干峰頭尚帶玲瓏色水面徐收料峭寒舟子向陽如纊暖旅人獻曝免衣單頭顱自笑冬烘慣聊博僮奴厦庇寬

臨江道中適遇紳兒自家來舟迎侍喜賦再疊前韻

十載還家見面難一朝歡聚在河干久離爾顧勤溫凊遠涉吾猶耐暑寒子舍欣聞雛穉美孫枝莫慮雁行單（時與曾姪孫之望偕來）老夫擊楫掀髯笑滿飲今宵酒量寬

過臨江府風利不及泊

指點章山路霜晴閣遠津林疎收橘柚鄉美飽鱸蒓舊刼烽烟靖長城局面新我行貪利涉無暇繒船脣

晚泊樟樹鎮三疊初度前韻

尚遲劍氣望青萍(鎮在豐城縣上游)重鎮雙江暫繫舲慷慨誓師懷往蹟優游歸計笑頹齡良知獨闢千秋學勝地常留百草靈(各省藥材皆集售於此)夜半月明江水靜艣聲搖傍枕邊聽(是夕舟子乘月放舡達旦)用滇

舟抵豫章志喜二律疊用滇垣啟程元韻示諸子姪孫曾輩 十月二十一日

亦有靈

宦游適卌稔予自道光癸巳通籍迄今已四十餘年矣此日轉蓬門南浦歸
帆影西山踏屐痕滄桑重話舊泉石尚銜
恩老慰菟裘願敝廬松菊存
樓養和平福吾邑祖居舊有和平養福之樓家傳清白門先芬思木
本中隱覓巢痕省垣舊宅遂園先公題額曰中隱廬勉紹箕裘業同霑
雨露恩遺編心鐵石手澤幸猶存

還家後祀　祖禮成恭紀一章並勗子姪孫曾輩

尚書清節後其昌鼎鼎家聲振梓鄉我笑身如存碩果
人誇世亦有靈光
三朝綸綍承

恩重四葉兒孫衍緒長培植還期門祚盛毋忘 祖德薦馨香

豫章講院重晤山長胡硯生侍御蒙贈新什見和乙丑賤辰述懷舊作四律元韻勉賦二首奉酬

剛從彭澤賦歸來喜接芳鄰絳帳開予新居與講院相距咫尺三徑尚留松菊影七年久樹豫章才鄉評月旦符芸館諫草風規仰柏臺我愧秕揚曾兩度鵷班同憶舊蓬萊硯生與予先後同列詞館諫垣

講席趨庭卅載前先芬麗澤堂名感雲煙先公於道光年間屢主講席硯生時受業及門予亦隨侍肄習皋比新擅園林勝院中廨圃近歲甫經修葺鴻印重

千

滇

尋翰墨緣沆瀣情深千尺水琳瑯句燦十行箋騷壇領
袖推宗匠快續耆英洛社篇時擬重舉九老消寒會

劉養素方伯偕硯生侍御曾秋帆比部鍾官城觀
察程心耕帥紉珊兩太守招集晚香圃賞菊即
席賦謝

掃去滇雲萬里塵得歸林下樂閒身班荊道故盡良友
折簡追歡多主人老圃寒香娛晚節芳筵勝踐息勞薪
江城此夕占星聚席間主賓共七人韻事爭傳近局新

南昌邑宰汪少谷太守招飲承惠自著不可無竹
居詩集並示北游近草即題卷後奉酬少谷滇

北

南昆明人

滇池久宦仰才名歸讀鴻篇快識荆西笑豪吟誇跌宕少谷昔官秦中縣令北遊健筆倍縱橫桃潭多感推襟雅梅賦偏輸琢句清老作編氓依部屋歲寒可許訂詩盟

永福禪林重訪梅庵開士見贈新刻松雲精舍法雲律堂兩詩錄及文字緣畧各種並賜長古二章次韻答之

予從少小時蚤學淩雲賦予生於川中嘉郡僻地有淩雲山東坡讀書樓及壯涵名場鴻逵占際遇一官困蠻荒卌載竊虛譽塵刼苦日攖艱難窘跬步望岫圖倦飛匃留尚小住歸計決

示

幡然色空嗟晚悟投老返林泉滄桑迴非故方外尋舊交急叩禪關去梵宇遭變遷烽烟息鄉里彼岸得重登賴此功德水蓮社逢遠公壽相世無幾曾作吳越游湖山娛杖履打包詩滿囊廣座爭倒屣示我瓊瑤篇披吟雜悲喜手澤淵淵源詩刻中多有與先公唱和諸作香山今老矣願結歲寒盟常偕二三子

和梅庵贈詩復以大理石屏相餉并綴一絕

携得蒼山一片雲歸尋老衲話邊氛漫誇鐵石吾家物怡悅還堪贈與君

冬至前五日詣龍潭省奠　先父母塋感賦二律
憶昔辭先隴忽忽倏卅秋焚黄感霜露垂白戀松楸華
表歸疑鶴罔阡兆叶牛
崇封褒四代罔極總難酬
祭埽聊隨俗椒漿奠墓門觀瞻來父老展拜共兒孫禄
養千鍾忝雲仍五葉繁休官重灑涕翠鬣蔭長存
亡室墓前致祭再作一首
久抱鰥魚戚流離歎室家憐予歸白首慰爾報黄麻同
穴盟終負招魂賦更嗟泉臺含笑否繞膝茁蘭芽
冬日里門寄賀李漱泉舍人記名之喜並奉懷令

兄銘珊觀察二首疊韻

巾箱滿袠二難詩曾記秋風詠桂枝連歲在滇兩昆仲投贈之什最多去秋漱泉領鄉薦予亦有詩志賀遠別久懷鴻雁侶英名先占鳳凰池藥欄此日翻階早蓮炬他年撤院遲愧我蓬廬安老拙魚牋兩地寫相思

仙潭同賦採梅詩吟遍南枝與北枝曩官昆垣時每於冬間偕銘珊遊黑龍潭尋梅雅集萬里歸雲隔章浦千年香雪憶昆池陽春唱和鄉鄰少邊徼音程驛使遲抵家後尚未得接手扎梓里幸逢賢令尹佳篇多繫故園思南昌邑宰汪少谷與銘珊同鄉適以自著詩草見贈內有憶滇中舊游諸作

引

寄懷鄒尉農大令再疊前寄子鑑蘭評兩幕賓元韻

鳧飛未肯狎羣鷗宦海茫茫興倍浮隴坂竟辭邊塞吏華山重賞故園秋（尉農出宰甘肅數年近因軍務肅清即引疾歸里）談天口引杯中酒橫笛音傳水上樓（尉農精於音律）歸隱羨君作同調當年小子記從游（兒子祖紳曾受業門下）

養福齋續存稿卷二十三

奉新 宋延春 引龢

長至後五日作滇南沈朗山觀察書并系二律寄

懷

自笑無田我亦歸嶺梅香裏遂初衣一廛近市憐黃髮六月登樓賦紫薇夏間朗山與予皆有詠藩廨紫薇之作知己天涯同調寡懷人江上寄書稀朗山近日尚未通問挂帆望岫圖雙絕幾度摩抄大筆揮予所藏望岫倦飛湘帆歸隱二圖均為朗山書額題句

閒身衹合隱東湖偃蹇依然一腐儒豐歲幸無愁米價比鄰猶有索詩逋邇來研生山長梅庵詩僧互相倡和遙思臺省多賢

侶老向烟波認故吾官閣消寒圍坐處也應憶舊撚吟鬚

滇中學使李苾園編修秋間有贈別二詩補和寄酬

昆華傾蓋憶平生芸館前塵忝廁名好雨三年欽雅抱春風萬里惠邊氓毫揮彩帖歸途色杯飲醇醪惜別情瀕行承賜楹聯並招盛餞回憶新秋分袂日伯勞飛燕各行行別後苾園即按試迤西

雲錦紛披乏報章詩筒遲遞客程忙娛親護蔭歡承露愛士葵心願向陽階種芝蘭芽茁紫林收橘柚實垂黃

時迎養太夫人在署還家春信江南早驛使梅花遠寄並預卜徵蘭之喜將

贈鍾官城觀察疊用晚香圃賞菊韻

廿年分轍輭紅塵，戎馬堆邊老此身。予於乙卯冬間出守滇南，與官城別於盧溝旅次，官城亦從軍皖省。磨盾紆籌曾破敵，據鞍草檄慣驚人。各辭軒冕還初服，重話沙場卧積薪。一榻北窗師靖節，細編詩品讀來新。適以新編陶元亮紀事詩品見贈

臘八前一日喜雪再疊前韻

瓊霙前度瀚征塵，十月舟過新喻遇雪歸寄蝸廬卧雪身。堆瓦重看飛絮景，開窗莫效詠花人。連日遍見梅花未得窮黎瑟縮爭趨

厦（時方開粥廠）冷巷蕭條待送薪雅約消寒期不負尖叉鬥險又從新（研生訂於翌午消寒初集）

梅庵上人以法雲禪堂新開紅梅折贈走筆答謝三疊前韻

姍姍玉骨迴離塵花亦同逃刼外身（禪堂前遭兵燹此花獨存）千歲樹題前代蹟（滇垣黑龍潭古唐梅阮文達師相賦詩有千歲梅花千尺潭之句予曾和韻）一枝春贈遠歸人爭誇香雪江南種好比殘灰爨下薪清供恰宜仙子伴（盆中水仙正開）蕭齋快詠歲寒新

雪後過訪官城觀察園梅盛開再贈一律四疊前韻

纔對癯仙滌俗塵頃荷槑庵贈梅敲門來訪苦吟身驢鞍路逕衝寒客鶴徑花迎索笑人奇句披圖方脫草官城出示題梅庵秋燈補讀圖新作小爐圍坐正然薪衰翁眼福今朝美酩酊還陪酒琖新時偕赴研生消寒之局

題梅庵閒士秋燈補讀少年書圖

舊書不厭百回讀用句況有生平未見書萬卷多留危漏處一鐙猶記鉢傳初少耽結習抽蠶繭老愛叢殘飽蠹魚笑我與君皆白首兒時趣味究何如

臘八日硯生山長約同人於豫章書院來學齋消寒第一集先賦二章奉簡疊用前答贈詩元韻

枌社扶笻踏雪來，寒交三九玉梅開。閒從禪友尋詩料，預遣門生致酒材。春信將傳青鳥使，舊游回憶碧雞臺。予向於滇廨是日亦有小集登壇牛耳煩君執，花徑重教翦草萊。

催年臘鼓報街前，禮佛爐焚鴨篆煙。好借饘酏為供養，又將文字結因緣。梅庵刻有文字緣畧食單禁體翻花樣，吟管分闈擘錦牋。席間肴品禁用海錯拈題分詠從此朋簪相暖熱，香山故事入新篇。

是日席間分詠細腰鼓得七古一首

街市鼕鼕喧臘鼓，風俗相沿記荊楚。命名巧製呼細腰，似效宮中長袖舞。繄予遠宦西南陲，廿年戎馬勞邊鼙

銅鼓粵苗謠

振旅闐闐代無數放衙碌碌過及時何幸鐃簫聞奏凱援枹已罷鼉音改折腰一旦忙回帆擊楫中流吟自在歸來穩卧瓜牛廬鄰寺日日敲鐘魚浴佛快逢臘八雪滿腔詩思灞橋驢忽聽土鼓迎年早鄉園又報生春草鉢響騷壇催賦詩會續香山圖九老君不見諸葛銅鼓傳征蠻淵淵震地懾冥頑至今滇黔與蜀粵遺物徧列誇斕斑又不見明皇羯鼓花前擊霓裳偷擫李謩笛驚破漁陽動地來玉碎音銷何處覓豈如古[illegible]留新聲雙環細皃歌太平村人羣戴胡頭戲歡笑兒童圍老傖黃桴敢向雷門布聊學康衢擊壤泯

門容

楊子任農部見贈長律依韻奉酬

梓誼葭情把臂初家風蚤讀四知書君誇實踐名山學
我竊虛聲處士譽入座欣逢主蓮社次日子任訂消寒二集引年
自笑擁籃輿觥觥鉅製推元亮寸莛撞鐘遜不如子任有官城贈陶靖節紀事詩品新作中多獎及老朽之句

大寒前二日子任農部招陪同人消寒第二集飲
歸後賦謝並呈諸君子

巽二催滕六嚴威逼大寒夜來風緊釀雪愁消三白易句索十
分難林下追陪伴門前避熱官開樽容假館廣廈醉顏
時借來學
歡坐雅集

新什紛傳送當筵互品題（席間各以第一集分詠諸作傳觀）有羣空冀北無敵讓關西旗鼓防心怯津梁待指迷眉山將介壽蘭若更招携（予預訂十九於永福庵消寒三集為坡翁作生日）

嘉平月十九日奉約諸同人於永福禪林結歲寒緣館消寒第三集為東坡先生生日設祀先賦呈二律

髯翁遺躅擅風流雪印鴻泥憶舊游我拜新圖經十度（自乙丑在滇屬繪圖稱祝迄今年已十次矣）公傳生日自千秋好將禪室伊蒲供難把詩僧玉帶留鶴奏南飛今歲近大江東去即黃州

更

一官投老別蠻荒笠屐飄然返故鄉自愧萍蹤疑學步
又持藥玉共稱觴江城吹笛知音少法座拈花索笑忙
但願年年同此會介眉一瓣祝心香

壽蘇會以坡翁感君生日遙稱壽詩句分韻得生
字又成七古一首倣柏梁體

冬窗快雪書時晴壽星光近奎星明歲歲官閣靈旗迎
今年里社來稱觥紹聖甲戌嶺外行西江泥爪曾南征
太歲重逢八百更此地遙遙降星精吾邦山水公所傾
知公自必鑒悃誠憶昔法雲寓籛鏗況喜參寥擅詩名
當時壇坫多耆英年年同祝白髮兄先子手澤紗籠盈

圖

遺芬勉誦難學賡一自烽火驅長鯨滄桑局變感慨并
勝會不常徒思縈笑我解組歸躬耕圓通禪院追前程
寶蓋飛下長老驚夢中仙鶴看孫擎因緣果結歲寒盟
新圖舊畫一一呈齋廚蔬筍氣味清供以梅石偕荔橙
侑之真一玉糝羹羣賢筆陣誇縱横陳言務去嚴禁令
老夫搜索枯腸撐痛飲莫辭五斗酲餞臘十日先春聲
天際彷彿吹鸞笙連朝韻事傳江城洛陽價貴楮先生

祀竈日作

歲時鄉俗悶從新簪笏閒拋淨掃塵客許圍爐消臘殘
吾方祭竈請比鄰人間烟火終須食天上廚星別有神

命童謹滿楪賸餳醉司命兒童謹笑盼迎春

歲除前一日立春偶成

迎春恰好值迎年扶老歸耕頌上田雞黍家風隨分美虀鹽鄉味及時鮮童孫團笑簪幡勝子婦忙分壓歲錢欣卅稔名場無此況酴酥後飲亦欣然

除夕疊用前韻簡梅庵開士

近局傳箋逐日新潄廬息影遠囂塵壇催鉢響吟無債寺扣鐘聲德有鄰守歲祭詩尋島佛送窮著論笑錢神雲草堂梅信南郊透待向禪栖探早春時有人日法雲尋梅之約

元日試筆再疊甲戌祀竈日元韻 乙亥

海

老傍山林

鳳紀新甘膏霡霂潤輕塵除夕微雨銀幡迓節先三日竹爆通宵遍四鄰宦海前游身是客家園初景筆如神兒愚孫魯團欒侍消遣庭闈第一春

開歲六日大雪硯生山長見和近什並約人日小集再賦奉酬三疊前韻

獻歲花飛六出新衝泥滑滑滌街塵斜川游未追元亮梅刹踪還阻蕙鄰梅庵法名翦韭味長宜卜夜調羹菜美更頤神晴檐鵲噪逢人日燈月休辜梓里春

正月上澣十日研生山長賜示預祝梅庵長老七

賦此

十僧臘一律次韻介壽

方外論交白首新如來金粟是前身棗瓜見就齋廚供

桃竹扶將杖履春笑我已逾傳老歲禮記七十曰老而傳與君同

作閉關人菩提壽相皆歡喜長結詩禪未了因

上元前二日第三孫生賦此志喜再疊壬申癸酉

舉長次兩孫元韻

三索占祥疊抱孫紀元開歲迓

湛恩又欣硯北書麐弄敢比河東譽鳳騫點頷頻看新

竹筍傳呼堪笑舊柴門興宗未便誇英物湯餅含飴月

滿樽

元夜觀諸孫男女舞燈戲作四疊祀竈日前韻

元夜燈光照眼新鑺褕貼地蹴香塵魚龍綵舞娛佳節竹馬讙聲過隔鄰老子婆娑還逐隊童孫嬉戲各傳神回思六十年前樂火樹銀花郡閣春（予兒時隨宦嘉陽每歲元宵皆有舞燈之戲）

硯生山長賜和添孫之什三疊元韻報謝

忽枉琳瑯寵賀孫老慚書蠹守長恩駑駘櫪下甘長伏鯤化池中待早騫詠記瓜緜留傳舍（連歲滇廨夏間種瓜繁衍同人皆有題句指為佳兆）謀貽葛藟繞衡門銷寒近局將周遍彌月重聯軟腳樽

馬

子任農部惠詩賀孫次韻奉答

瑶篇捧到媲鸞凰為喜添孫返梓鄉吉語翻勞誇祖德
清芬更盼紹書香洗兒錢卜充閭瑞留客杯宜跨竈嘗
忝說庭階列珠樹箕裘業鮮治弓良

戲詠新年景物十首

土牛

當年五馬記行春土鼓泥牛滿路塵雪爪尚留邊郡跡
風光又見故園新願隨枌社扶犁叟甘作茅檐舐犢人
笑看牧童鞭不動陽春有脚屬賢臣

竹馬

騎竹驂騑羡少年五陵裘馬自翩翩長楸試走金絲絡翠篠輕籠玉勒驕驄使避來徐按轡郭侯迎去快揚鞭華燈戲逐兒童隊矍鑠渾忘白髮顛

絲鵝

巧製從來出洛陽鵝兒獻歲弄新粧絲絲挂處聽經妙線翅銜來舞日忙減腳窓宜蛛網繫滿籠纏向繭窠藏若教換去山陰道染翰還隨逸少傍

蠟燕

盼到新韶紫燕飛家家和蠟造烏衣丸泥可許窺珠箔團鳳争誇舞繡幃絳燭光中音下上畫梁深處影依稀

輝

阮孚侍試遊春屐斜掠東風羽正肥

畫雞

曉籌纔聽報雞人瑞鳥雙睛萬戶春貼畫雄冠能辟惡
鑄金長距善傳神褒封合與牖侯並圖象還同門尉新
葦索桃符齊插處鳳鳴舞彩慣司晨

綵蜨

蹁躚鳳子逐春朝翦綵紛紛簇翠翹五色輝揚迷海眼
萬叢巾撲滿花梢香奩孃娜金錢飾繭蜕輕盈粉黛嬌
謝逸豪吟莊叟夢蘧蘧仙種各逍遥

燈魚

天街買夜競張燈曼衍魚龍瑞氣騰燒尾門開星萬點冠鼇山挾浪千層海鯨炫耀雲梯見河鯉光明月窟登彩結露臺陳百戲新年樂事歎何曾蘇句

紙鳶

忽見飛鳶戾遠空紙糊亦自逞豪雄三春稚子誇凌漢一線阿姨肯借風跕跕輕隨蜂蝶舞翩翩薄怕燕鶯沖何人賣弄彈箏手竹管銀燈裊月中

粉繭

粉米良宵製繭絲口占多寫吉祥詞蠶眉細裹三眠肖犢角輕匀五色披利市卜來欣叶筮富饒揮處愛臨池

漫嗤微物關休咎綺合何妨鬥巧思

鬧蛾

簫鼓喧闐元夕多滿頭珠翠插飛蛾粧成淡埽連心蠒畫就微顰帶笑螺絲簇花燈盈鈿珥絲纓香草化紈羅歲時景物傳留遍閒補康衢擊壤歌

上元後三日帥紉珊太守約陪同人結歲寒緣館小集賦謝一律

一天風雨阻消寒連日大雨適鍾官城抱恙程心耕回鄉皆未與集且借新巢續舊歡暖熱依然開臘甕綢繆偶爾薦春盤細談東魯從軍久猶記西山却敵難紉珊前官山左及在里門屢襄戎事今日投林

晨老

同戢影莫辭痛飲酒杯寬

春日閒居偶詠用白太傅齋居春久感事遣懷元韻並傚其體

歸隱九經旬閒居自買鄰朝朝依酒伴處處訪詩人古寺常隨喜空齋淨埽塵消寒多有約把卷慣相親笑語孫和子優游主與賓好尋行樂地休負豔陽晨杖履堪娛老林泉穩寄身香山學追步七十四年春（原句今予適當其歲）

子任農部枉過敝廬茗話賦詩見贈依韻奉酬

新巢舊燕正飛回勝會題襟幾度陪閒訪西園重雅集漫誇北海不空罍韶光漸次催游騁錦製更番費剪裁

我
老我耽吟餘結習期君早作揆天才

家玉田從姪孫寄詩見懷即用原韻賦答並簡乃
翁小松從姪

香攀桂苑報丁年玉田於同治丁卯領鄉薦千里家駒得路先遠宦
身羈金馬地清華望作玉堂仙卅秋重飲鄉中水二頃
難求潁上田箋展魚書誦新句春波淼淼隔江天
愷園曾樂舊堂荊玉田祖居有荊樂堂及愷園予昔年歸里屢下榻其中因遭兵燹俱已蕩然無存
迴憶前塵百感生好夢連床池草詠閒情修禊竹
林行父書讀遍賢聲繼祖硯留看老眼明競羨孫枝桐
蔭茂還尋小阮結詩盟謂小松

贈方晚樵太翁時年八十有二

舊交白首尚如新，把袂相看面目真。三十年來同朽櫟予自道光丙午由里入都與晚樵一別直至去冬重晤迄今已卅載矣，八千歲已邁靈椿。觥籌酒陣誇豪飲，香火文壇記夙因晚樵酒量甚豪昔年肄業豫章及先公門下。鶴髮童顏欣入社，耆英管領洛陽春時擬重舉豫章九老會。

贈程雨田太翁疊前韻時年八十 蘭玉庭

西園花徑闢從新，退隱高風賀季真雨田近歲寓小西園。蘭玉庭多齊謝樹諸郎君皆已出仕游庠，偓佺罕下永媲莊椿。蒼虬古貌山中品，黃鶴前游世外因雨田曾官鄂省。尚齒會慚追履道，重聯九老畫圖春道光年間豫章九老消寒會倩令兄思泉翁繪圖題詠一時傳為盛事今予亦

擬仿而行之

子任農部見示祝雨田太翁八旬新什次韻奉答並呈雨翁

弧辰避客學清修（翁於誕日謝客）好句傳應開甕頭元紀五朝新歲月（翁生年為嘉慶紀元丙辰今歲又逢光緒紀元）壽齊四皓古春秋鳩扶翁合膺加賜馬齒吾慚遜幾籌笑指星精聚鄉里華顛共醉鳳鸞儔

積雨遣懷用查初白先生集中雨雪排悶韻疊賦二首

庭階泥滑足蹣跚繞徑徘徊策杖難梁壘遲窺雙燕影

被池尚怯五更寒衰顏借酒杯斟淺老眼攤書燭剪殘時事厭聞胸少累肯教井底起波瀾

沿街踏屐盡盤珊游侶相睽少二難花信更番阻風雨春光九十雜暄寒能知魚樂尋莊叟欲悟詩禪問嬾殘聽説連朝江水漲盈盈遠浦漾新瀾

新晴書事再疊前韻

晨曦透屋免蹣跚醞釀陽春自不難差喜乍晴停乍雨頓教輕暖減輕寒檐穿鵲語簧初囀爐裊猊香篆未殘卻憶淮南新霽後風迴桃浪早安瀾（去歲東河漫口江淮遍遭水患近日諒已修築蕆工）

研生山長賜題湘帆歸隱草拙稿用子寄懷朗山
觀察詩韻仍疊原韻奉酬

携得游囊一卷歸故園門巷舊烏衣春風又長王孫草
花信將探野客薇（薔薇號為野客）眼底雲山供嘯咏袖中詩本
認依稀自慚潄帚千金享斤斧還勞郢匠揮

峩峩道範媲蘇湖大雅扶輪仗宿儒桑畔鳩啼偕戴勝
周旋
庭陰鶴和遜林逋斯文主宰羣推子爾室周旋獨笑吾
古刹尋芳開士約風光不稱白髭鬚（香山句時梅庵上人預訂花朝）
法雲禪堂
看桃之局

桃花　令

養福齋續存稿卷二十四

奉新　宋延春　引龢

春分後一日花朝梅庵長老招陪同人重游法雲律堂看桃花歸至永福庵小集結歲寒緣館補作消寒會即席用舊句衍成二律紀事賦謝並呈諸君子

二分春色到花朝（用句）重訪城南舊寺寮不管種桃無道士且欣留客有參寥晴雲競吐層臺艷宿雨猶含半面嬌瞥眼滄桑今卅載劉郎前度又魂銷

二分春色到花朝拄杖風光慰寂寥村隔三三常夢想

事

圖成九九補寒消三村桃花最盛昔年屢經遊賞近聞已不如前矣清齋蔬筍饒真味幽境林泉謝俗囂難得嘉賓來不速平山烟景廣陵橋謂座中夏巢笙醝判甫自揚州于役回里

法雲堂看花感懷再賦二首並簡梅庵上人

琳宮改茅舍迷路失禪關歷劫花千樹吟詩屋半間爐餘峯石立徑曲竹籬環老衲圖恢復經營偶退閒舊廟全毀于兵火迨平定後梅庵僅就原址改築茅屋數椽聊為花時遊客憩息之所門徑皆非重來幾不識路矣

提倡懷前事重留此道場故人今宿草謂彭曉雲上舍賢守舊甘棠謂張子畏郡伯勝地多興廢吾儕共慨慷法輪期再轉古塔峙靈光寺旁繩金塔近年甫經重葺

仲春下澣許雲生學士自奉邑至省垣過訪話舊將赴鵝湖講席賦此奉贈并以送別

春明分手廿餘秋（自乙卯與雲生都門一別至今甫得重晤）戎馬音塵滯遠郵輦下故人縈夢轂邊陲軍事費紆籌拋簪自愧年增齒把袂重看雪滿頭悵觸鄉園無限感聊將茗盌話離愁（吾邑昔年疊遭兵燹雲生於去冬奉諱還鄉家居讀禮應聘出山）

名山風景憶鵞湖曾寫生綃執稲圖（予於道光辛丑壬寅兩歲忝主斯席繪有鵞湖執稲圖同人題詠佳作甚多惜已佚去）今仰宗工主壇坫羣推講學繼程朱游蹤何處尋鴻爪舊雨當年染鼠鬚（謂前鉛山邑宰吳鄉泠同年暨同邑余石園學博彼時常過講院皆有唱和之作）南浦春波重惜別聽傳

雅化遍枌榆

寄劉詹巖殿撰書并系二律奉懷

憶昔歌驪滕閣中伯勞飛燕久西東曩歲予入都時與詹岩章門話別承惠詩箋中有伯勞飛燕之句因原扇遺失不復全記廿年烽火銷塵劫萬里音書斷雁鴻慚我馬前曾草檄羨君林下亦從戎策勳遥聽能酬

國早荷頭銜

懋賞崇詹岩前在省垣襄籌軍務平定後敘功蒙　恩晉加三品卿銜

修

淋漓史筆擅三長攷獻徵文重梓鄉近年當道聘修江西通志高會耆英唐洛社達尊齒德魯靈光鳳鸞並濟清聲美諸令嗣文

孫皆已疊登科甲金石雖教舊契忘歸老蝸廬纔息影又思訪戴汎輕航詹岩家居永豐擬欲買舟奉訪

寒食日夏巢埊醝判約偕同人小集賦謝並簡宮城觀察

泠節偏教食不寒禁烟廚裏具盤餐携來明月二分好引得春風四座歡排日開樽愁酩酊登壇拔幟笑蹣跚宮城前詠看桃花詩有拔幟爭先誇二老之句謂予與研生也錫簫羯鼓催花信國色牆東許預看宮城訂於上巳賞牡丹昨過訪園中見花已半開矣

上巳宮城觀察園中牡丹盛開邀陪諸君子同賞先呈二律簡謝

集　憐

寒食清明都過了用句又陪勝集一番新名花雅稱開金谷禊事何妨效洛濱老矣繁華邊徼夢連歲在滇廨亦有讌賞牡丹之局天然富貴故園春回思紫陌聯游騎踏遍豐臺十丈塵都下牡丹以豐臺為最

雨絲煙柳春深候白袷風光上巳天傾國徒供妃子笑留賓幸仗主人賢新粧池畔流觴樂衰鬢花前對鏡憐千古清平推絕調沈香誰續舊吟牋

前詩已就夜雨未止春寒較甚再詠一律貽之並以解嘲

人情愛春色天意補消寒去冬消寒宣城因抱恙未作局連夕妬風雨

小闌花未殘莫教憐瘦損且許細盤桓乞取瓶甕供仙葩耐久看擬求分賜數朶以供翫賞

上巳後四日研生山長心耕觀察約陪同人小集來學齋先此賦謝

春光領畧過重三觴詠更番興倍酣花賞節前還節後主勞城北與城南兩主人寓分南北座中杜鵑盛開閒居方識名場苦交味何殊醴酒甘笑我遊踪似行腳又携蠟屐看烟嵐時予將由西山歸奉邑祭掃

李秀峯學博見示重三日官城觀察招集一榻軒看牡丹二律依韻奉贈並簡官城

城　紙

夙耳書帷誦玉杯，傾襟一見笑顏開。昨於官城座上甫得把晤蓮門悵阻高軒過，適承枉顧因他出未及款迎綵筆驚投好句來。曾向冰清叨麈論，近與令外舅汪少谷太守譚詩謬邀獎許早誇玉潤是翹才。皋比先試春風坐，鸞鳳休將燕雀猜。時秀峯權崇仁廣文篆

幾日江城都看遍，天香終占最高層。今春牡丹以官城園中為極盛後來君作探花使，老去吾隨退院僧。洛社清歌留白傅，香山有牡丹歌蘇門長嘯慕孫登。新篇稠疊爭鈔處，傳唱應教紙價增。

朱頌卿學博由奉新寄示甲子冬與高安蔡詠仙廣文豐和庚字韻詩十六首即次元韻酬答並

倚咏

寄詠仙

燕臺遠别歲頻更兩君皆於乙卯在都門一別迄今已廿餘年矣久宦徒嗟白髮生忽捧珠詞穿乙乙欣聯錦句綴庚庚數符元愷奇才並交異崔盧老眼明重近皋比歸梓里詠仙時遷廣信郡博豫章廣厦倚孤撑用晁補之詩句

子任農部見示謝研生心耕兩君招集來學齋長律依韻答之

二難四美喜相兼妙手金鍼細細拈剝啄殘輝雲五朶籠紗價重字三縑遨頭把琖追工部婪尾擘盂詠子瞻杜宇催歸鄉路近吟鞍穩跨句新添予日內適有里門之行

彥甫園中芍藥新開戲詠一絕乞之

名園曾記賞花時笑對春風醉玉卮料得藥欄新吐豔
一枝還乞贈將離

落氏途中曉行口占

晨起辭茅店行行近雅溪安輿殘夢續遠市曉烟迷水
足分禾插林深布穀啼枌榆重指點恰在厥原山名西

宗祠春祭禮成感懷述事恭和　先大夫集中展
謁　祖祠原作十二韻呈諸族長暨示眾子姪

聚族居安久承庥序轉頻宦游逾卅稔歸祀及三春堂
構瞻仍舊滄桑迹已陳咸豐年間鄉里迭遭兵燹祠宇幸得保全先型稱則

珮

古勝地德爲鄰儼若神靈降依然井里均老成雖漸謝
後進喜方新世業繩弓冶家風列珮紳徵文期補乘衆議
續修
宗譜報本重明禋憶洗豐功甲曾叨
巽命申覃
綵綸頒日下綽楔表天垠是日祠中恭懸恩一品封典扁額厚澤
根流葉榮名實副賓誦芬慚耄齒敬愛合尊親

祠中喜晤族姪孫雲浦大令賦贈

登第欣符四癸年秕揚愧我早居先吾族自道光癸巳予倖雋禮闈後至
同治癸亥雲浦春官報捷計已歷四癸千矣燕詒祖訓能繩武鯉對親庭更
象賢美譽名駒誇得路新硎試手記烹鮮棠留南國

次

還西笑攬轡高吟蜀道天雲浦以邑宰初分川省因告近改掣皖南曾權歙縣篆現已服闋仍將赴蜀補官

寶臺山會祭　先尚書莊靖公祖塋敬賦

瑞叶牛眠仰寶臺葱葱鬱鬱氣佳哉萬千峰裏羣靈護四十年間三度來自道光庚寅甲午至今歲凡展謁三次清節衣冠宜裕後詒謀鐘鼎篤因材升香蹴踖虔酬貺祖澤同霑雨露培

重至縣城假館登瀛集有懷帥石村侍御前輩並簡令嗣石生茂才

舊館新巢認邑城當年學步記蓮瀛梓鄉遺範留鴻爪

桂籍重登讌鹿鳴借榻容吾安旅況肯堂有子紹家聲集為前輩倡建多年石生近歲經理局事尤稱完善馨香共薦符輿論合享千秋不朽名時予偕同邑紳耆為前輩呈請從祀鄉賢

新吳官廨感念前邑侯鄒松崖師并引

師諱山立山東茌平縣人道光辛巳宰吾邑時予應童試蒙拔取榜首入泮迨癸巳予倖捷春闈師已告歸林下曾屢趨謁里第不久師即返道山至咸豐年間粵逆竄擾山左占踞馮官邨即師故里也今重瞻廨宇追仰遺徽不勝西州之感云

品望峩峩岱嶽尊曾邀月旦及師門一軍許冠出頭地
卌載睽顏感舊恩錦里遽遭桑海變琴軒猶賸雪泥痕
我來又喜逢文戰白髮青衿與細論邑中正舉行童試

立夏日羅坊仙游覲後山祭掃　先塋禮成次答
從姪孫玉田孝廉元韻並示兒孫輩
椒漿豐酹禮崇禋初服依然退老身報本長懷先世澤
興宗還望後來人烟蘿指點鴻泥舊水木迴環馬鬣新
告奠焚黃符宿願兒曹勉力荅
瑤宸

冶城彭拾衫從表孫上舍款留下榻祠館詩以酬

之

青山影裏渭陽家，四十餘年認水涯時重祭謁先外祖塋老去多慚稱宅相，重來不覺鬢霜華。庭椿遺蔭思林竹，池草前吟感棣花尊甫蕉溪令叔寅谷俱早謝世諸昆季春埜少溪亦皆作古深為黯然。昨過吾盧欣話舊，留題好句已籠紗拾衫前月過訪省寓見贈二詩

田家

田家風味好，信宿共盤桓。雞黍留賓雅，桑麻把酒歡。農功勤作息，穡事話艱難。一幅豳圖景，重揩老眼看。

雲浦族姪孫見贈先芬集並疊和詩六首仍用原韻賦答

祖硯留傳憶昔年誦芬羨子克承先一門梨棗心儀切百讀香芸手澤賢出谷待聽鶯信囀超宗更盼鳳毛鮮乃郎方應童試竹林情話添酬唱正是桑濃麥熟天

題徐杏樓表姪廣文避兵草及時務策二絕

一編曾擁舊氊寒戎馬堆邊棄冷官杜老悲吟賈生策箇中三昧解人難

我亦紓籌老守邊同經烽火病相憐歸田重話滄桑事快讀桃源避俗篇

連日與家桂峯小松兩姪歡聚喜賦即贈並示諸姪孫輩

馮川橋畔笑顏開老阮頻勞小阮陪大好溪山鄉俗美
最難風雨故人來用句時桂峯自高安鄉居至此暢敘同庚齒序吾差
長後甲齡添爾未衰桂峯與予同生於壬戌十月後十餘日小松誕於甲戌今亦已逾花甲矣臣叔雖癡看繼起家駒各騁不凡才諸從孫多有應小試及赴鄉會闈者

久雨不止作此排悶

連朝閣雨復凝雲檐溜淋浪徹耳聞遙想飛泉穿石磴
又添新漲滿江濆哦詩枯坐喜賓至翦燭縱談忘夜分
旅館悶愁消幾許茶煙輕颺篆香焚

梅仙姪孫茂才題贈湘帆歸隱草二律依韻答之

蚤聽吾宗有白眉相逢快釋夢中思謁從羣季聯吟處
猶記親闈共硯時尊甫㟃堂姪昔年與予同肄業豫章講院往事渾如雲過
眼閒情剛喜雨催詩好將五色生花筆去獻明堂清廟
辭
林間又見小於菟合繪趨庭學禮圖乃郎美士亦已游庠
經羨橋梓青氈垂範效蘇湖棋仙美士皆授徒鄉塾新雛養翮將
騰漢老驥歸閑尚識途指顧秋香探月窟榜花齊燦叶
佳符

清和上澣十日雨後由奉新旋省偕諸從孫輩重
游九天閣登眺話別途次再成二首寄示疊用

前贈雲浦從孫韻

舊閣重新化鶴年登臨有約導吾先閣因前遭兵燹嗣經重修雲浦昨曾登覽賦詩和韻見示并囑予往游千秋興廢留名蹟百戰標題緬昔賢咸豐年間曾文正督師克復邑城諸紳耆設凱讌于此公書題楹帖有百戰山河之句虬嶺遠凝烟翠溼虹梁低映墨華鮮愧無謝朓驚人句珠玉依稀落九天

竹林游仿永和年宿雨初收喚渡先地傍馮川誇獨秀家同阮氏集羣賢預占雁塔題名瑞閣前後有迴瀾岐峯二塔分峙待看龍舟奪錦鮮吾鄉端午向有競渡之戲小聚分襟還訪勝蓬瀛咫尺近壺天別後又將赴許仙屏太史招遊玉芝園之約

讀

逍遥山瞻禮後晚宿生米鎮詰朝買舟旋省疊用
久雨元韻
剛撥仙壇萬疊雲又過野寺暮鐘聞炊烟斷續投村市
漁火依稀指水濱游跡匆匆勞筆詠故文戀戀惜襟分謂仙屏太史何當歸讀北窗下細剔蘭缸繼晷焚

許仙屏太史惠贈四律次韻奉酬歸後卻寄
憶從衰暮宦邊疆非復當時白面郎返岫纔容謝華組
班荆先枉賁瓊章新炊喚醒盧生夢故里慚稱魯殿光
回首春明分袂日卅年兩鬢歎如霜自道光末年與仙屏都門一別直至今春邑城重晤忽忽已將三十載矣

烽 鄉

孔李通家託素心久聞庭誥昺良箴請纓壯志參戎幕
簪筆清聲入翰林西夏鑑衡卿月朗南陔眷戀壽星沈
居廬讀禮當餘暇踐約來逢三日霖曩歲仙屏曾從戎江左數年嗣
即報捷南宮蜚騰詞館豐司文枋出使黔秦近因乞假省親里居奉諱昨荷見招冒雨走訪信宿而別
鑾儌重開選佛場桂秋讌啟鹿苹觴探珠目炫牂牁市
織錦手分雲漢章萬里鴻泥同一轍二難鳳藻競三長謂令兄雲生宮允
尺書燹道銷烽燧共話前塵各渺茫同治己巳黔省
軍務觕定特開鄉科仙屏典試此邦得人稱盛予時承乏滇垣彼此通問去秋請告言歸道過金筑猶聞輿頌弗衰
娛親曾效老萊衣阡表瀧岡願不違挂劍肯教塵榻負

東㽞遲悵片帆歸高風寂寞嗟同社耆宿蒼涼隱少微
訪舊倍添今昔感跫音休悋往來稀仙屏前於假旋後新構園亭承歡侍養春闈卜葬禮成出示自撰尊甫墓誌克盡孝思

子任農部賜題近作依韻答謝

客裏風光荏苒過家園難覓舊庭柯門添新進賡酬樂
詩寫閒愁感慨多愛我鴻詞慚獎借老來蠹簡慣消磨
倦游初返將清暑準備芳樽共飲和

玉芝園歌倣柏梁體七古一百韻寄贈仙屏太史
並簡族姪孫雲浦大令

新吳山水真仙鄉靈源廬阜鍾潯陽華林馮川衍派長

百年形勢森開張朱門甲第遙相望一從浩刧嗟滄桑
梓澤幻為荊棘場繄昨投老離鑾荒收帆覽勝浮沅湘
胸羅五嶽撐中腸恨不排空登天閶蝸居息影聊退藏
歸探陳迹履道坊雲烟過眼都茫茫有客好我賡周行
別見人間大文章我聞聳立心傍徨蓬萊疑在海中央
豈知奎宿騰雄芒神仙上界官府光奇境早闢天一方
名園咫尺非尋常念昔結交皆老蒼招邀折簡何忽忙
纔臨棨閣拋輕航乘籃得得過崇岡五都市炫七寶妝
縱目驚覩平泉莊樓臺縹緲千仞翔珠簾畫棟迎晴暘
主人揖客眉先揚陪從況逢阮氏郎導我共登綠野堂

衰　廟廊　凤　珊瑚籐　圖

衰顏晤對喜欲狂到此不覺塵俗忘阿咸細話景物詳
廟廊曩歲兆產靈芝祥嘉名天錫多餘慶太史陳情辭廟廊
宮衣借舞萊衣颺承歡彷彿盤谷傍匠心獨運結構良
若翁杖履神明强板輿親捧游倘徉飲且食兮壽而康
烏私願幸已償仙人騎鶴還銀潢於斯憩蔭同甘棠
我來瞻眺欣洋洋南樓煙雨西澗涼舫齋楊柳環蓮塘
來青𧸘綠初分秧在山泉瀉珠浪浪滿谷珊瑚藤架梁
菊潭蓉嶼蔬圃香碧欄橋外叢桂黃一拳三島爭低昂
水邊籬落梅信剛麀馴鷗逸機無妨松洲爽籟喧笙簧
廿四美品題極枋巧思綺合工七襄輞川圖畫長吉囊

春花秋月閒評量甫里茶竈兼筆床一邱一壑還就將
半生足蹟窮巖畺此中佳麗惜未嘗何幸晚節安豊穰
快識面目如盧匡扶筇力倦愁循牆賓筵又貴傳壺觴
侯鯖郇饌菡漱芳醍醐灌頂傾天漿酒酣興發開巾箱
古器爛熳陸賈裝商彝周爵尤輝煌秦瓴斑駁漢瓦當
珍品紛列多琳瑯搜奇嗜異廉不傷矧復萬卷盈縹緗
牙籤玉軸誇曹倉新雛喜見小鳳凰君家騏驥偕騰驤
下肥稻梁兹游笑我眼福臧
橫空雁序遥頡頏鷺湖山下肥稻梁兹遊笑我眼福臧老
當益壯休頹唐樓頭下榻歌芝房夢尋烟景猶褰裳
晨携弱息穿修篁曾經海若觀瀛滄不鄙俗客終慚惶

撫今追昔慨以慷襟痕袖本露盟薔待覓手筆荆關彰
卧游高挂東西廂作歌自哂吟寒螿瓦缶詎敢諧金璫
清音滿耳留鏗鏘

官城觀察見示雨坐感懷四律次韻奉答

投林倦鳥各飛迴惆悵江南庾信哀當局爭誇操勝算
旁觀漫妬軼羣才悤悤游屐青山過颯颯催詩白雨來
蘇句
驀聽敲門傳簡急驚人奇句頓懷開
紛紛蠻觸競雷同橫槊居然一世雄幾輩沙場歸馬革
當年銅柱表烏蒙窮邊幸免烽烟刼老去遑論竹帛功
髀肉久生還自惜也曾談笑却西戎

劍氣宵騰貫斗牛從來寶物重鏤音盧鉁漏危汎濫憑誰
補攬轡澄清莫解憂楊墨毛錐滋橫議鼎鐘肉食乏良
謀健兒兀自驕身手走馬長楸勒錦韉
退閒依舊愛三餘歲月駸駸且著書遠客曾隨思北雁
迷途難辨指南車鐘鐻舞態羞羊鶴繾綣殘行別豕魚
高卧又尋銷夏樂料量茶半與香初

夏日得蔡芥舟觀察羊城來書賦此寄答疊和癸
酉冬閒滇垣留別元韻

三年悵隔笑言親一曲湖光乞季真宦海君為同氣友
名場我是息肩人北游京洛添新詠南望朱陳憶舊姻

嶺駐佀

越秀山連章浦水傳來六六尺書鱗芥舟於去夏入覲請假出都旋里
近奉檄于役嶺南
愧無丹藥駐童顏退院僧慵靜閉關開路驊騮多稱意
倦飛弱羽久知還句蘇杉榆社侶談嘉蔭芥舟前曾久宦吾鄉蝴蝶
吟牋侍遠頒準擬探梅過庾嶺重尋泥雪快追攀予昔在道
光年間兩游粵東
今尚欲買舟奉訪

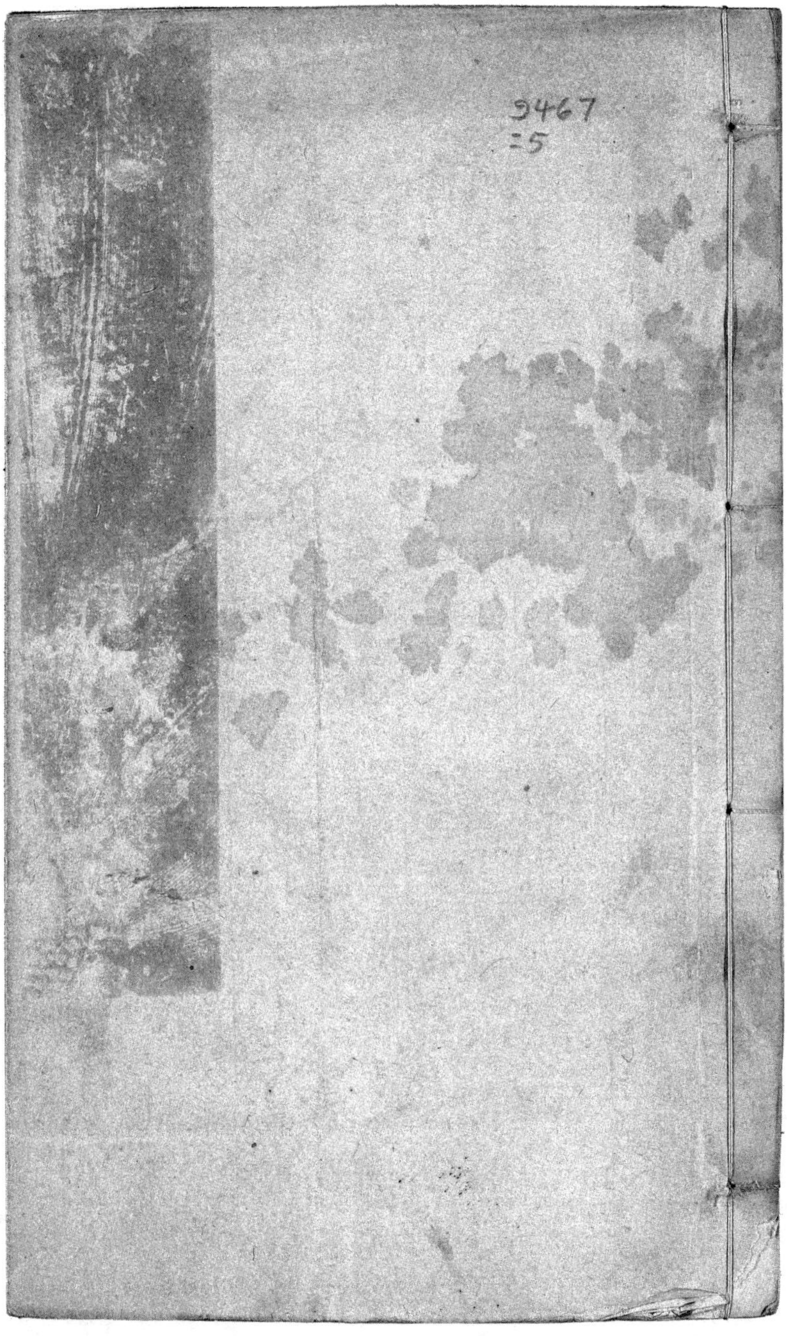
9467
=5

養福齋續存稿卷二十五

奉新　宋延春　引龢

端一日園丁送來紅榴黄菊二種置之齋頭偶成一律

端陽預借作重陽買得榴紅菊並黄照眼初明五月火
餐英不待九秋霜欣從蒲節添風景好比葵心向日光
清供兩般娱老興浴蘭懸艾又稱觴

研生山長示和近作知書院榴花盛開口占一絶乞之

薰閫道安榴滿院紅昔年曾對午薰濃一枝倘許分餅供

絳帳重教舊雨逢

重午前二日喜晤徐聖秋醝判惠詩索和依韻答之即以送別

庭椿林竹舊音塵（昔年與尊甫令叔至交）投老慚為隴畝臣雅度思翁文若水華年羨子筆如神二三知己堪消夏千萬何時共買鄰把袂論詩翻惜別江南去作宦游人（時赴維揚需次）

端午即事疊用端一日韻

家園蒲艾又端陽梅子紛紛逐雨黃益智絲纏臂閒縷衰顏鏡鑄鬢邊霜奪標士勇馳文陣競渡舟停隔水光

鬢

笑看兒童簪繭虎老夫獨醉九霞觴（時郡中正舉行童試章江近歲已無龍舟）

題孟子卿大令慈蔭圖小照

慈雲覆處博親歡千畝胸中翠萬竿燕寢香清琴韻古
板輿常奉起居安

堂北萱榮祝母賢一門橋梓羡家傳好將寸草春暉意
寫入新圖樂藹然

蒔花執竹訟庭閒簿領從容坐嘯閒蔭滿蘭陔聞鶴和
孫枝孝笋慰慈顏

歸息枌榆聽口碑丹青快挹紫芝眉願推慈母紗幮愛

滿路人呼衆母慈

仲夏竹醉日硯生山長招陪同人小集來學齋先此簡謝

攜得烟霞滿袖回最難風雨故人來用句予月昨遊西山甫歸適閻養素方伯冒雨至省賞花忙過春三月醉竹還澆酒百杯畫詠琅玕頻擊節文投針芥共銜杯子卿邑侯索題慈竹圖研生詩先成時郡試尚未竣事南皮高會從今始沈李浮瓜次第陪

次答研生是日雅集元韻

近局重聯舊雨新肯教梅黦負良辰論圍 買景剛宜夏繞屋成陰轉勝春酬酢屢煩東道主酣眠應效北窗人

引來珠玉慚形穢舌有風雷筆有神蘇句

五月望日爲大端陽節奉邀諸君子蒲觴小酌疊用竹醉日簡研生山長韻

善飲羣誇李萬回謂養素方伯端陽重會衆仙來肆筵客晝葫蘆樣嘗酒兕斟瀲灩杯不陸句和仲新醪曾奠斗東坡於是日造真一酒拜奠北斗見志林伯倫雅量慣猜枚玉山幾輩皆頹倒酩酊誰將大戶陪

部郎

夏至前二日子任農部彥甫部郎約陪諸君社集仍用春闈兩君約賞牡丹原韻賦謝

醉竹斟蒲遞隊忙又招裳屐補端陽霪霖悵未除蛟穴

連日苦雨聞罔西山近被蚊患所致清暑歡宜餉鶴鶬襛襶何人先觸熱芙蕖計日快凝粧座中客有綢繆策欲種成都八百官城觀察時有江桑城創興蠶桑之議和

長夏卜居二首恭和　先大夫集中舊作元韻

卜築當留地有餘菟裘營就待移居數椽莫笑鳩巢占一紙還將馬劵書差喜遷喬棲咫尺更謀繞屋樹扶疎俯慚堂構懷遺業中隱何時復遂初先公舊宅在上柴巷有遂園中隱廬此屋已出售多年矣

廿年傳舍憶滇池敢詡清名畏衆知歸傍東湖容榻借老從南郭避竽吹聯吟好友芳鄰近閒課諸孫左塾宜

林園

幸託烏衣舊門巷田家本事入新詩（田山薑有移居詩一時名士和者甚衆）

汪少谷孟于卿兩邑侯移樽晚香圃招陪同人小集席間賦謝

暑雨新晴蔀屋歡連朝執事禱晴有應公餘折簡許盤桓雙旌地借林園勝五月江深草閣寒（杜句日前水漲天涼）為政風流推領袖斯游河朔快巾冠清尊共酌廉泉味香滿郇廚笑素飡（予適因腹疾戒茹葷）

日來酷暑偶成一律疊前韻

杜門避暑懶追歡忽聽芳鄰笛弄桓（昨夜聞笛）欲覓鎮心瓜

辦美何來解渴蔗漿寒尋詩有興閒扶杖觸熱無勞久
挂冠一笑炎涼今昔異[予游宦滇南廿載夏間從無此炎熱]優游嶮景强
加餐

夏夜獨坐納涼聞鄰笛有感

誰家玉笛暗飛聲[用句]吹過中庭暑氣清記得陽關歌隔
歲今宵堪慰故園情
昆明池畔幾同心月夕花晨共賞音此調渾成廣陵散
高山流水感人琴[滇中僚友多精於音律者]

王丹臣太守枉過敘舊惠贈自繪團扇並書見和
四詩率賦奉酬

久聞伯氏譽王郎才冠吾軍氣早張君是圭璋誇特達我同穅粃愧先揚看花果見游瓊島獻賦端宜貢玉堂重話鴒原符月旦卅年猶戀舊門牆太守籍隸楚北興國昔年先少梅伯兄作州牧時最為賞拔洎太守捷南宮入詞館兄已不及見矣觚稜回首夢蓮瀛緌服娛親捧檄行天上鵷鸞辭勝侶江邊琴鶴播新聲畫書詩妙稱三絕歸去來慚了一生昔款今情滿懷袖奉揚忝作老編氓時太守以堂上年高改官江右為祿養計予適請告里居藉得把晤執禮甚恭

題友人畫幀二首

丹青推顧陸妙寫鄭當時坐愛梧陰靜談深茗味宜高

添

風寄泉石壽相見鬚眉瀟灑娱清福香添蘭桂枝
丁卯橋邊客南州作寓公蒼松新畫本黄嶽舊家風嘯
向幽篁裏神傳阿堵中林泉消夏美携手笑兒童

初伏前一日養素方伯邀陪同人晚香圃小飲用
杜工部重遊何將軍山林原韻五首紀遊志謝

老境宜便（平聲）靜炎歊倦枕書題襟來雅約消夏有精廬
杖策閒隨鶴濠梁樂羨魚山林在城市别築子雲居
河朔頻開讌芳樽記屢移誰嘲觸熱子我怯倒綳兒高
隱從盤谷清游續漢陂秋容預培植消息透疏籬（圃中種菊苗最盛）

井々蓮葉々采田々 荷花生

樓臺多近水，幽賞趁良時。舊燕仍依壘，新蟬好入詩。（座間聞蟬聲，此予宦滇廿年所未有也）座輝蒲柳色，槃雪藕菱絲。獨惜知音少，偏難遇子期。（江城精音律者甚少）

謝俗無車馬，花閒午漏長。酒兵誇拇戰，茶客鬥旗槍。熱汗塵揮箑，酣眠夢熟粱。輕風上涼月，競欲泛餘皇。（舟名）

香山傳韻事，洛社會耆年。圖寫千秋像，詞傾萬斛泉。瓜畦浮井井，蓮葉采田田。勝集追前軌，壺觴更灑然。（時擬於荷花生日重舉九老會）

豫章銷夏後九老會詩 井序

光緒紀元乙亥六月二十四荷花生日仿唐白

傳香山九老會及宋文潞公洛陽耆英會故事約林下諸賢於洪都百花洲置酒銷夏合尚齒之會同集者為方晚樵學博錫庚年八十二程雨田貳尹啟泰年八十曾秋帆比部作舟年七十蘇虞階漕帥鳳文年六十九劉養素方伯于潯年六十九鍾官城觀察秀年六十八帥紉珊太守嵩齡年六十七胡研生京卿壽椿年六十五暨延春年七十四並邀詩僧梅庵慧霖年六十九附列會中賓主凡十人留連竟日既醉且歡予敬倣 先大夫集中道光乙酉豫章九老

銷寒會用司馬温公耆英會詩元韻謹賦二章
呈諸君子用誌高年一時盍簪之樂且留為異
日江城佳話云爾

盛會江鄉五十春當年手澤記來真名園圖像傳逾久舊繪有九老圖小照懸之小西園壁上老輩風流樂不貧帬屐又聯新與舊獻酬追陪主和賓香山故事今重補入座還添方外人香山九老會中歸洛僧如滿後至附於圖右今梅庵同與會

紀年七百十三春同集十人齒數洛社耆英慕率真地占湖山宜卻暑園收芋栗未全貧用杜句鼇亭壽介觀蓮節鹿讌香迎折桂賓時秋闈期近笑引碧筒齊酩酊華顛誰羨熱中

官

人

前詩意有未盡補作長古四十韻再呈諸同人

火雲如織張晴空江城伏暑方隆隆河朔南皮久寥闃
清涼世界東湖東云為荷花作生日先期折簡忙奚僮
林下諸老一朝集龎眉宣髮多歡容問年七百十三歲
尚齒列坐芳筵中老千高隱裒居首耄齡飲量尤豪雄
（晚棋太翁）猜枚慣與伯倫鬥長鯨一吸傾千鍾（養素方伯）伊川矍
鑠善藻繪曾寫黃鶴追仙蹤（雨田太翁）彈棋羽客來不速勝
欣敗喜玉局翁（虞階漕帥及松隱道人）騷壇執耳讓仲偉詩評爭
羡品鑑工（官城觀察）皋比分擁誇月旦蘇湖道範偕南豐（研生）

競

京卿秋帆比部況有枌榆吏廉靜宦成鄒魯棲蒿萊紉珊太守香山故事今補闕遠師入社支吟節梅庵開士笑予閒坊非履道耆英領袖推羣公繄昔趨庭尚年少豫章九老瞻華嵩壺觴疊舉會佳日杖屨親侍娛春風丹青尺幅壽相現雲烟過眼嗟匆匆前塵迴憶逾卅載舊游歷歷羅心胸積水潭邊錦璀璨尺五莊外珠玲瓏於今夢想若天上何時重踏紅塵紅一自遠宦覊烏蒙西南陟遍千萬峯搜奇競欲窮絕徼選勝差喜銷邊烽昆池翠海幽賞愜湖樓買夏環芙蓉忽謝簪組換蘿薜天涯到處留爪鴻歸田何幸結閒伴今雨舊雨常過從鄉邦盛會忻再覯

後

平泉綠野將毋同境接徐亭與蘇圃席聯玉面還方瞳一樽羣起為花壽四座滿引彎碧筩齋廚偶持太常戒冰桃雪藕伊蒲供酒酣耳熱任真率紗巾齊脫紈扇慵絃歌雖無絲竹雅景物休慨滄桑逢吾儕及時貴行樂天假歲月期無窮皓首矧當太平際康衢擊壤隨耕農前賢遺韻續佳話讙笑白叟兼黃童玉山頹倒訂後約良宵桂楫波溶溶（將有中秋汎湖之局）月圓花好各稱意晚節共葆如喬松二難四美快并具六朝十老傳洪濛（杜洪濛唐末人工畫時擬倩友寫照繪圖）千秋此會垂不朽優游懷葛何沖融圖成詩就庋花島山僧他日添紗籠

来蕊

立秋後二日喜雨對月遣興七月十日

蓮廬無計避朱炎落葉秋先報短檐雨挾雷聲千點驟暑驅涼信一分添洗車纔過星橫漢展簟將眠月入簾恰好盆蘭新吐卉晚來香送蕊纖纖

盆中素心蘭初開詩以美之疊前韻

空谷幽人不附炎雙江移供向茆檐花為友人自贛州攜來者芬傳祖硯姍姍詠秀比孫枝細細添清露同沾金井葉素心相對水精簾荷裳蕙帶宜紉佩雅操家風愧宋纖

祝曾秋帆比部山長七十壽七月二十二日

京國聯鑣日匆匆三十秋雲司標宿望月旦羨從游香

共

辦南豐接耆英洛社侔古稀逾矍鑠絳帳頌添籌時主友教

講席

久别憐衰鬢重逢慰素心華顛多舊雨蓮社共新岑門

下鳩扶杖庭前鶴和陰欣隨鄉有秩爵侑介眉吟

秋晴望雨成什再疊喜雨元韻

大火西流景尚炎憫農心事在窮檐起瞻碧漢浮空靜

為盼甘霖應候添涼透秋光侵竹榻暮占雲氣捲珠簾

神功定慰須臾望喜賀雨詩先潤筆纖當事時方禱雨

八月朔日復喜大雨三疊前韻志賀

好雨崇朝乍奪炎淋漓勢預灑風檐涼歸高樹秋聲送

澤潤通衢道氣添是日鄉俗賽會極盛黃隴雲鋪携弱笠朱衣晝靜下重簾主司涖省瞬屆入闈農功畢竟貪天力四野腰鐮比月纖時秋穀將次登場

芥舟觀察自嶺南寄和春閒奉懷之作又見示近著各詩因次元韻四章酬答並祝六十初度

新秋雁影度江城捧到郵箋玉屑清凱曲曾將朱鷺奏強臺猶憶碧雞行邊陲蠻語聽來慣天上鈞韶喜早賡遥羨精神如海鶴宦游身狎野鷗輕芥舟去夏入都展覲乞假旋里

羅浮仙境戀家山彩蝶翩翻五色斑窺鏡未容添白髮乞砂何待駐丹顏人誇衣錦歸桑梓君笑持籌近闤闠

料檢文書官事了題襟依舊樂餘閒芥舟占籍惠州時奉檄轉餉羊城公暇仍與同鄉諸君唱和雅集

滇池六載久同舟退老林泉雪滿頭駒隙匆匆縈舊夢

鴻泥歷歷話前游常懷啖荔留題在快把尋梅宿願酬

買櫂倘乘腰腳健心隨珠海共悠悠子前寄詩有探梅庾嶺重游穗垣之約芥舟和什中促之

坡翁周甲壽觴浮芥舟生於丙子與東坡同枌社連床有子由鴻案

相莊培玉樹鵬程得路步瀛洲五令嗣海珊孝廉將赴試春官宮袍待

換萊衣舞綵筆還誇錦句收桃獻遲憑青鳥使蟲吟敢

媿鳳鸞儔

祈 行秋

族姪孫雲浦大令寄示賜題湘帆歸隱圖及同游玉芝園見和七古各一百韻並近什四首次韻酬答

吾宗多俊彥小阮表儀型製錦才華露揮毫鬢影星會聯林竹盛詩寄草堂靈風度期他日登朝羨九齡

別久慳萍聚言懷仗楮公名駒方播譽老驥漫論功甘澍祈優渥炎歊避藴隆時因天旱禱雨豫章材正茂桂斧選良工省垣將舉行秋試

湘帆載石歸清敢比胡威蓑笠償初願簪纓悟昨非歲占黃稻熟秋報碧梧飛社燕雖如客還尋舊壘依

老境吾躭句詞場爾向榮（用句）苦吟羞祭獺餘味美言鯖
串疊千珠爍泉流萬斛清偏師攻不易五字抵長城

寄和雲浦詩後再系二絕

記否春深穀雨天雅溪馮水共流連玉芝同訪園林勝
引得驪珠顆顆圓

鄉籚三徑久徘徊騏驥原非百里才早盼閶雲重出岫
秋風一櫂渡江來（來詩有買櫂到江城之句）

八月上澣五日約同族秋賦諸子姓桂觴小集賦
此志賀

百年科第盛吾宗雅水流長秀氣鍾一賦芬傳梅韻古

三秋香薦桂樽濃華駒衮衮家聲繼苹鹿呦呦式醼逢老子婆娑對羣季榜花齊擷笑扶筇

會垣舉行秋試感懷一首

詠罷霓裳笑白頭歸逢文戰在南州槐黄又踏萬千士（吾鄉近年秋賦士子多至一萬五六千人）桂紫曾攀五十秋見獵喜還搔技癢觀場老更豁衰眸宗工藻鑑吾原識重羨珊瑚鐵網收（正主司王一梧中允庚午科典試滇南予曾親炙）

中秋前三夕看月偶成疊前韻用捲簾體

涼雨徐將暑氣收蟾光入夜洗昏眸一湖蓮補花洲景（近日東湖荷花盛開）七椀茶煎試院秋何待羨魚纔結網漫憂無

蠏有監州予久官滇南地不產蠏今幾里居可持螯大嚼矣堂開鳳味冰壺朗
早識朱衣暗點頭

中秋夜與家人賞月有感

廿年邊宦負良時今夕團圞樂不支偕隱雖無操臼婦
承歡尚有析薪兒蠻烟瘴雨驚前夢去歲黔陽途次中秋遇雨香霧
清輝感舊詞贏得頹齡還醉月童孫繞膝笑含飴

中秋後二夕月色甚佳疊賞月元韻

冰輪莫惜已過時對景還將短策支壤擊康衢偕白叟
牋分雅韻比紅兒難追牛渚江舟興重唱瓊樓水調詞
畢竟清光遲更好回甘蔗味美如飴

養福齋續存稿卷二十六

奉新　宋延春　引龢

秋分後四日程雨田封翁招陪同人小西園桂觴雅集敬用　先公集中庚寅秋分前二日小西園賞桂舊作元韻疊賦三律申謝並呈諸君子

次第看花直到秋用句名園喜爲寓公留小山叢舊宜招隱諸老身閒便退休仙果愛從金粟證天香多趁羽觴浮蛆濃莫更嗟遲暮豪飲還須讓白頭

須讓

消夏聯吟復賞秋每逢佳景便攀留斫來仙斧煩吳質悟到禪機羨貫休謂梅庵桂石前塵烟影散法雲堂桂石山房木樨最

見贈插瓶

一

半

盛惜已毀於兵火鉼甆清供露華浮先期折枝見贈插瓶一枝高折梯雲近領袖何人最上頭秋闈將次揭曉記誦先芬卅六秋花間猶認爪痕留半池水漲波微皺幾樹涼新暑盡休晚節常隨松菊伴芳蹤好並鷺鷗浮重添粉社耆英會醉客勞翁貫杖頭

次日再詠長古柬謝雨田太翁又敬用先集中戴皆山相國招陪小西園賞桂元韻

曉起晴檐聞鵲語秋色平分過社雨西園主人折簡招風送樨香滿街吐座間半是九老賓妙手欲對花傳神時訂期倩友人各寫小照蘭亭粉本歎陳蹟龐眉空想畫中身壁間舊懸

(九老消寒圖久已失去)仙翁矍鑠拈花笑壽相八旬光四照齊年惜阻太素(梁灝字)蹤(是日遲方晚樵太翁不至時年八十有二)高寒競唱東坡調觥籌交錯旨且嘉庭階古幹尤騰拏百歲靈椿祝黃耇五枝重見燕山花

程藕生茂才以尊甫雨田太翁自繪梅花紈扇屬題賦此應之

清標本是不凡才愛日趨庭賦玉梅怪底阿翁閒染翰春風預寫百花魁

一枝老筆羨橫斜鶴骨松姿扇面誇顧子心腸如鐵石和羹事業媿吾家

謝黃海帆上舍寫照一律

自笑蒼顏白髮身翻勞妙筆為傳神凌烟敢許功留像浮海曾邀客寫真予前宦滇時曾有法蘭西人為繪小照笠屐一場坡老夢梅花千樹放翁春披圖攬鏡忘人我面目今番刻畫新

九日約諸同人滕閣登高晚集永福禪林結歲寒緣館賦詩紀事即席奉簡

染壁

眉

雨餘山翠滿晴郊卅載重登傑閣高王子雄文新染壁翁覃溪先生舊書子安原序近歲修閣落成重刻壁間劉郎佳節負題餻養素方伯先期回鄉不及與會華顛落帽眉齊展健步拋筇氣倍豪鄉社年年

嬾齋

同此會莫辭把酒更持螯

選佛場中鼎已開天香吹送榜花來是日秋闈揭曉誰將文字誇傳鉢又結因緣快舉杯晚景尚遲黃菊圃晚香圃菊尚未開舊游回憶碧雞臺笑余性嬾耽吟癖老衲無煩刻燭催

重九小集子任農部先以長古見贈次韻奉酬

天霽茱萸節秋爽芙蓉裳選勝集屐結交皆老蒼駕言欣出游乃在水一方雪泥訪舊館風雨催重陽鄰友瑶華投二仲推求羊先登快賈勇拔幟騷壇旁憶昨小園聚鼻觀聞妙香今茲續良會一詠復一觴白衣泉明徑古錦長吉囊縱酒惜燭短敲詩忘漏長東塗更西抹

部郎　赴　滕

耄矣翰墨場君才勝百倍豈易升斗量醉眠若借榻還
宿贊公房眼花對青燈朗吟揮麥光

彥甫部郎亦以排律惠謝和韻走答

奇句留傳天柱高趨庭鯉對昔曾叨（用子安序中句意）江風一
夕贊成序奴僕千秋誇命騷太息才人終寡偶登臨我
輩敢稱豪開筵此日懸萸佩及第他年祀棗餻（彥甫仍擬赴鄉）
試晚節同斟桑落酒新詞競唱鬱輪袍題詩興肯催租
敗漫嚼蟛蜞誤蟹螯

滕閣登高官城觀察以事未至晚飲禪館席間出
示新什依韻答之

泳

難得重陽風日美，恰當華表鶴歸年。江神喜助仙才筆，帝子空張歌舞筵。常對新岑聯舊雨，更將後會續前緣。今朝座上壓元白，好句珍同萬選錢。

重陽後三日寄懷詹巖殿撰用杜少陵九日寄岑嘉州韻

節序更炎涼，交游念耆舊。登高還故鄉，老比黃花瘦。積雨收寥空，爽籟豁晴晝。思君天一隅，道阻難往就。痼疾投烟霞，藥石誰砭救。禁秋蒲柳衰，無睡苦長漏。遇順逵漸鴻，歌新鹿與獸。（秋賦榜已出）壁上聞縱觀，角逐名場驟。緬懷泳恩樓，泉清在山溜。瓊章稠疊須，緣奪詩語秀。盥薇

類藏珍咀華如飲酎何當鼓枻來快挹浮邱袖

展重陽日兒輩向園丁買得新菊數十盆於庭院中列屏壘山饒有別致花間小酌喜成二律疊韻

花遲恰遇展重陽盈把挑來壓擔黃位置山屏娛晚節安排盆盎賞秋光白衣漫待籬邊送紫蟹偏教甕側嘗一笑兒童渾選事傲他老圃十分香

前番辜負好重陽今日欣簪滿鬢黃藍綠細分三徑色燈紅曾照四筵光（滇垣官廨重九每有張燈賞菊雅集）澹宜隱逸同泉酌雅愛餐英帶露嘗預為老夫謀旨蓄延齡新釀試篘香

王一梧中允典試江右撤棘後枉臨話舊賦呈二章仍用庚午冬閒滇南贈別元韻即送還京

梓里欣逢慶榜開退閒身已隱蒿萊遥聽舊雨乘軺至又許春風入座來衣鉢早傳登第客（一梧滇中所取士已多捷南宮入詞館者）豫章還拔出羣才草堂忽枉嚴公駕扶杖相迎笑語陪

昆池鴻雪證前因紈素詩曾子建親（前在滇時曾以玉團扇乞書大作）尺高持三度慣冰銜初煥一條新（一梧夏初大考高等還官）萍踪厯厯滂陽月梅信迢迢庾嶺春回首觚稜重惜別輭紅猶戀屬車塵（用句）

九秋下澣九日王鶴樵觀察招陪主司王一梧中允潘嶧琴太史同游百花洲餞别即席賦謝並呈兩星使送行再疊前韻

輞川莊借畫圖開掃徑重看闢草萊地媲瀛洲留客住僧籠紗壁待公來雙旌並壯湖山色四座誰量斗石才休暇清游逢盛餞鵷鸞竟讓鷺鷗陪

結習多慚翰墨因忘機魚鳥亦相親行厨酒美移樽便近水螯肥入饌新諸老風流曾買夏六月荷花生日予與林下諸君消夏小集于此深秋景氣粲如春放翁句歸程快識廬山面爭羡青雲滿後塵兩星使時擬道作匡廬之遊

徐鳳卿別駕由嶺南解組歸里兩年頃甫自鄉園來省重晤出示詩草奉贈二首即題卷後

古稀歲月笑同庚，廿載通家孔李情。鳳卿與予同歲生，為先公講院門人。筆架珊瑚推宿望，鐃歌戎馬羨書生。曩歲在籍襄事戎幕。京塵攬轡泥留印，嶺表題輿政有聲。投老重逢皆白首，滄桑細話酒杯傾。時約賞菊小集。

坡翁笠屐比風流，瘴海歸來帆早收。鯨浪茫茫曾萬里，鴻篇草草足千秋。鳳卿曾轉餉入都往來航海，所著詩稿自題曰草草艸云。龐眉伉儷齊車鹿，繞膝孫曾不杖鳩。寺壁紗籠尋舊句，歲寒結社共優游。昔年隨侍尊甫讀書永福禪林，與梅庵上人髫齡交契。

硯生山長惠餉羊蟹口占答謝

辭官屢食監州蟹寵貺非分博士羊衹恐菜園全踏破漫嗤公子本無腸

爲謀羔酒賞黃花郭索盈筐共拜嘉畢竟蒓鱸鄉味好重陽再展傲陶家

硏生山長贈羊蟹系以二絕次韻再酬

蘇圃纔同詠餞秋更因花事醉鄉游無端食指先期動風物淮南第一州用句

佳味搓橙伴手香元遺山詠蟹句酒邊遺汝伴橙香金樽勸客坐含霜從他爛胃嘲都尉腹負猶堪飽萬羊

公　沂

九月廿九日再展重陽山屛菊花盛開約諸同人
小飮共賞即席賦呈再疊展重陽日元韻

秋容再與展重陽又疊吟牋寫硬黃晚景最宜邀壽客晚樵雨田鳳卿諸公皆年登耄耋齊年何幸見靈光鳳卿與予同庚花分濃淡丁寗護詩換尖團子細嘗研生先期惠蟹一詩換得兩尖團東坡句也猶記去秋湘水畔瓦盆載得滿船香謂客歲舟過星沙夏芝岑觀察移贈盆菊

官城觀察賜示秋夜對月有得三律予亦感懷書
事次韻奉答

秋宵萬戶擣衣聲西去陽關無限情天際雁鴻勞悵望草閒狐兔尚縱橫元戎老費籌邊策壯士誰歌出塞行

一片胡沙霜月白還期早築受降城

寰海澂清徧率從肯教涇渭溷魚龍他人竟欲鼾眠榻
寸莛焉能撞巨鐘偶寫閒愁裁紙繭漫將詩句和吟蛩
用句
騷壇旗鼓矜無敵風雅名家笑附庸

素餐久不願膏粱酩酊難追白也狂塵污撲將三斗俗
園荒留得一籬香杯盤座上呼兒具車馬江干送客忙
營就菟裘吾已老讀書方夜學歐陽

部郎

小陽上澣六日硯生京卿子任農部彥甫部郎招
陪諸同人撫松書屋賞菊雅集並以予後二日
初度各惠和詩致祝即席賦謝二章三四疊展

重陽日元韻

花吟晚節慕安陽，耄齒頻添癉髮黃。東坡句：逢人癉髮黃。三友鯖廚招勝侶，百年駒隙感流光。辭官愧說今彭澤，好客爭誇古孟嘗。捧到琳瑯矜寵甚，禁秋蒲柳有餘香。

老來葵藿尚傾陽，採藥迎翁手爪黃。謂晚樵、雨田二公用何規採藥於豫章胡翼山遇年八九十長者事。林下耆英星聚彩，風前欬唾玉生光。拈花諦妙佛含笑，梅庵開士。舐鼎丹成仙許嘗。慣飲醇醪拚一醉，餐霞歸帶滿頭香。

十月八日生朝自詠五疊前韻示紳兒暨子姪孫曾輩

指席孫分

歸期隔歲小春陽曾記眉間色見黃韓昌黎贈馬侍郎馮李二員外詩眉間黃色見歸期事事敢求如我意年年常占好風光用句鶴籌添竿松姿健鳩杖扶身蔗味嘗笑比潛山隱居叟紺童綠髮退焚香坡翁送仲素寺丞句潛山隱居七十四紺童綠髮初謝事今予適當其歲

連夕兒孫輩張燈菊屏稱觴介祝作此勉之六疊前韻

南山采菊愛斜陽卜夜高燒膩燭黃李長吉詩十夜銅臺膩燭黃酒進鑼瑜看綵舞花穿蛺蝶借燈光屏間插蛺蝶燈新詩勗子應隨和佳果貽孫任飽嘗指席間諸孫分果事蚤盼祖庭能繼武芸編再接舊書香

乞硯生山長校勘近[韻]年拙稿蒙見和卷中舊作韻

賜題二律仍用原韻賦謝

閒坐晴窗改舊詩金鍼乞度愧癡詞久拋親舍書連屋家藏書籍因亂散失曾賦小園花滿枝白首耽吟求友益青燈有味似兒時用句唱酬敢擬元和體神物奚勞與護持

里社論詩趁暮年書筒互遞兩歡然燼餘往事災梨棗舊存詩稿亦因在滇兵燹佚去鈔去何人貴楮箋譽毀千秋身後想推敲一字箇中緣自慚潄帚聊珍惜忝附騷壇風雅篇

李銘珊觀察自滇南惠和寄懷二律疊韻再答

經年未和賞花詩倦鳥雖還戀舊枝遠寄蠻牋陶令宅

如逢燕侶謝家池官新冀北薇香滿（謂令棣漱泉舍人）秋老江南菊綻遲領取齏鹽鄉味好蓴鱸飽後有餘思

别君林下續新詩消夏消寒杖一枝每遇良時仍把琖難忘結習慣臨池題餻再許重陽展插菊何妨廿日遲（近與里社同人作再展重陽會）歲晚懷人天萬里停雲渺渺雨風思

寄懷女夫王叔琴大令關中旅次並為長女五十生辰志喜

一别長安道匆匆二十年滄桑同刼運泥爪幻雲烟官隔三秦遠緘遲六詔邊冰清懷玉潤歸老又林泉（自乙卯冬間與壻女青門話别迄今已逾廿載矣）

察

息女添籌日郎君服政時床曾誇坦腹案早舉齊眉分果吾猶健含飴爾未衰渭陽稱宅相光采耀門楣大外孫近應京兆秋試將有添丁之喜外孫壻已捷南宮官農部

十月十九日官城觀察作四展重陽會約陪同人小集一榻軒讌賞晚菊即席賦謝

重陽十月仿東坡帬屐依然晚節過留得寒花酬茗芋好容老子再婆娑駢詞雅召佛同會鶴駕盈庭仙聚多曲奏嘉禾逢樂歲此三句皆用十月十九日故事嶺梅香裏醉顏酡

是日席間官城見示二律依韻奉答並呈諸社友

勝踐更番逐渾忘耄及之餐英添故事落葉誦新詞各

春

認圖中貌常吟夢裏詩高山流水調相賞遇鍾期又出官城

示和李秀峯落葉十六章并與同人觀新繪九老圖小照

自編年譜稿成偶題一律示兒孫輩

七秩光陰快似梭一編自訂費摩挲少年樂敘庭闈事老境愁凌宦海波滿卷滄桑增閱歷累朝歲月儘銷磨細鈔付與兒孫手笑聽人呼春夢婆

李秀峯學博郵示賦落葉詩硏生山長有奉酬之作因次其韻寄答秀峯

涼風天末故人思搖落愁吟宋玉詩四壁蟲聲清露夜一林鴉影夕陽時樹雖秋老凋零易花爲春寒富貴遲

八

卻羨鱸堂娛晚節菊殘猶有傲霜枝用句

大厦曾聞無棄材飄茵護惜幾番栽風流根蒂誇仙李

鐵石心腸笑老梅物態榮枯終有命天工長養不凡才

上林獻賦同元愷秀峯詩十六首恰符元愷之數會見紅塵拂面來

蔣篆雲司馬見和重陽登高賞菊八疊展重陽韻

奉報

一紙千金貴洛陽羨君八法媲蘇黃篆雲工楷法屢次乞書泉傾

珠玉詞成采幅染雲烟筆有光佳搆翻勞稠疊贈老饕

愧說旨甘嘗來詩有甘旨承顏侍膳嘗之句元卿三徑多松菊過從頻

熏翰墨香

小陽月杪撤菊再示兒輩九疊前韻

今年四度賞重陽，不負籬東萬朶黄。愛嗅落英留畫本（予舊藏有淵明嗅菊圖），閒收餘綺助瓶光。評詩差免冬烘誚，醞酒還宜臘味嘗。拾取霜枝休浪擲，滿裝秋色枕函香（放翁有詠菊枕詩）。

族姪孫雲浦大令之官蜀中賦此贈別并寄鳳樓四姪成都

青天萬里爾雲程，小阮初歌蜀道行。南國棠封曾憩蔭，西陲竹馬又歡迎。葭吹暖律征鞍動，梅報陽春驛路生（時擬於冬至後由里就道）。此去三巴風景好，使君艛艓颺紅旌（用香山詩）。

句
意

回首蠶叢憶釣游前蹤歷歷爪泥留少年蚕載凌雲酒老我重登浣水樓予生長嘉陽幼時隨宦蜀中最久迨乙卯出守滇南取道錦城重訪工部浣花草堂作宦吾宗欣合轍張軍阿買笑同舟竹林韻事應官暇多寄新詩付遠郵

養福齋續存稿卷二十七

奉新　宋延春　引穌

仲冬上澣敬題慶蕉園中丞桂林試院爲　先公用紫筆畫雁來紅扇面恭和程梓庭王霞九兩先生舊作元韻各二首并序

嘉慶丙子秋粵西鄉試　先大夫充文闈提調時主司爲歙縣程梓庭比部名祖洛後官閩浙總制廬陵王霞九太史名贈芳後官雲南鹽道監臨則慶蕉園中丞名保後官湖廣總制廣州將軍中丞素精繪事　先公於試院秋節以摺扇求畫中丞因用闈中紫筆

作雁來紅一枝工麗絶倫僚屬無不欽賛維時
先公遍乞兩主司暨同事諸君各賜題詠滿
幅琳瑯稱爲佳話迨後此扇携歸鄉里爲戚好
某借錄久未見還距今已六十年矣秋間其後
人來謁詢及原扇猶存亟向索回重加展閲迺
以前遇兵燹置諸行篋字迹多有脱損惟中丞
彩翰與主司墨寶依然完美如新此中殆有神
護耶爰步程王兩丈詩韻各賦二章以志景仰
謹擬付之裝池珍比還珠藏宜韞匵附敘端委
俾傳示子孫毋忘先澤云爾

鼎試調元手爐燒換骨丹朱衣欣點筆紫綺慶彈冠鴻信傳邊塞蟾光耀廣寒秋毫繪春色湛露　九霄溥記詠霓裳日羣仙此會同袍占鷺染緣扇寫雁來紅文采重簾畔雲烟滿箑中留傳周甲紀手澤護殘叢

右和程作

元老衣披一品紅丹青點綴奪天工高標日麗朱霞色獨秀春生絳帳風當日歡顏叨夏庇何人頭腦笑冬烘出藍幾輩誇年少花一名老少年絢爛文章獻法宮

蕊榜將開列燭圍爭傳韻事遍秋闈文星朗映雙珠彩

卿月高懸一鑑輝好並桂華聯杏豔肯隨楓錦鬥桃緋
家珍似返連城璧勉誦清芬露盥薇

右和王作

附原詩 程祖洛

潤色千秋筆貞心一寸丹生來伴鶴頂老去伴
雞冠霜飽彌增麗風酣獨耐寒一般花爛漫西
圃露方溥

催試扃闈日將毋羯鼓同分從緋帶紫畫出淺
深紅官燭三條外秋容一卷中相期無俗豔留

贈小山叢

訣駐容

王贈芳

一枝延爽綴新紅彩筆披霞點孕工色似渥丹
寗改葉心原懷赤自凌風羣芳譜內秋容老獨
秀峰前曉氣烘正是大羅高詠日天香遥接廣
寒宮
嘉徵金帶久成圍珠蕊斑斕映鏁闈不共春華
爭豔冶豈憑丹訣駐容輝窗前生意頻研露天
上　新恩羨賜緋指顧榜花開爛漫好傳芳訊
到垣薇

冬至日新購盆梅數種偶賦二律恭次壁懸阮文

師

達師相滇南游黑龍潭看唐梅舊作原韻

萬里游踪憶古潭曾吟枝北與枝南携將高詠千秋筆
歸訪香林十笏龕法雲禪堂老梅尚存幾株吹琯信巡檐際索貫花
錢向杖頭探晴烘恰趁陽春轉位置雞窗伴客談

長至鄉園逢兩度老年霧裏笑看花檀心雅供端明座昨過虞階澧師坐中蠟梅正放鐵石慚稱開府家師原詩有鐵石心腸宋開府之句品
重孤山耐冰雪性同處士愛煙霞消寒又訂芳樽約共
賞清芬吐墨華

長至後二日敬詣龍潭　先塋立碑祀告禮成恭
紀示子姪孫曾輩

史

新鐫史筆表瀧岡極品豐碑拜

寵光樗櫟材雖歎垂白松楸願已遂焚黃乞胡硯生侍御爲先公撰神道碑文先芬五葉培根本喬蔭三冬感露霜蕃衍更期家乘輯靈源宗派雅溪長時方啟知合族增修宗譜

冬日郊行即事

侵曉乘籃出衝寒喚渡忙烟迷峰似睡冰凍水凝僵縱覽枌榆景餘栖隴畝糧莭檐諸父老曝背話滄桑野色場寬後天容木落初忘機沙岸鷺覓句灞橋驢裘敝風威勁壚空酒肆虛斜陽促歸騎暖熱向吾廬

對雨書懷用前韻

驢　熨

一雨乘時降三餘自課忙滋花苞漸坼炙硯筆還僵客
醉誇鯨飲僮閒備鶴糧綢繆生計足新議舉蠶桑
向暖纔冬至消寒倏臘初傳音來有犬代步出無驢巷
冷泥痕澁檐融雪片虛沿村腰鼓動啜粥過僧廬

雨後喜晴遣興再用前韻

既雨復開霽天公鎮日忙梅思尋竹伴李笑代桃僵詩
富因添料文貧賴饋糧南窗暄好負高枕慕柴桑
暖閣安排就寒衣熨貼初我慚退飛鷁人訝倒騎驢快
對紅爐活休教綠螘虛新題頻唱和蓮社續匡廬

汪少谷邑侯舉子詩以志賀

喜聽佳音小鳳雛喧傳老蚌產明珠一陽先報三春信
萬口齊將眾母呼笑試啼聲分利市欣誇襁褓識之無
遲生更卜充閭慶湯餅筵開醉老蘇

早起

嚴冬常早起猶戀布衾單窗白遲天曙爐紅禦曉寒盥
𢇁身尚懶拋枕夢方殘遠聽晨鐘度飛鴉正作團

晏眠

靜坐對長夜蕭閒每晏眠攤書醒倦眼索句聳吟肩漏
轉燭頻翦鐺敲茶屢煎童孫渾好弄喧笑卧床邊

臘八日蘇虞階漕帥中丞招陪諸同人於永福禪

林消寒第一集賦謝二章疊用去歲臘八奉酬

硯生山長舊作元韻

先後同歌歸去來禪扉又為主人開磨隨牛步尋陳迹（東坡詩團團如磨牛步步踏陳迹）車製螺機搆異材（中丞新造螺機車繪刻圖說見示）把酒快浮新竹葉談詩重傍舊蓮臺湖東高隱家風古小築幽棲近圃萊（東湖有蘇公圃）

買夏叨陪几杖前消寒香積借廚烟梅檐臘意遲芳信桂管游踪話夙緣（中丞歷官粵西最久予少時亦曾隨宦桂林數年）入饌欣嘗七寶粥賜書曾捧八分箋（宋湻化二年臘八喜雪上為賦詩親以八分書賜近臣宴所）壽蘇再展耆英會請續迎年瑞雪篇（是日雨寒釀雪頒訂十九坡翁

生辰之局

答滇南温皇庵大令書寄懷一律

燕市論交日匆匆已廿年空羣誇北冀共楫憶南滇萬里勞書寄三秋別緒牽晚成覘大器儀羽正翩翩皇庵新拜花翎之賜

小寒後三日楊子任農部約偕同社仍過永福庵消寒第二集作此簡謝

纔教新婦作羹湯笑遣移樽勸客嘗子任近為文郎授室花愛林逋正三九詩同酒債異尋常黏苔徑踏鴻泥滑煨芋盆添獸炭忙暖熱又拚今夕醉待吟佳句黑甜鄉

嘉平十九日奉邀諸君子於永福庵結歲寒緣館為蘇文忠公生日設祀作消寒第三集賦呈二章

壽介眉山十餘稔寒銷丈室兩三番舊圖好把新詩續新體還從舊樣翻笠屐風流慚學步觥籌禮數請刪繁座中況仰欒城派長老東軒與細論（虞階中丞籍隸筠州為潁濱嫡裔子由曾監筠酒稅自號東軒長老見坡翁集中）

餞臘會頻聯近局迎年雪未見頭番曲高彌寡知音和（研生山長詩先成）熬熱難將此餅翻短笛臨風杯引滿寒梅烘日蕊開繁江流咫尺星精降鶴夢孤飛對榻論

七十

硯生京卿侍御見示壽蘇會長古一首次韻奉答
並簡同人

壽蘇今歲詩誰先首唱霜臺歎劣次用許棠獻陸侍御詩句曠代遥遥磨蝎傳高風歷歷爪鴻記先人疇昔守漢嘉賤子趨庭循故事年年生日祝長公從游載酒凌雲寺邊陲寫照圖畫留官閣稱觥軒冕萃過眼陳迹如雲烟滄桑遍歷難求備何期歸結歲寒緣禪館豐歌神具醉仙翁游戲兜率天羣賢觴詠枌榆地笑余萍合萬里踪居近僧寮一廛寄藥玉聊借伊蒲斟蕪詞愧同菅蒯棄新年老衲届古稀無量壽經繙寶誌梅庵上人正月臘壽誌公為梁天監中沙

若
泛意

門僧酒酣喧舞動四鄰聚觀若有流涎意盧復古詩四鄰來聚觀若有流涎意

次答子任農部消寒三集惠謝元韻

久誦移文退隱招漫誇林壑傲雲霄鷺鷗伴狎漁樵慣蓑笠情耽烟水遥歲晏共期三白見年豐惟祝四時調閒坊領取桑榆樂一醉都將塊壘消

子任又以和官翁銷寒二集之作見示亦和原韻

奉簡兩君

紫陌車塵憶軟紅圍爐笑語歲將終佳兒樂事殊秦贅上客新吟破宋聾土鼓催年頻送響線紋測晷早添功

春光下筆陶甄妙生計先謀食葉蟲時官翁將任蠶桑之役

歲暮即事二律用去歲立春日原韻

歸隱剛逾絳老年奚煩問舍與求田祭詩有約先償債媚竈無心漫供鮮缸面新開團歲酒杖頭笑解買花錢書筒遠寄勞耆宿讀罷吟牋倍快然適接詹巖殿撰詩札

駒光過隙感流年娛老生涯守硯田椒斝休辭婪尾醉餳盤又薦膠去聲牙鮮吉詞夜聽同占鏡利市朝分更選錢坐對兒孫喚如願團欒舉室樂陶然

梅庵上人新正立春日七十僧臘研生山長先示稱祝之作次韻為壽

聯吟殆有風分今春曾 又

賜

各

宦游行腳轉天涯老衲重逢兩鬢華咒誦陀羅聞證果

眉低菩薩笑拈花詩篇手澤藏三寶香火因緣聚一家

丈室再賡無量壽春朝餘綺散成霞上人昔年與先公唱和甚多既為裝

潢成帙並刻入詩錄緣畧中今予又得同社

聯吟殆有風分今春曾與硯翁賦詩預祝

除夕前一日研生山長賜和近作二首並惠貺鳬

蟹柑糕各品仍疊前韻答謝次首用捲簾體

迎歲今年勝去年比鄰臘鼓鬧田田翻勞饋鴨傳柑美

尚憶題糕剝蠏鮮僧衲紛投添芓什兒童準備賞燈錢

老夫一味癡獃賣春帖先書興灑然

鹿隱難追孟浩然數椽近市免租錢感君裁繭箋雲疊

愧我塗鴉墨雨鮮約探寒香遲桂石盼栽柔綠滿桑田

隨園韻事循成例和到新詩笑隔年

廣信郡博蔡詠仙内姪壻屬題春浦小舟居圖小照即和其自題原韻以應

浮家誰識冷官尊桃李知公悉在門雙鶴舊題吾邑句雙鶴先我來飛上東軒背坡翁初別子由至奉新作句予故里也一椽新築此君軒東坡在杭有詠壽星院此君軒詩閒窗坐對溪山繞掃徑閒尋松菊存傳舍渾如舟不繫卧游自覺境忘喧收帆隱作三湘客逸櫂歸娛萬里孫予去秋自滇解組繪有湘帆歸隱圖又先人敝廬顏曰逸櫂舟笑展畫圖認泥爪迷津何處問仙源曩歲予主講鵞湖曾作信江之游

題圖既和詠仙前詩因用其齋額再賦二律寄懷

附於圖後

春浦小舟居先生好著書船同登彼岸境自愛吾廬海

客閑招鶴山人羨足魚風斜蒹雨細蓑笠伴樵漁

春浦小舟居先生遠跋予徐亭仍汎宅米舫早懸車鷗

鷺忘機後烟波把釣初何時歸一葦擊楫共軒渠

又題詠仙寄示詩草四首

客有乘風志來從楚國游句用南飛孤鶴奏東去大江流

鸚管題黃鵠萍蹤狎白鷗銅琶歌罷後詩卷壓歸舟漢

游草

匹馬走幽燕分襟倏卅年交親雙白首事業一青氊香
並南豐熱才誰東郭憐輭塵同夢繞鴻雪認吟篇 北遊
草

君子賦于役鄉山攬轡行紆籌嗤計吏轉餉仗書生誚
任毛錐免謀憑舌劍爭饋貧糧滿橐談笑久銷兵 于役
草

華筵傳郢唱賓從和皋比韻事坡聯頴家聲獻繼羲甲
籌添耄耋庚祝衍期頤馬齒慚予長重敷介爵詞 賓筵
疊唱

元旦試筆疊用乙亥元日韻 丙子

元旦試筆疊用乙亥元日韻 丙子

泉

桃符兩見敞廬新呵凍濡毫硯洗塵笑向林泉稱老輩
漫將冠蓋耀鄉鄰詩賡快雪高難和帖展時晴妙入神（昨和硯生喜雪之什是日放晴）計迓東皇遲十日預簪幡勝寫宜春（初十日始立春）

開歲二日次答硯生山長元日喜晴詩韻

曙色依稀白玉城千門爆竹送餘更頭番雪溥天心澤
初日雲開歲首晴銀海先窺高閣景（是午候客江干偶登滕閣眺雪）瓊
篇待寄草堂情（官）農祥叶兆枌榆樂食粟私慚老筆耕

三日又和官城觀察除夕喜雪元韻

綵章何待乞高冥試手龍公造化靈琳角燈花光豔豔

門闌

檐牙玉佩響玲玲屢煩泥巷詩筒遞曾踏天街夜漏聽
一笑都難忘結習白頭重戀舊氊青
新歲雪晴遣興用東坡集中除夜大雪留濰州元
日早晴遂行原韻
曉霽逢新年殘臘雪中送鵲聲報晴窗喚覺詩老夢庭
階堆碎玉諸孫嬉好弄鄰友聯二三尖叉詠相共伏案
忙和答閒身轉不空退息如輕鷗閉門罕題鳳自哂樗
櫟材豈堪作梁棟負暄茅檐下民隱關癢痛西疇土脈
酥春苗及時種客至擁篲迎消寒又開甕
人日研生山長招陪諸大雅法雲堂探梅歸至來

羹

學齋消寒第四集先承惠和長律疊韻奉酬

人日題襟逐歲新去年是日亦荷召飲郊遊似踏軟紅塵寒消雪後客為主思發花前僧是鄰問訊孤芳尋鶴子安排佳品祀蠶神擬於堂外舊圃種桑飼蠶菜羹椒酹年年飲慣坐光風絳帳春

硯生訂於法雲探梅因雨阻不果仍過來學齋小飲再賦申謝

小雨暗人日蘇句客隨青鳥來泥新堪翦韭徑滑阻探梅春信遲三宿後三日新春花光盼二回良辰莫草負且覆掌中杯

立春前一日楳庵上人惠貽法雲新開紅梅一枝疊前韻答謝

去年曾折贈今又送花來已透春前雪先看雨裏梅禁寒饒娬媚向暖故低回分得餅甖供剛斟眉壽杯（上人次日僧臘）

立春日紀事 正月初十日

邊郡班春舊日曾欣看梓里俗相仍（邑宰適送春牛至）土牛有脚陽和轉綠燕盈頭笑語騰三素瞻雲潤青甸千金買夜試紅燈歲朝樂事連番舉纔祝詩禪又酒朋

試燈日晚晴疊前韻

庭霙檐溜幾番曾瞥眼晴光喜舊仍晚霽金烏適照耀春回竹馬早讙騰好尋老輩婆娑侶一看通衢自在燈用句待向良宵彈別調藏鬮猜謎社中朋

梅庵開士見示七旬自述二章即次元韻再祝

菩提色相現嬰兒金粟如來是本師用句傳鉢清修隨錫卓拈花妙諦笑軍持塵中著腳皆常住方外論心半舊知九老會僧列如滿香山圖繪補新詩香山九老會圖歸洛僧如滿年九十五今梅庵亦繪像豫章後九老會中

一片閒雲萬里春宦途曾記詠來句歸談文字緣重結會共耆英誼倍親蓮社繙經添鶴算梅花供座試龍賓

禪門慧業須成佛，永葆金剛不壞身

上元前二日第三孫元麟試周喜賦

喜見雛孫歲已周，晬盤新試豁哀眸。解提戈印慚繩武，教識之無恐罕儔。倒捧笑吾綳繡褓，高飛盼爾撞烟樓。雙珠三鳳聊娛老，花下相扶免杖鳩。

盆中鴛鴦梅初開戲詠

盆供癯仙異樣嬌，各將嫵媚鬥春朝。尹邢避面愁含妒，秦虢爭妍恃寵驕。綠萼紅粧齊入詠，朱顏翠黛互難描。老夫笑對無雙品，二美誰誇豔福消。

元夕觀燈再疊立春元韻

新　滿

殊方節物記來曾石湖句鄉社金吾禁不仍昨宵鐵柱宮觀燈舊
夢山茶仍爛熳滇省上元節各寺山茶花盛開屢經游賞新歡歲酒醉瞢騰
稀聞二客風前笛笑舞諸孫月下燈消息南郊春意滿
招提重約探花朋時擬仍往法雲探梅

正月廿二日預訂同人法雲看梅之局先一日又
遇雨恐仍不果遊研生山長適以和作見示四
疊前韻走答

新年樂事歎何曾東坡句每欲探春雨便仍笑我枕書同花蕊晴烘卜
蠹困羨君搖筆尚蛟騰鶻聲喜送聽晨漏花蕊晴烘卜
夜燈料得已公茅屋下杖藜掃徑待詩朋

展期名花到眼不嫌

在鄉居

廿二日雨霽偕研生山長官城觀察邀諸君子法
雲堂看梅小憩半間詩屋歸至永福庵結歲寒
緣館小飲為消寒第五集因賦二律呈同人

幾度尋春疊展期名花到眼不嫌遲交聯舊雨還新雨
看透南枝又北枝枌社優游儕鶴髮座間賓主皆九老會中人桑疇
執植養蠶絲官城時相桑土旁觀莫笑銜泥客鐵石心腸愛賦
詩

行廚依舊借僧寮酒暖餘寒尚未消籬落橫斜纔共翫
盆山嫵媚更孤標庵供盆梅俱已大放伯倫量雅離羣久子固風
高爾室遥養素秋帆兩君皆在鄉居未與會獨有遠師吟興健佳游重

遲

訂賞花朝梅庵又有看桃之約

梅庵長老惠貺香茗桂耳口占答謝

遊春鎮日為花忙屢借齋廚蔬筍嘗領取詩清茶味美
耳根叅透木樨香

廿六日彥甫部郎招陪同社過撫松書屋消寒第
六集賦謝二章疊用前韻

積雨連宵恰應期前一日雨水節開樽聽向小樓遲未偕南郭
探梅剎法雲看梅彥甫不與且對東風唱竹枝春買玉壺情款款
煙含翠柳影絲絲行吟昨憶騎驢背又詠炊粱翦韭詩
勝踐重過舊綺寮新泥黏遍屐痕消擘牋豈待頻敲鉢

糜

鬥飲誰誇慣得標花放春城紅溼重漲添江浦綠波遥
才人老宿都傳座近局循環暮復朝
正月晦日紉珊太守仍於永福禪林消寒第七集
又成二律志謝並簡同人
韻事唐賢美多為晦日游地仍蓮社貫客比竹林儔座賓七人華水宜斟酌膏糜互勸酬桓山繼坡老春服擅風流三四聯皆用本日故事
昨喜雲開霽晴光鳥出林如何半夜雨又滿一庭陰天漏石難補春寒花懶尋且傾良醖酒醉筆寫新吟
仲春上澣六日虞階中丞約偕同人過壺園消寒

第八集疊用前韻賦謝

境占江城勝名賢記昔游齊年剛雅會同姓是仙儔前集

主人紉珊太守與中丞同鄉榜園為徐廉峰徐柳臣兩太史舊居今屬中丞舊蹟蓬壺認新

歡玉局酬平泉陪杖履高枕傍池流

管領三春景留芬八桂林雨過挑菜節天護海棠陰鷗

鷺相隨慣鶯花取次尋飲醇寒好送暖熱啟蟲吟後四日驚

蟄

春

養福齋續存稿卷三十八

奉新　宋延春　引龢

春日齋中盆梅水仙各種盛開詩以美之

閏歲春寒花較遲羣芳吐馥趁良時探來野寺橫斜影前數日曾於法雲堂看梅開遍盆山爛漫枝僊子凌波堪作伴騷人列坐更催詩鼠姑閏道移新種魏紫姚黃待賞奇官城觀察近購得黃紫牡丹擬於花時共賞

久雨望晴用前韻

三春那見日遲遲老去尋歡每後時郊外泥深辜蠟屐花前徑滑仗筇枝遙情尺素懷人語新漲連江送客時

時方寄滇友書又送吳柏莊觀察作皖游忽聽阿香車過處是夕聞雷晴開彩翠滿山奇山晴彩翠奇香山句也

二月十二花生日偶成

節過中和景正韶百花生日是今朝浴蠶鄉俗開新市撲蝶風光遍畫橋此聯用本日故事老境增年多護惜春游得伴快招邀盈盈一水三村岍可有仙葩笑弄嬌梅庵上人曾有看桃之約

花朝喜晴疊前韻

江上春深枕夢韶東坡詩記取明年江上郡五更春枕夢春韶晴光恰好放花朝難誇履集三千客却羨簫吹廿四橋扶醉又當豐

社近尋芳重赴武陵邀鄰翁為覓移春檻霧裏羞看絕世嬌

花朝後三日約同社諸友養福齋消寒九集再疊前韻

蒼顏得酒尚能韶蘇句天霽今朝勝昨朝是日復晴竹葉杯先傳里社桃花汎已漲江橋圖成九九寒徐送節侍三三客再邀差喜新粧迎國色笑無金屋可藏嬌適官翁代購五寶牡丹送至

席間官城觀察見示雨窗遣悶長律次韻奉酬

瓊章忽枉報桃投並承賜和近什夜雨聽殘下小樓春信幾番

營燕壘老懷何日遂菟裘情耽泉石供陶寫目斷鶯花
盼騁游同把向平心事了不探五嶽亦銷愁

春分後二日汪少谷太守招陪諸君子衎齋雅集
研生山長先示賦謝疊韻二律並太守新撰詩
稿序言次韻奉答亦如其數兼酬太守

嘉澍分霑蔀屋春 月來時雨優渥 杖藜來引白申賓公評月旦
欽提倡高會風流任率真甘苦自無皮裏相推敲同是
箇中人叨從休沐陪觴詠傳座還應念伯倫 謂養素方伯
廿年宦蹟五華春 滇垣有五華山 枌里歸疑駕鶴賓雅抱游耽
靈運癖餘閒句寫樂天真慚傾玉琖皐良友 予性不善飲 願

度金針索解人自笑鈍根難換骨頑仙敢與偓佺倫

春日過汪少谷太守別業訪令壻李秀峰學博看花小憩賦贈一律

名園下榻讓東床來訪湖邊舊草堂花好儘教佳士賞客閒翻笑主人忙（謂太守）門無車馬謝塵俗室有琴書容就將半日清談荀令坐携歸詩本袖中香（秀峯時以自著詩稿見示）

三月三日梅庵開士招陪諸大雅法雲禪堂修禊看花至松雲精舍小集研生山長先成二首贈之依韻奉酬並簡梅庵志謝

露井夭桃已放無屢探芳信向浮圖禊游欣續蘭亭序

壁間

社飲還勞香積廚依舊仙葩開絢爛重新初地闢榛蕪
春光領取年年慣老隱東湖勝鑑湖
幾番補屋笑牽蘿拄杖脩閒松養和手澤紗籠遊蹟久
心香瓣爇感懷多精舍壁間懸有 先公道光乙未春與上人同游三村看花舊作詩幀
交遊卅載情無盡緣結三生幸若何今日鬢絲禪榻畔
花濃雪聚鳥來歌

上巳日梅庵約偕同人汎舟三村禊游再賦四章
紀勝用吳梅邨癸巳春日禊飲社集虎邱即事
原韻

桃含宿雨柳含烟歗侶同登春水船祓禊舊傳洛濵日

到

娛游今仿永和年江城景物看如畫老輩風流望若仙
難得天公能做美良辰新霽更陶然
韶光快與目相謀覆屐重聯曲水游纔遞吟牋來絳帳
又傳韻事到緇流當年崔護花迎面前度劉郎雪滿頭
回憶林泉觴詠地許多華屋感山邱
初試春衣白袷輕冶遊士女笑傾城虛名欲避陳驚座
醉隱慚輸阮步兵村外燕鶯皆悅性花間蜂蝶最關情
千紅萬紫非容易多少工夫點染成
平隄十里繞垂楊中有幽棲古佛堂繫艇重來問瓢笠
尋詩無處檢巾箱閒招鷗鷺作蠻語細話桑麻飛羽觴

俯仰千秋同此會濯纓何必向滄浪香山句

清明前三日歸奉新雅溪途次偶成

雨絲烟柳欲清明用句又踏春山緩緩行秧水初看千畝
足桃源曾賞萬花盈上巳偕同人汎舟修禊三村看花輕車熟路還鄉
慣舊燕新巢待客迎時擬假館皴卿從孫茂才書齋笑我疲牛仍力作
無田也伴老農耕

抵宋埠重晤從姪孫皴卿寶三昆仲留寓荆園花
開正盛喜而成什即以書贈

甲第尚書後重來笑款扉棠荆方吐豔花萼喜相輝跡
自泥鴻認身隨社燕歸一門佳子弟林竹話依依

玲

清明節宗祠展祀禮成紀事疊用遊次元韻呈諸
族長暨示衆子姓
宗祊喬蔭妥神明祀事重將典禮行收族承先根本茂
徵文考獻簡編盈是日會議合族修譜事宜春秋疊盼家聲繼子姓
同沾祖澤迎本年族中多應禮闈及鄉賦者禿管試拈頻志喜百花香
裏看春耕用句

暮春中澣將之邑城旋省熒卿昆季餞飲花下賦
別志謝用前韻
里舊烏衣巷春深白板扉凝香花綻蕊韞玉石含輝庭前
牡丹初放山石玲瓏傳為前明吾家故物蟻酌歡言別鶯聲喚遣歸稠桑三

宿戀魚藻再相依

邑城與小松從姪暨諸從孫話舊賦贈

一年一度厭原岑，重敘天倫舊竹林。詩夢難忘池館樂，巢痕空憶草堂深。（予昔年歸里屢下榻姪家新草堂中，今已毁於兵燹）梓桑敬佩揚芬雅，弓冶慚紓報本心。（時承諸戚友擬為先公呈請從祀鄉賢）好向登瀛傳故事，預占小阮寫泥金。（謂乃郎玉田從孫正赴試春官）

留亭從姪出示尊甫味菘三兄詩集感賦二章疊用集中見和留别舊作原韻即題卷後歸之

艤棹連床卅載情，計偕當日唱行行。憶從京洛塵中别，屢向山陰道上迎。韻疊幾番誇雪亮，宦成兩袖羨風清。

重披遺稿尋泥爪棖觸南天賦遠征道光辛卯冬予公車北上取道會稽壬辰兄于役都門癸巳予倖捷春闈乞假回籍再過柯橋連次歡聚兄和此韻凡三次予原作早已佚去甲午兄即解組歸里數年遽返道山不及重晤撫今追昔感慨久之

阮氏諸昆盡有情愛予每比雁同行馮川滕閣曾酬唱袁浦珠江迭送迎愁聽啼鵑頻歎逝尚留雛鳳喜聲清先芬手澤勤珍護判袂還將策騎征予與乃兄虛舟宮窐兩姪曩歲里居時相過從蓮生姪於淮上紹孫姪於粵東先後暢敘嗣皆物故思之黯然

過訪徐雲浦表姪司馬園亭適值牡丹新放喜贈一律並簡令兄檢予杏樓昆仲

一別芳園四十秋前塵尚指探花樓花經劫火開逾好

境閲滄桑感未休雁侣孤魂湖上夢謂令兄讓木京卿殉節杭州鴒原遺蹟壁間留書齋尚懸先少梅兄舊書屏幅金昆玉樹加培植且對新粧遺舊愁

美士從曾姪孫茂才惠題近作依韻酬之即以示勗

歸田小住水雲鄉林竹森森鳳尾長春老鶯花吟庾信秋高騏驥顧孫陽珠光韞匵終須售劍氣騰霄自遠揚準備吳剛修月斧喬柯同折桂枝香美士與乃翁梅仙從孫將同應秋試

臣叔年衰癡與聾耽詩塗抹任西東能容廣廈材爭購借助他山石可攻麗澤待沾新化雨清芬重振舊門風

登

前二

焦桐定遇知音賞收取珊瑚鐵網中

自新吴旋省冒雨登程口占

瞻言馬首東密雨曉濛濛塔隱濃雲底橋平遠漲中泥塗行不礙利涉往攸通午頓炊烟近前村樹鬱葱

歸途次答黼卿從曾姪孫茂才見贈二律並寄懷乃叔玉田從孫孝廉京師（時玉田赴試春官）

祖孫裯疊貺瑤篇（令祖小松姪與黼卿先有和作）羣季翩翩正綺年犁影剛扶耕耤雨（前二日邑侯行耕耤禮）簫聲吹暖賣餳天（用句）出塵盼爾能聯步弛擔嗤予早息肩千里家駒看後起騰驤莫讓著鞭先

堪

枌鄉冠蓋集嚴終廣座都教款曲通日前同邑諸君子為先公呈祀鄉賢予特置酒張筵酬答迹寄湖東長市隱名馳冀北自羣空文章聲價新詞筆蓑笠生涯老釣筒行路漫歌泥滑滑詩成急就筍輿中

硯生山長三月中澣初度用白傅集中六十六及感事二首原韻各賦一章補祝並傚其體

昔是蘭臺客今為洛社人新歡同白首舊蹟憶紅塵隱逸山中侶優游物外身杖扶鳩比玉袍立鵠如銀味道堪頤性耽吟倍養神香山添筭日六十六年春原句硯翁適當其歲

矍鑠翁爭羨庚庸我漫論鄉評耆碩重朝籍姓名存趨步遠偕近唱酬晨共昏庭陰占鶴子林雨長龍孫馬齒深慚邁鴻詞疊詠繁介眉效巴曲桃李滿公門

研生山長見示穀雨前三日來學齋即景紀事長律次韻奉酬

絳帷深處燕巢安春晝初長倚畫欄飛絮簾櫳餘好景落花蝴蝶作新團行披烏帽風欹側泥踏黃塵雨送寒予昨自新吳冒雨旋省游倦兼旬纔息影瑤臺芳信更隨看官城適有招賞牡丹之局

穀雨前二日官城觀察招陪諸同人小集一榻軒

日患

讌賞牡丹先賦志謝

征鞍甫自故鄉回爲賞名花踐約來舊雨歸帆應折簡曾笙巢觀察頃由滬上歸里邀之入座春風拂檻又銜杯天香國色誰相似人魏紫姚黃惜未開官翁與予處新購異種皆未作花老抱河魚尚饕餮廚傳櫻筍笑追陪日來偶患腹疾

是日官城席間出示風雨惜花之作依韻再酬

閒縉博議慕東萊更擅清平絕調才大好園林花事盛最難風雨故人來用句官城近著有消寒襍記笙巢與予日來先後旋省玉樓合讓新粧豔金谷頻教老眼開乞取一枝矜寵甚瓶甕雅供屢低徊席散承折花分贈携歸賞玩

次答官城牡丹盛開遲予不至見懷元韻

花賞家園次第開歸塵香送馬蹄來主人盼客殷勤意
倚遍雕欄日幾回

穀雨後二日約同人小集敝廬子任農部見和新
什疊用前韻答之

兼旬踏遍故園萊小飲難量斗石才未覓山櫻充饌美
且欣鄰筍過牆來詩傳好句賡還和春送殘花落更開
迎夏又邀湖上局長隄烟柳望迂徊清和朔日秀峯學博招集東湖別業

四月朔朝李秀峰學博招陪同人讌集湖上不可
無竹居預作荷花生日歸成五古一章紀游志

謝地為汪少谷太守別館秀峯其壻也

首夏猶清和（用句）豪吟偶徼逐別業鄰湖東不可居無竹

（又用句）地主契同心館甥誇坦腹折簡闈先期招客來不

速畫圖尋輞川泉土嵬盤谷到門甫停車呼僮忙剝啄

園林境幽靜庭榭氣芳馥藤古垂餘葩衫輕更暑服屐

履聯風流清華湛水木奇石皆珍瓏方塘可盈掬山色

排滿樓湖光環一曲獨立何蒼茫登眺豁心目太守雅

而賢良辰共休沐詩派傳謝黃津梁羨冰玉落葉篇競

酬妙香集還讀雅人具深致觀蓮預稱祝根種芙蕖鮮

盤薦櫻桃熟食單樣翻新觴政塵避俗歡飲多醇醪珍

肴匪苜蓿家聲繼謫仙韻事追玉局緬想河朔游會見南皮續十丈藕如船萬柄花爲屋介眉萃羣英消夏趁三伏鄉社杖倚鳩賓筵革賦鹿酩酊持碧筒淋漓揮素幅衡才鑑若冰說士甘于肉珊網歸搜羅桂宮擷芬郁眾仙霓詠同高標雲錦簇自笑退閒翁城南棲小築濟勝聊攄吟老矣中書禿

初夏三日雨中研生山長邀賞杜鵑並見和前什再疊原韻奉答

芳筵昨預頌臺萊（朔日赴秀峯預作荷花生辰之局硯翁詩先成）皐座羣推倚馬才花放謝庭春餞後鳥啼杜宇我歸來秧畦望雨連

部郎

番慰竹徑留賓一再開笑對酡顏紅躑躅劉郎辜負共

遲徊謂養翁部郎

彥甫部郎舉第五子詩以志賀次研生山長韻

王謝家風振里閭蘭芽新茁麥秋初翰林鳳噦符先兆

椿蔭犀香句好書雅約欣逢湯餅會彥甫次日招飲雛聲共試

笑啼餘看花遲上坡同誕東坡生於丙子壽筭他年九老如

立夏前五日子任農部彥甫部郎約同社藥欄小

集席間賦謝二首

近局游春遍名園買夏奢遨頭方啟讌婪尾笑簪花錦

幄前番隔前月兩君有賞牡丹之局予未及與會槃盂此度誇年年芳信

準重與醉流霞

昔日薇垣客曾吟紅藥詩謂笙巢觀察當階堪折贈賦別又將離笙翁適有建邑之行舊夢豊臺繞新歡近侍宜莫辜賢主意封送再摛詞

題秀峰學博妙香齋詩稿後

行空天馬不羈才落紙雲烟腕底來觀海胸襟吞宇宙渡江手筆湧樓臺高歌久已無餘子細讀何妨到百回快把奇篇醒老眼看君染翰上蓬萊

内弟曾笙巢觀察見贈　先外舅曁　先大夫合書詩册敬賦長律三十二韻志感答謝並書册

鄉　趨

後示兒孫輩

憶拜南豐日忽忽甲紀周虛名邀坦腹往事話從頭桂
管初瞻範章門賦好逑歸雲出廬阜卿月照邗溝先子
閒過訪羣賢共唱酬題襟遍泥爪觴詠擅風流禁地迴
翔久中天仰望悠私慚宗匠鑑忝附孝廉舟冀北行偕
吏廂東許命儔摳衣適甥館下榻近皇州為選林巒勝
曾陪杖屨游尋詩紅葉爛躡屐翠微幽物換餘陳蹟山
頹愴故邱後塵倖趨步前軌尚追求句見籠紗護神傷
挂壁愁晨星感霜露風木戀松楸歎逝關河邈耽吟歲
月遒邊陲膺任寄宦海困沈浮烽火書難達滄桑刼未

結

休屢逢胠篋變遑顧背囊收片羽嗟紛擲殘縑費廣搜歸裝空瑟縮解組倍綢繆會食傳佳茗搴帷駐碧油交親媲盧李情話笑黔婁何幸瑤華貢如將寶鼎投連篇詞藻古二老墨痕留璧合光齊吐珠還彩並售心香爇一瓣手澤奉千秋拜賜摩挲切傳觀贊頌優褒嘉愧冰玉紹述勉箕裘耄歲緣重結家珍美孰侔子孫期世守什襲貴琳璆

原跋　　　曾協均

先大夫以道光壬午視鹺淮揚　宋梅生姻伯偕譚梅丞明經來游一時觴詠之盛彼都人士

時

猶能道之此册意爲當時幕中人所書原款已
經剔去莫可考矣均官京曹得之廠肆以係二
老人的筆棄諸行篋者十餘年兹姊丈筱墅先
生解組歸田均適乞假省墓相聚於灌嬰城中
知其在滇南屢經變亂舊時家珍蕩然無有爰
以是册贈之緬箕裘之紹述更冰玉之輝映先
生無愧替人册中詩各見集中然二妙相合洵
非偶然允宜歸諸和平養福齋中以昭世守計
書此册時均年在髫齔先生甫閱廿齡今俱皤
然老翁又得於五十年後摩挲手澤相對感

喟之餘亦深厚幸矣光緒丙子年孟夏三日
謹識

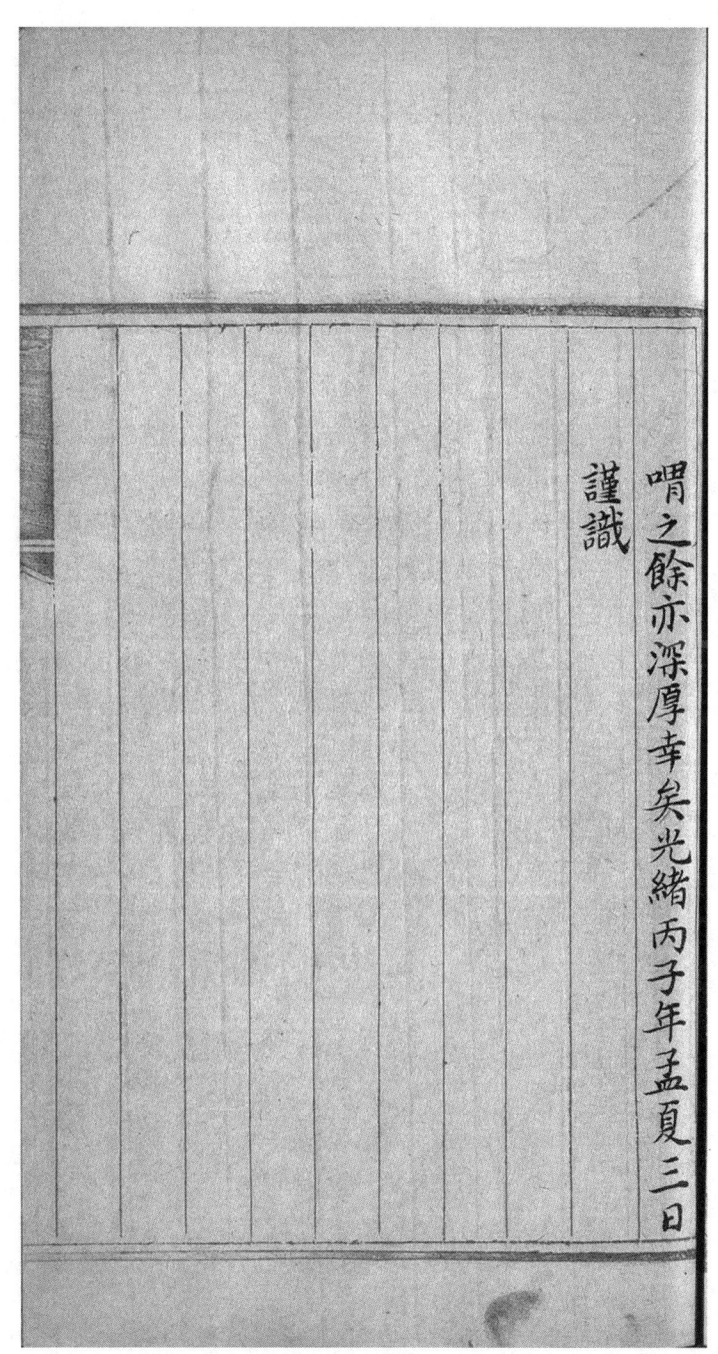

養福齋續存稿卷二十九

奉新　宋延春　引龢

立夏日秋帆山長招陪同人讌集永福禪林即席賦謝次研生山長韻

經傳絳帳硯田豐憶介稀齡蓮葉東（去秋曾有奉祝七旬之什）鳩杖偕扶重結夏鳳毛遇順快乘風（令嗣綸閣孝廉正赴試春闈）酒誇駐色娛嘉會（用本日故事）榻許招涼借寓公竹裏行厨蘭若便預排櫻宴曲江中

還銅鼓歌用韓昌黎石鼓歌原韻爾謝劉養素方伯并序

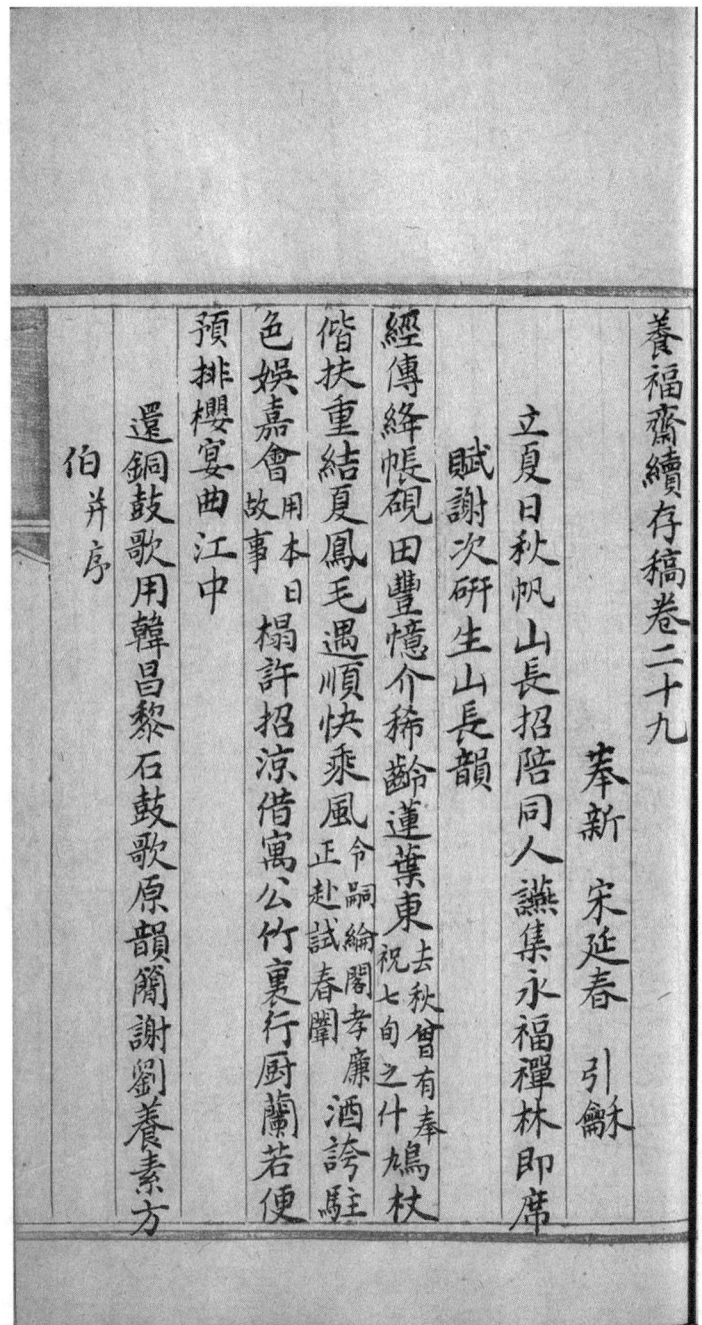

為

吾家舊有銅鼓一具乃嘉慶年間 先君官嘉
陽時川中方伯某公所贈者古色爛然相傳為
諸葛故物久庋郡廨予兒時已及見之嗣後由
蜀而粵由粵而里皆携以相隨藏諸家園多歷
年所迨予與先兄遊宦中外奉諱里居此鼓在
家依然無恙洎咸豐以後江省迭遭寇變章門
戒嚴眷屬避難鄉舍鼓亦因而失去予請告言
歸遍訪未獲悵惜久之今春養素方伯書來道
及早年購有銅鼓寄存市肆近聞係尊家先代
所遺究須物歸原主慨然見還良可感也方伯

鼓

寶器纔出

曩歲肄業豫章講院及　先公門下近又與予
同聯姻婭情款益深今復得此鼓更添一番香
火因緣洵非偶然耳爰作長歌紀事志謝並敘
其顛末如此云

劉君還我古銅鼓我感為賦銅鼓歌鼓兮家藏本舊物
兵燹轉徙歸誰何繄昔先公守嘉日蜀都奏凱方止戈
征鞾不聞援枹息標柱早見懸崖磨胡為寶器纔出土
淵淵震地勤搜羅伏波創造代已遠振旅初未來岷峩
云是南征武侯製平蠻用之留巖阿磅礴歷刼數千載
中有神鬼常護呵當時同僚仰父執移贈郡閣形不訛

柯　頗

賤子趨庭尚髫齔嬉戲好弄篆蚪蝌振振試敲比飛鷺
逢逢笑擊如鳴鼉想見三軍倍作氣雷轟電掣喧牂柯
度置甯等放衙鼓回帆或疑化織梭携隨琴鶴宦轍遍
相伴退食仍委蛇歸裝並載鬱林石諧聲鼓瑟迎湘娥
一朝音容愴失怙手澤悽對空涕沱商彝周鼎縱紛列
安得鷃舉還顏和遺笏但願長保守精華與俗殊臼科
自哂從戎老滇徼斑斕古物此地多邊笳聒耳城角壯
離離荆棘嗟銅駝竊幸鐃簫罷旗鼓烽鏑渾似雲烟過
歸田忽聽細腰響消寒分詠嘗就磋滄桑境幻居蕩析
家珍拋棄隨逝波猶記斯鼓最寶貴蝸蟠獅紐無偏頗

瑰奇究為造物忌埋没有耀偏自佗方叔蜚武終寂寂
巧偷豪奪徒喓喓豈知流傳到君手黃鐘大呂重摩挲
割愛肯將故劍贈賞音恍把陳編哦君曾銜校率戰士
闐闐伐鼓排鸛鵝銷甲事農樂村社回頭往蹟一刹那
珠還璧返聲價重錚錚鐵骨同轗軻羨君勳名勒金石
帶礪久已盟山河我拜君貺振聾聵子孫永保無蹉跎

立夏後二日虞階漕帥約過壺園社集同賞芍藥

即席賦謝

九十春光次第排名花管領記江淮八州作督圍金帶
一品披衣絢彩牌藍尾莫辭杯後飲遨頭又喜醼同儕

嫣紅姹紫平泉盛晚景都誇眼福佳

舟行遇雨遣興

初夏雨瀟瀟空江溢畫橈船真催下水路不計崇朝新漲失篙腳遠峰迷翠腰舟居偶乘興蓑笠任逍遥

樵舍懷古 地為王文成停宸濠處

樵江戰鼓快揚舲依舊山光到眼青開府奇功當日奏賢妃遺烈至今靈千秋學仰良知闢一片碑留妙曲聽老我客游暫憑弔布帆風利不教停

祝子任農部五十初度次研生山長韻

華年聰識媲陳奇獻賦高搴 上苑枝採艾剛逢稱艾

作

歲添籌尚記運籌時暫辭粉署雲邊侶閒詠香山社裏

詩瓜棗登盤懽宴處介眉爵晉朶頤端二日生朝與同人先期奉邀

預祝

晝鼓喧傳奪錦新榴紅蒲綠豔弧辰家風蚤擅書屏句

勝會羣推壓座人漫道知非矜晚節行看服政布陽春

天閑

壽寓欣同慶齊效康衢擊壤民今秋七月恭值慈安太后四旬萬壽

再題徐鳳卿司馬自訂詩文全集

瑤華曾誦菊屏間去秋鳳卿至省曾約賞菊見示吟草先有題贈之作重捧丹黃

手細刪百帙棗梨堪壽世千秋著作富名山當年早貴

有

雞林價此日全窺豹管斑笑我與君同結習苦甘嘗遍鬢毛頒（頒與斑同）

天中節偶成

閏年節候氣含融重五猶當四月中鄉味又斟蒲琖綠邊方回憶石榴紅（滇南有此地名）奪標百戲停橈久賽會千門爆竹同（章江久罷龍舟競渡而社會尤盛于前）嬉弄羣孫簪艾虎綵絲索句笑皤翁

午日題楚屈大夫像二絕

像二

楝粿年年祀汨羅荆湘舊俗此邦多長沙祠畔新亭立遺像遥瞻誦九歌（湘垣近日重葺賈太傅祠夏芝岑觀察增建佩秋亭于後祀屈大夫像刻

石以墨榻寄贈

自古才人皆運蹇天教厄閏困黃楊靈均高蹈終南繼挂壁齊騰寶墨光予舊藏滇友所繪鍾進士圖亦懸齋壁

寄賀胡小遽總憲六令嗣揆甫世講鄉會聯捷之喜即次其郵示文郎南闈獲雋有感元韻

亭亭珠樹梓鄉天蚤識青雲在目前去春予歸新吳過訪許仙屏太史鄉園揆甫乃其快壻適居螺館一見即卜為大器人道蘇瓌原有子我誇衛玠正英年泥金果紹箕裘業冰玉重聯衣鉢緣秋實春華如拾芥鴻詞疊詠倍陶然

廿載分襟隔笑言風標回首仰臺垣佳兒並羨璠璵器

夜

任子慚叨雨露恩（四五兩令郎客秋赴試京兆皆膺房薦兒子祖紳曾以軍功濫邀優敘）舊價文章前事盛新陰桃李後來蕃祖庭貽厥還繩武桂苑搴香盼竹孫（文孫將應江鄉秋賦）

銘珊觀察由滇寄懷長律和少谷太守韻亦用原韻酬之

別久深情添繾綣書來妙句更嶔崎最難聽雨懷人夜正是論園買夏時萬里滇池薇省夢三春京掖藥階詩季方莫便嗟遲暮待寄泥金慰遠思（時令弟漱泉舍人禮闈下第并以慰之）

答朝
來
澆
秋

夏日閒居雜詠用劍南村居初夏韻

藻夏梅炎節物催閒門謝客每慵開朝聞鵲語穿檐過
夜有蟾輝入座來避暑藤牀宜預設招涼紈扇試初裁
何當高枕南窗下消受薰風亦快哉

槐庭晝漏小年長滿架松棚障日光几凭澆書三雅酒
簾垂攤飯一爐香渴呼厨子調齏味閑課園丁蓺菊秧
天遣衰翁娛晚景童孫繞膝嗜糖霜

歷遍蠻鄉與瘴鄉蝸廬歸隱灌城傍踈櫺冪紙含虛白
古帖臨池寫硬黃鴻爪天涯留草草豚蹄社會祝穰穰
故人莫訝書遲答老去心情笑善忘

無　闌（後来）　地

百年老屋憶新吳三徑全荒松菊無偶約鄰朋嘗雪茗
慣尋僧舍乞園蔬（原詩韻通用）緣蓑青笠忙耘稻白芡烏菱
亂繫菰篷矣難誇腰腳健行吟聊補卧游圖

五月廿日約同人松雲精舍消夏第一集賦呈二
首

舊局翻新樣禪關又策筇迎涼傳九夏消暑仿三冬腹
果來仙李（秀峯後約即来）涎流笑老鍾（官城以事未與（興））天心合人意梅
雨正分龍
節閏觀蓮早樽移醉竹遲烹泉新潔井漱石愛臨池斟
酌壺公味推敲島佛詩茲游初地美韻事續南皮

屣　記我與君　齡　寓

仲夏廿五日官城觀察初度偕同社於永福禪林

先期設尊稱祝爰賦長古一篇爲壽

有客有客東湖東清癯返老誇還童名場脱屣遂初服高軒一榻迎薰風記我與君結交久登堂曾拜龐眉叟謂尊甫敬亭先生况兼孔李託通家歲歲看花頻載酒相逢各自詫先芬昔日朱顏今白首馬齒我慚七五齡鶴籌君亦六十九緊從匹馬馳幽燕並踏紅塵年復年評花醉月樂無限往事過眼如雲烟廿載盧溝分宦轍我去滇南君皖北談兵絕徼笑籌邊攬轡中原爭殺賊書生磨盾聊復爾可憐都是毛錐客一朝海寓歌澂清露布喧

君
法效

傳奏凱聲敢詡功成銅柱泐且欣生入玉關行疆場辛
苦髀肉盡蔑視軒冕皆浮榮麗官先後齊解組汎宅依
然近南浦春秋佳日重追歡吟社消寒復消暑尋詩愛
同彌勒龕龍買醉競逐漁樵侶令節纔過大端陽連朝遍
灑分龍雨覽揆初度逢良辰舊格何妨體變新梅炎快
續耆英會蘭若還聯真率賓進君觴介君壽我不願君
家法效聽琴流水高山海涯奏亦不願君才士隱終南
登科掇第邐岩岫但願君媲仲偉工文詞著將詩品千
秋光熖垂宇宙更祝君普蠶桑衣被盈枌榆織就畫圖
九老長如松柏茂

然　炊

江漲感事口占十首

五月江深草閣寒（杜句）陽侯肆虐太無端安流忽遘橫流
厄保障誰迴既倒瀾

下令曾聞勸伐蛟胡然杯水起堂坳梓鄉萬户罹昏墊
太息哀鴻滿四郊

節過分龍雨勢來中宵霆潦吼奔雷停炊沈竈農堪憫
默祝天心早拯災

游跡三村又二村飈驚澎湃付鯨吞可憐兒女啼聲苦
何處還招蜂蝶魂

躍龍橋畔變滄桑孺子亭邊竟濫觴洄溯盈盈慳咫尺

伊人宛在水中央謂帥紉珊楊子任羅冠卿吴俊卿諸君
今年消夏續花洲種藕觀蓮待唱酬湖上新荷盡飄泊
倚欄莫解寓公愁懷李秀峯學博
千門賽會乞神靈十日俄同汎海溟漫效隨刊師禹法
祈禳仍仗叩高冥聞當事日内設壇祈晴
荒政從來博濟難胸中廣厦萬間寬太倉粟望甦民困
愧煞侏儒尚飽餐
仙人昔日笑樓居河伯曾經擾敝廬四十六年今再見
幸遷爽塏免其魚道光辛卯夏省垣盛漲予家上紫巷舊宅亦被水
量晴課雨老閒身飢溺關心乏指困夏穫難盈盼秋熟

浮

部郎

預占泰谷轉陽春

讀研生山長大水歎長古有感賦此奉酬即和其
懷同社諸子被水詩韻
大筆淋漓接混茫浮家恍住水雲鄉圖披鄭俠悲何限
志攷河渠意未央蓮社詩僧勞徙倚柳隄酒客劇蒼涼
高歌擊節天難問補入離騷弔楚湘

閏端陽節子任農部彥甫部郎招陪諸同人撫松
書屋消夏第二集子任見示長律用予去歲大
端陽詩韻依韻答謝
厄閏枯腸日九回雨中剝啄送詩來通衢似逐登瀛侶

折簡還傾滌暑杯依樣懸門豔榴艾驚濤賦筆羨鄒枚（研生官城子任諸君各有紀水災古作）綵絲誰續長生命借酒澆愁且再陪

又和彥甫用香山閏九月九日獨飲韻并以志謝

縱目江流傑閣前龍拏彷彿化箏絃（予昨送客江干登滕閣觀漲）閑門索句誇無已醉月眠雲媿浩然閏夏當時傳故事良辰賜爵遍高年（宋端拱元年閏五月賜高年百二十人爵為公士）

硯生山長見贈吟榻一具走筆荅謝

高風贈吟榻雅製出萍鄉小寢晝攤飯曲肱宵納涼黑甜安白首清夢熟黃粱一枕北窗下醉哦羲與皇

研生既和前作復示二絶依韻再酬

香凝燕寢羨蘇州風颺茶煙韻事幽暢好鬚絲對禪榻
冷吟冰簟借三秋

藜床籐榻未容誇穩卧還殊局脚斜笑讓童孫夜酣睡
老夫索句向燈花

疊用前韻再簡硯生

乘籃偃息記鑾州塵掃烏皮此最優俯仰隨人總如意
推敲宜夏復宜秋

牀分上下漫相誇夢覺題詩字半斜位置隱囊紗帽後
愧無新詠筆生花

韻

閏大端陽節研生山長招陪同人來學齋消夏第
三集賦謝用去歲大端陽韻
閏過重五寓公回前度劉郎今又來用句養素方伯頃甫至省竹醉
留題曾門韻蒲香展節再銜杯催詩快擊登壇鉢賭酒
雄誇數闔枚且喜安瀾當伏暑日來江漲已消讌開河朔屢追
陪

鳳卿司馬寄示閏五月五日寫懷近作次韻奉答
並傚其體
夏月多愆陽洪潦困梓鄉閏節展重午詩老吟疾苦鳳卿
昨有紀災長古寄研生處見示吁嗟南北同災荒

鳳来

宵旰廑民視如傷京師及近畿各省迭遭亢旱恩旨發帑賑卹浩刼茫茫豈
蠡測退閒樗朽難報國鴻嗷那忍聞粒米何補終歲
勤笑我流行隨坎止臣心一片仍似水羨君井底波瀾
平樓居兀自擁百城鳳卿鄉居亦被水患瞬息神功奏疏鑿會見
先憂而後樂

中伏日喜雨遣興

暮色遙天亘彩虹阿香車過聽豐隆暑袪桐閏三庚雨
涼御桃笙列子風示相維摩受禪榻予日[redacted]體中小極耽吟仙
客遞詩筒秀峯以避水古作見示甘膏先慰鄉農望多稼齊收力
穡功

六月六日同社邀過撫松書屋消夏第四集為笙巢觀察生辰預祝疊前韻

引來珠唾氣如虹蠻語深慚詠郝隆研生見和喜雨之什停扇渾忘三伏日披襟恍挹五華山名風連日雨涼頗似滇省壺傾美醞增籌算盤薦甘瓜剖蜜筒四皓七賢偕饜飫鯖厨合表治庖功

笙巢内弟惠贈長壽翎扇口占答謝

奇鳥佳名喚壽長修翎製扇雅招涼鴻毛自較蒲葵勝惠我清風好奉揚

虞階漕帥惠貺重臺紅蓮一枝賦謝

款

坡老曾歌相府蓮花開十丈藕如船用句千層瑞並三台
豔一品光分四座鮮供向藝餅添韻事留將粉本話前
緣予前在滇解有彭子嘉觀察繪贈瓶蓮畫幀今尚懸齋壁耆英領袖推公望枌社
重聯會衆仙

六月九日冒雨至滕王閣訪蔣溶川太守同登閣
觀江漲書事疊韻二律並簡太守

淋浪聲裏作郊游重上西江第一樓四面雲山爭變態
九洲烟樹沒洪流登高歎士曾闍督開徑迎賓又蔣侯
笑躡層梯腰腳健天風吹立最高頭

六十年前侍宦游洞庭雪眺岳陽樓予於嘉慶甲戌冬隨宦粵西道出巴

陵登樓看雪太守占籍湘南與談往事因并及之還鄉補寫三秋句去秋偕同人登高于此留題楹帖閣上話舊同驚萬里流蝶影迷離摹帝子鯨波重疊逞陽侯今夏盛漲已閱三次輸君豪氣吞雲夢願奏安瀾慰白頭太守時寓閣中綜察沿江保甲

養福齋續存稿卷三十

奉新　宋延春　引龢

季夏望日約同社永福禪林消夏第五集和硯生山長前集詩韻

花光愛賞鉢中蓮又許樽移香積筵酩酊纔酬天貺節婆娑更會地行仙擘芝采藥先秋日是日亦為笙巢預祝後三日立秋汎綠依紅想舊年合醵連番添近局任教人作畫圖傳放翁句

祝內弟曾笙巢觀察六十初度再和前寄示昭州留別舊作元韻　六月二十一日

稱

黑頭勳望早銷兵休沐餘閒豈退耕競羨三遷臻福履
奚煩九轉侯丹成古歡快續排詞壘離緒重吟仗管城
領取烟霞林下樂朝衫暫卸也身輕笙巢時因乞假歸里省墓
憶昔金臺攬轡聯相望衡宇比鄰賢延齡菊賞花為屋
錄別箋題硯作田韻事風流懷老輩良時觴詠集羣仙
紅塵待策朝 天騎細認巢痕悶酒泉此首指昔年同官京邸舊事笙巢將北上
入覲
石階桂柱竹編牆用句中隱城南舊草堂予家舊宅有中隱廬甲紀
君纔添鶴筭辛勤我倍惜駒光生朝合向蓮稱長晚節
應如柏在岡報 國謨猷期入告鑑湖未便乞知章

本　瓜　名

瀛洲履跡本來同林竹孫枝詡阿戎令姪孫廣虞新選庶常四葉
清班繩武譽八甎舊價讀書功辦香學仰南豐行骨相
羣誇北冀空更喜趨庭稱驥子鳳毛美濟紹良弓文郎陶山

將應秋賦

弧辰三日正先秋六一同生繼勝流笙巢與歐陽公生日同前三日立秋
尚齒欣開瓜李讌引年願足稻粱謀才高作賦雲間陸
名重能詩鄴下劉笑把碧筒介麋爵朱顏齊祝醉鄉侯
自慚邊宦久模棱投劾歸來謝弗勝避夜恐妨遭醉尉
逢場聊且效聾丞新圖繪補香山老舊句紗籠壽相僧
笙巢舊作梅庵他日耆英重入社請看息壤記猶曾
已刻入詩畧中

立秋日對雨二首疊韻

伏暑剛逾半梧飛倐報秋涼新殘夏雨浪靜大江流（江漲近又全消）展帖初臨韭抛簪尚戴楸觀蓮佳節近悵望隔花洲

閒居感蒲柳兩度故園秋圖史堪娛老林泉好枕流歌思三弄笛局對一枰楸晚穫占農事歸鴻集遠洲

荷花生日感賦二章簡秀峰學博疊用去夏花洲雅集和司馬温公耆英會詩韻

買夏名園記餞春荷觴預介饋偏真（清和朔日秀峯曾約預祝生朝之局）花神棲隱難稱壽（今夏湖蓮皆被水患）詩老糧空孰饋貧東道先

湖

青

為湖上主南皮侍會座中賓時擬補作諸老消夏會風流嬌客依蓮幕下榻羣誇坦腹人

藻繪耆英洛社春丹青細寫各傳真去歲後九老會圖照已裝潢成册林端一葉音初動筆底千珠罰不貧秀峰近賦紀水長古百廿韻水滿欣看魚縱壑秋高漸聽雁來賓逢場見獵心還喜笑我旁觀壁上人秀峯將應秋賦

養素方伯移贈盆蘭日來盛開賦謝

何來仙步影姍姍分得幽香晚圃蘭花是同心憐共臭人多善氣許皆歡謂方伯料量賑卹事清芬子舍栽培久瑞兆孫枝次第看底事搴芳向空谷庭階紉佩笑盤桓

期

觀蓮節後一日第四孫生詩以志喜三疊壬申癸酉乙亥連舉三孫元韻 六月二十五日

歸田再見稻生孫　四美欣沾壽寓恩笑比驪珠穿顆顆漫誇鴻翮振騫騫蘭徵預兆吟香祖予昨詠盆蘭有瑞兆孫枝次第看之句　蓮誕先期證佛門永叔坡翁同歲月添籌新醉渭陽樽歐陽文忠生於廿一日蘇文忠丙子年生曾筌翁為舅祖生日與歐公同

次答研生山長賀孫詩韻

靈禽似向錦囊探矜寵瑶華挹麈談種就書田期紹祖移來香草叶宜男龍鱗舊貺詞章美燕翼新褒教澤覃

味　荀

恰好邊方貽遠味聊充湯餅願同甘時以滇中食品奉餉

次酬子任農部賀什用硯生韻

老年樂事每爭探又為添孫助笑譚薛鳳踰三承甲第荀龍得半聚丁男詒謀清白傳楊震經術淵深學鄭覃稠疊頻勞珠玉獎愧嘗飴味蔗回甘

秀峰學博亦有賀章依韻荅之

忝說家駒渥水姿梧桐老去長孫枝樂天句生朝正叶三同兆壽相應符四皓時教識之無能了了待題戈印莫遲遲多慚晚境人交譽誦遍琅箋倍解頤

七月望前三日同人訂於晚香園尋秋補消夏第

去聲　空　帘

六集次研生山長韻

清暑蟬吟樹新涼雁度樓荷亭遲去聲消夏菊圃預尋秋
尚齒添圖繪移尊續讌游德星欣見壽儁叟聚南州
名園經歲隔拄杖喜重過相約投簪侶同聽擊壤歌遊
追赤壁早句撚白鬚多儉腹愁難滿銜杯笑飲河

子任農部見示七夕對雨之作次韻奉答

秋空霧掩支機石渾忘今夕是何夕新句恍披雲錦裳
起視星河隱涵碧蟾梳髮鬟移欄杆猊篆氤氳裊帷帘
兒女乞巧禮天孫羅拜庭前整襦幗老子婆娑對良夜
聊爾香熏還豔摘清詞昔唱步虛歌能事不受相促迫

瓻

用句洗車雨過詩催成工拙之間笑壤隔

晚香圃尋秋席聞秀峰學博出示長律依韻酬之

謫仙才調擅風流良夜招邀秉燭遊鞠部新聞天上曲
霓裳先詠月中秋揮毫句壓陳驚座橫笛音傳趙倚樓
參得攡襌香味妙老豪羣讓醉鄉侯梅庵在座晚樵善飲

七月廿五日第四孫滿月硏生山長子任農部各

用秀峰前詩韻又賜賀疊韻再酬

蒲柳難諧松柏姿秋香又動桂林枝先生如達欣彌月
老去含飴樂及時投我琳瑯頻韻疊款君湯餠莫嫌遲
椎歌歡飲盤瓻俗本日舊事口實符占笑朵頤

麩熊

小蘧總憲又寄示令嗣揆甫春闈報捷志喜長律

次韻再賀

瓊林濟美羨庭闈世德清名畏眾知綺陌春光看遍早花甎舊跡步來遲（揆甫因疾明春補應廷試）飛鴻遇順誇騰上老驥心雄肯告疲更頌棠華林竹茂一門射策拜彤墀（時諸令嗣文孫分應南北秋試）

滇友寄貺雞蹤菌戲拈二十四韻報謝

邊方貽土物厥品號雞蹤菌自交南產菰疑塞北逢藏珍山足美侑餞樹頭濃（迆西有雞足山出迆南有樹頭酒）賦別魚腸麩（出昭通郡）腴非鹿角茸（出普洱郡）炊熬忙爨婢蒸臛費庖傭薦熟熊

鄉

蹯異烹鮮虎掌菌名手嚼來忘腷膊餐處想葱龍饕飱涎頻嚥醯鹽飪倍醲舌香多染指蹠味儘填胸拜惠羞爭食分甘笑動容幽棲宵半露貴饍日雙供弱草同名夏微蟲並語冬冬虫夏草滇中藥名窗談資夜飲甕舞佐朝饔蕈者梨窩脆糖煎玫瑰穠此二種同膢寄行廚看鬥距餉客比輸賓虀咀胎魚鳳茅誅鮓獻龍盤誇新首蓿膏陋阿芙蓉剎蟹餘黃殼燔駝遜紫峰羹調隆鼎養鯖合侈侯封數典難徵實濡毫每詠慵鱸鄉嗜秦炙蓴饌飽吳淞桃李投何易瓊瑤報未從益思求賣菜吟戲學耘菘借韻趙甌北先生一號耘菘有詠此題長古遠使憑青鳥傳音喜聽跫

臣

少谷太守見示誌怪長古感而成什

誌

大筆淋漓甫紀災新篇誌怪續齊諧妖魔技逞吹毛妄鬼蜮兵喧翦楮乖搔首屢聞爭髮指粉身難免付椎埋長官令甲秋毫肅氛祲全銷樂土偕

七月廿八日晚香圃同人補作消夏第七集席間賦呈

江城秋色漸平分後八日秋分選勝重隨鷗鷺羣熱客門誰嘲褦襶嫦娥曲望弄氛氳朋稱三壽觴先桂秋帆紉珊采臣三君連日生辰藉以介祝會續連番社共枌一味新涼快消受主賓齊笑玉山醺

前　道

秋分前三日寄懷詹巖殿撰並以為壽

天末涼風起懷人水一方秋聲蘆岸外月色鷺洲傍達道音書濶新詩引領望相思仍兩地何日汎輕航

洛社推鄉秩秋分見壽星耆英會朱紫耄耋冠丹青鶴曲籌添竿皋比座授經介眉遙侑爵載酒羨元亭詹岩八月廿一日生辰明年八十正壽

仲秋四日為同族秋賦諸子姓預觴鹿醼即席賦賀

載賡新韻十三元此先公癸巳元日試筆句也予是年倖雋春闈今科吾族秋試者十三人敬用之以為同捷佳兆祖澤留貽徧子孫老驥行行知道路名駒

味

一一振家門霓裳待詠苹笙曲蕊榜先開桂醑樽準備
蟾宮修月斧天香同擷向雲根

中秋前六日約諸君子過養福齋作新孫彌月湯
餅會補消夏第八集疊用七集元韻

秋香預向月中分說餅筵招大雅羣襁褓光看騰皎
醇醪味愛醉氤氳香山句氤氳臘酒香孫雛立筍慚林竹社燕歸
巢識里枌次日秋社郄笑風檐文戰士興酣落筆醒如醺是日鄉試初場

梅庵長老惠貺佛手柑香櫞口占答謝次研生山
長韻

詩禪悟得木樨香嘉果分來介印黃蕘子拈花還指月
笑予雙手弄孫忙

幾樹霜團復雨搓移將清供伴維摩歲寒好把緣重結
剖作香杯醉飲多

中秋前二日乞得蔣雲樵太翁園中新桂走筆報
謝

芳園金粟舊蘇潭鄰比新開蔣徑三園為謝蘊山中丞舊宅雲樵近年僑寓此手乞取一枝欣折贈天香馥馥滿詩龕

雲梯高處月輪香小阮同登選佛場卅九年來攀桂手
也曾仙斧試吳剛令姪孫美臣茂才時應秋賦

中秋後一日偕諸同人重游學圃汎月東湖補消夏第九集次研生山長韻

老圃經年記舊游，巢痕一半此勾留。圖成九轉完消夏，月滿三湖又賞秋。賢主多情容假館（養素主人以疾未與），良宵乘興復登樓。燈紅酒綠歡呼處，兩岸爭看李郭舟。

湖上泛月即景紀游再賦四章用杜陵八月十五夜月十六夜翫月十七夜對月韻

湖東邀汎月，一水可容刀。蘇圃幽棲近，徐亭舊隱高。秋澄輝兔魄，風順羨鴻毛（謂秋賦諸子）。領袖推宗匠，先擒五色毫（硯生詩先成）。

采

佳節何妨展同游不夜城烟波隨浩蕩世界放光明桂楫溶溶漾芳醪細細傾行厨移竹裏庖代幾經營彥甫代為治饌

廿載邊陲月鄉園兩度秋團欒逢望夕笑語在中流燭燼三條影是日三場竣事杯銷萬古愁仙槎浮永夜惜少采蓮舟

風月閑談侶江湖退老身相期登彼岸都是過來人信宿傳箋慣光陰攬鏡頻年年長此會白首總如新

是夕秀峰學博試畢出闈不期而至邀之入座即席賦贈疊和硯翁韻

集

月好何須秉燭遊客來不速快攀留喜當萬里無雲夜
難買千金此地秋鷗首穿橋通遠嶼蟾光射柳辨高樓
桂輪香滿蓬瀛近送子先登太乙舟時與同人放船送秀峰回館

吳信卿明經見贈令外舅徐東松學博睦堂全集
並以松蔭讀書圖索題感賦二章答之

花島題襟五十年蒼髯鶴骨望如仙名山著述千秋業
重讀遺編倍惘然道光初年 先公招同鄉秋賦諸子百花洲雅集東松在座予亦隨侍因得親炙訂交
戶老龍鱗夜誦聲蔭留玉潤託冰清津梁且喜傳山谷
翰墨因緣仗友生東松全稿為劉穆士太史同年籌資代梓

仲秋寒露後五日雨田太翁招陪諸同人小西園

賞桂賦謝二章

主賢多愛客歲歲小園西招隱宜金粟參禪悟木樨筵開循舊例壁埽續新題花老人同健芳鄰笑取携秋節前乞蔣雲樵太翁園桂折贈

昨攬城東勝江南庾信園茲游仍歗侶我輩載歡言露氣三秋溼天香四座繁陶籬消息近還醉菊華樽日昨赴笙巢江南別館之局重九擬約同社登高賞菊

季秋四日敬為先伯仲兩兄營葬誌墓事竟感詠

長古一篇示諸子姪孫曾輩

松柏含至性葛藟庇本根矧屬毛裏親孔懷胡可諼吾
宗廣平裔尚書通德門華林孕厥秀雅水溯其源高曾
守矩矱祖蔭垂椿萱生我並育我同氣弟與昆先播二
龍譽忝隨三鳳騫肯堂及肯構吹箎復吹塤伯氏蚤騰
達膴仕歷熊轓宦成遂歸老泉石怡鄉園仲氏甘淡泊
馨潔兼清温家政賴襄理詩篇還細論中行斷雁翼壯
歲傷鴒原嗟予失怙恃兩度悲星奔長抱風木痛罔酬
岵屺恩一官久戀棧萬里方旋轅松楸告無恙霜露感
莫言勉效表罔阡私幸手澤存長仲各凋謝太息常聲
吞牛眠甬卜兆鶴弔同招魂佳城託喬梓展奠便平聲晨

昏池草舊吟夢泥雪新印痕蕪詞當去聲誓墓壠樹毋爭
墩小阮皆克肖竹林枝葉繁後起望來盛先芬期共敦
家駒策騏驥令器成璵璠吾衰尚健飯桑榆慚達尊築
廬近丙舍戰影思山村靈氣仰蔥鬱世業承紛緼作詩
述清白勗哉詒子孫

題贈都昌劉氏姑媳雙節詩二首

當年左蠡逞么蟲賢媛雙雙抗節同一樣沙場齊罵賊
輸他巾幗抱孤忠
貞魂烈烈壯江鄉澗碧蒲溪水亦香綽楔旌閭表潛德
千秋彤管並流芳

晚

重九約諸同人再游滕閣登高歸至永福禪林菊樽晚集先賦二章代簡

江樓連歲作重陽風景家鄉勝異鄉枌社耆英多舊雨菊花天氣近新霜（用句前二日霜降節）闉鐘競羨登雲客（用昔人傳鐘故榜事是夕秋闈揭曉）挈榼還尋選佛場醉把茱萸誇老健題餻屢負笑劉郎（養素方伯又未與會）

會記霓裳詠衆仙在家僧學出家禪監州底識銀鳌美開士同參玉版鮮（謂梅庵上人）花為延齡娛晚節酒能頤性酌甘泉讌游又續龍山會準備紗籠四壁牋

重陽前三日雨中市新菊百本喜而成什疊韻

幛

菊為重陽冒雨開（用句）園丁新送百盆來香泥擔壓三三徑濁酒壺傾九九杯（九日有登高賞菊之約）點綴疎籬花作幛登臨遠岫翠成堆慚余老眼饒清福歡景摩挲日幾回

又對黃花笑口開西風瘦影捲簾來地偏心遠閒扶杖得意忘言獨舉杯采去頻嗟衰鬢改插歸須要滿頭堆每逢佳節耽吟癖急遞詩筒往復回

展重陽前二日再約同人小集敝廬月夜張燈賞菊度（度）曲徵歌極歡而罷成排律二十四韻

秋晴風日美會預展重陽已過題餻節還稱醉菊觴盆堆千疊岫豔鬥十分粧老圃曾含雨疎枝早傲霜招邀

餽　綺

朱履集餽送白衣忙籬落餐英透山屏綴錦障嘉賓盛絲竹列坐奏笙簧酒氣酣花氣燈光奪月光怡顏效陶令顧曲問周郎濃淡隨人品高低任客望穿疑來蛺蝶睡欲並駕鴛鴦此聯指花閒燈名吹帽盈頭插開簾笑口張移將三徑種聚得滿庭芳蘭蕙宜同佩茱萸共作囊蟻浮杯面綠蟹剝劍螯黃東閣懷前躅曩在滇廨亦有此會南山見故鄉妙詞新水調佳色古紫桑快洗箏琶耳誰撐文字腸綠旗排絢爛蓮炬照輝煌慣把頹齡制頻娛晚節香飲泉添筭永橫笛倚樓長酬酢歡無量絃歌夜未央羣賢皆酩酊老子獨倘佯綺散霞舒後餘音尚繞梁

十九日展重陽節雨後笙巢内弟都轉招陪虞階漕帥暨諸同社江南別館讌集笙巢時將北上即席賦謝并以贈行疊用九日滕閣登高元韻

滿城風雨展重陽舊句翻新詠梓鄉主愛地偏心止水人如菊淡鬢添霜係閑暫結漁樵侶游戲還登竿木場計日馬當風色利蒲帆十幅過康郎笙巢擬取道潯陽皖口入都

矍鑠羣推玉局仙耆英不比醉中禪離亭樽酒情逾密假館行廚味更鮮笑我老同歸櫪驥羨君清作出山泉者番春信江南早驛使梅花遠寄箋

祝蘇虞階漕帥七十壽九月廿六日

蕭斧
銘

弥南星彩耀台垣休沐新承
雨露恩闈寄范韓推碩輔家聲瓌瑱繼高門黑頭早識
三公器綠野先營五畝園手把靈芝圖耄耋躋堂同侑
介眉樽
岧嶤金筑寓公留氣壯元龍百尺樓斗北先騰騏驥譽
嶺西競翥鶴鸞儔銅符繡斧論兵法柏翠薇紅蘭國猷
宸眷酬庸開府日書生談笑果封侯
麾幢坐鎮久籌邊銅柱勳銘獨秀巔
九陛宣綸持漕節八州作督擁樓船濟川才大江淮展
讀禮情殷桑梓旋謝傅頻年方養望優游重戢舊林泉

昆池灘水接鄰光歸隱瞻韓履道坊洛社耆英叨侍座
眉山笠屐許飛觴游踪冊桂前塵遠老圃黃花晚節香
年衍稀齡欣紀亥期頤
賜壽仰天閶

廿九日再展重陽節仍邀同社小集潄齋菊燈讌
賞再疊重九登高元韻

餞秋再與展重陽畢竟歡娛是故鄉大小細烹魚眼水
尖團新擘蟹臍霜（吳柏莊見餉皖蟹甚美）郫筒沽酒還思蜀（吳少乘觀）
（粲甫自錦城歸里）隴畝栖糧已築場花色燈光齊燦爛滿庭喧
舞衆兒郎（謂諸孫輩）

汁

偓佺同作地行仙耄齒猶談米汁禪晚樵雨田兩太翁在座晚翁飲量尤

豪蟻盞難謀千日醉鯖盤愧乏五侯鮮老年似我花看

霧佳句何人筆涌泉學士攢眉慳入社屛風曾綴十行

牋許雲生學士適來省以目疾未能赴約

族孫雲浦大令自蜀中寄呈游嘉州凌雲山近作

和予去冬贈别詩韻仍疊前韻答之幷示鳳樓

四姪

江程歷遍又山程入蜀才人壯此行酌水欣傳廉吏到

凌雲尚有老僧迎園遺棠憩懷官閣祠奉桐鄉感友生嘉陽官廨憩園爲　先公守郡時創建題額猶存予前在滇時聞都人士已奉　先公栗主祀於九峰書院林

官

竹孫枝偕接武蠻牋詩寄慰心旌
相逢故舊話前游指點先芬處處留細認放翁題壁石
重新坡老讀書樓（山上舊有先公碑刻東坡書樓近甫重葺）出塵爾是空
羣馬泊岸吾同逸櫂舟各把家聲紹清白循良報最靜
邊郵

小陽三日諸君子招集撫松書屋預介賤辰研生
山長先贈長律次韻奉酬並謝同人
頹齡老却舊鬚眉屢醉花前藥玉卮賞雨相招龍聚日
消寒正煖獸爐時（十月一日京師作煖爐會又初三為龍聚日）筵因餞別叨
陪坐（官城筮巢兩君將有南北之役）題借添籌好賦詩多感瑤篇霏白

雪小陽春色滿節枝